Kurt Lehmkuhl (Hrsg.)

Tödlicher Selfkant

Kriminelle und unheimliche
Kurzgeschichten
aus dem Land
zwischen Rur und Wurm

ISBN 978-3-9812926-2-6

Umschlaggestaltung:
Heidi Hensges, Heinsberg
und Maren Krupp, Düsseldorf

Satz und Druck:
Druckerei Müllenbruch, Heinsberg
www.muellenbruch.de

Inhaltsverzeichnis

Vorwort

Nach dem für alle unerwarteten Erfolg von „Blutroter Selfkant“, der sich in dem überwältigenden Verkaufserfolg in der Region ebenso darstellt wie finanziell in einer Spende von über 10.000 Euro an das Hospiz der Hermann-Josef-Stiftung in Erkelenz, bestanden die Notwendigkeit, die Nachfrage und fast schon der Zwang, eine Fortsetzung zu schaffen. Sie wird nun in Form von „Tödlicher Selfkant“ veröffentlicht. Neue, diesmal „tödliche“ Kurzgeschichten aus dem Kreis Heinsberg, geschrieben von Autoren aus dem Kreis Heinsberg, erwarten die Leser dieser Anthologie; nicht immer kriminell, aber immer spannend. Entstanden sind auch diese Kurzgeschichten in einem Kursus der Anton-Heinen-Volkshochschule des Kreises Heinsberg, an dem „blutige“ Anfänger ebenso teilnahmen wie bereits erfahrene Schreiber und etliche „Wiederholungstäter“.

Der Ehrgeiz der Kursusteilnehmer war groß: Einige wollten „besser“ sein als bei ihren ersten Geschichten, andere hatten Blut geleckt, nachdem sie den ersten Geschichtenband gelesen hatten, und andere sahen sich ermutigt, es auch einmal mit dem Schreiben zu versuchen. Alle haben sich an die Maxime gehalten: Geschichten aus dem Kreis Heinsberg mit Schauplätzen im Kreis Heinsberg von Autoren aus dem Kreis Heinsberg. Die Autoren haben mit ihrer Fantasie gespielt, Geschichten erfunden, sich auf die Suche nach passenden Schauplätzen gemacht, miteinander diskutiert, verändert. Einige waren gelegentlich so weit, dass sie die Brocken hinschmeißen wollten. Doch nach Abschluss dieses VHS-Kurses sind sie zufrieden und hoffen jetzt, da sie „ihr“ Buch in Händen halten, auf Zufriedenheit bei ihren Lesern.

Die Leser erwartet eine literarische Reise durch den Kreis Heinsberg, für den der Selfkant als Alleinstellungsmerkmal steht. Dabei muss ausdrücklich betont werden, dass es sich bei den Geschichten, ob super kurz oder extrem lang, um Fiktion handelt, um Fantasien und keineswegs um die Darstellung der Wirklichkeit, was zugegebenermaßen manchmal schwer fällt zu glauben in Anbetracht der oft plastischen Darstellung. Die Leser erleben das Land zwischen Rur und Wurm zwischen Selfkant im Westen, Wegberg im Norden, Erkelenz im Osten und Übach-Palenberg im Süden. Kurzum, der gesamte Kreis Heinsberg wird durch diese Sammlung repräsentiert. Lambertusmarkt in Erkelenz, Flachsmarkt in Beeck, das sind nur einige der Schauplätze; Heinsberg, Geilenkirchen, Hückelhoven, Übach-Palenberg, Selfkant nur einige der Stätten dieser Werke. Die Geschichten sind so unterschiedlich wie ihre Autoren, die Schreibstile so abwechslungsreich wie die Themen.

Dank gilt der Anton-Heinen-Volkshochschule des Kreises Heinsberg und dabei insbesondere VHS-Leiter Franz Josef Dahlmanns und seiner Stellvertreterin Dr. Ulla Louis-Nouvertné dafür, dass sie sich für dieses literarische Projekt erneut begeistern konnten und es unterstützten.

Dank gilt auch der Kreissparkasse Heinsberg, die die Veröffentlichung dieser Geschichtensammlung erst möglich macht. Nicht unerwähnt bleiben darf die Druckerei Müllenbruch in Heinsberg, die ihren Beitrag dazu leistet, dass der Reinerlös beachtlich erhöht wird.

Der größte Dank aber gilt den Autoren, die sich auf dieses Projekt einließen, auch unter manchmal schlechten Rahmenbedingen dabei blieben, und die bei der Veröffentlichung dieses Buches ebenso wie der Herausgeber und der Verlag auf ein Honorar verzichten. Erwähnt werden müssen Rita Hündgen, Helmut Wichlatz und Gerd Grunewald sowie insbesondere Heidi Hensges, die hinter den Kulissen viel Zeit und Begeisterung aufbrachten, um an der Erstellung der Anthologie mitzuwirken. Ohne sie und ihren immensen Arbeitseinsatz wäre das Projekt in der vorliegenden Form nicht machbar gewesen.

Und nicht zuletzt gilt der Dank meinem Freund Hans Krupp aus Übach-Palenberg, der diese Anthologie in das Programm des hkl-Verlags aufgenommen hat.

Kurt Lehmkuhl

P.S.: Sämtliche Erlöse dieses Buches werden wieder dem Hospiz der Hermann-Josef-Stiftung in Erkelenz zufließen.

Helmut Wichlatz

Fingerzeig des Schicksals

Das Festzelt kochte. Wie immer, wenn die Local Heroes mit ihrer Mucke da waren. Das Programm stimmte, und es bot für jeden Geschmack etwas. Vor zehn Minuten hatte der Sänger Manni noch mit seinem perfekten Privatitalienisch den Eros Ramazotti gegeben und die Damen im Saal zum Schmelzen gebracht. Dann war es über „Final Countdown“ und „Still lovin´ you“ langsam härter geworden. Sie hatten das Stimmungsbarometer hochgeschraubt. Für eine Coverband war die Mischung ausschlaggebend. Schmusig für die Mädels und hart für die Jungs. Und jetzt war Jakob, genannt „Jake“, Beiersdorf bei „Hells Bells“ voll in seinem Element. Wenn er die Gitarre vor dem Bauch hängen hatte, war er wieder jung, wild und sexy. Das liebte er so an seinem Job bei den Local Heroes, dass er für ein paar Stunden in der Woche dem Leben und der Realität entfliehen konnte. Sein langes Haar hing an seinem Kopf herunter, den er gesenkt hielt, während er die Akkorde schlug. Die Pose hatte er bei Angus Young abgeschaut und perfektioniert. Ja, Leute, ich bin Rock`n´Roll, dachte er und hob den Kopf. Das Scheinwerferlicht blendete ihn, aber er gewöhnte sich wie immer schnell daran. Rampensau. Er ließ den Blick über die Leute in den ersten Reihen gleiten. Immer dasselbe Publikum, immer dieselben Gesichter. Ob in Keyenberg, in Gerderath oder auf dem Lambertusmarkt in Erkelenz – immer dieselben Gesichter. Immer dieselben Lieder. Dann stockte er. Am Bühnenrand ein neues Gesicht. Oder doch nicht? Kannte er ihn nicht irgendwoher, den Kerl, der da mitrockte und einen dieser lächerlichen Schaumstoffhandschuhe schwenkte, der eine überdimensionale Hand mit aufgestecktem Zeigefinger darstellte? Die Dinger kannte er aus Sportübertragungen, meistens Basketball oder Football aus Amerika. Die setzten sich in Deutschland auch langsam durch, dachte er, während seine Hände automatisch die drei Grundakkor-

de des AC/DC-Klassikers auf der Gitarre anschlugen. Der Typ da vorne gefiel ihm nicht. Mageres Gesicht, tief liegende Augen unter einer großen Hornbrille und auch optisch so gar nicht zum üblichen Partyvolk um ihn herum passend. Und er starrte ihn die ganze Zeit über fröhlich an, schien nur Augen für ihn zu haben. Dabei wackelte Sängerin Danielle neben ihm mit allem, was ihr Mutter Natur mit auf den Weg gegeben hatte. Jetzt das Solo. Der Typ ging ab wie Schmitz´ Katze. „Will der mich verarschen, so gut ist mein Gezupfe heute nicht", brummte Jake und wurde zunehmend unruhiger. „Dem würde ich am liebsten ein paar in die Fresse geben", schoss es ihm durch den Kopf. Dann drehte der da unten den Handschuh, auf der anderen Seite stand mit schwarzem Edding etwas geschrieben. Jake kniff die Augen zusammen und linste durch seine nassen Haarsträhnen hindurch, um es zu erkennen. Was stand da? „Bumsen"? „Brummen"?
B – U – M – M – S! „Bumms? Was soll das denn heißen?", fragte sich Jake und schaute sich irritiert um. Niemand außer ihm schien den Kerl zu bemerken, der anfing, ihm richtig auf den Sack zu gehen. „Dir bumms ich gleich eine, Freundchen", brüllte er und ging ins letzte Solo des Stückes. Der Kerl deutete auf etwas hinter Jake. Dreh dich um, sagte seine Geste. Was soll das? Da steht bloß mein Verstärker. Woher kenn ich den Kerl bloß? Der war doch vorhin beim Soundcheck auch dabei. Der neue Techniker? Wo zeigt der denn andauernd hin? Und was hat der da in der Hand? Eine Fernbedienung! Was will der denn damit? Und warum zeigt er mit dem Schaumstofffinger auf das Ding? Das sah einfach zu bescheuert aus. Dem werde ich gleich mal so richtig eins auf die Fresse geben, beschloss er. So wie in der guten alten Zeit. Erst zuschlagen, dann Fragen stellen. Jake kam aus dem Rhythmus, die Töne jaulten und passten nicht zum Rest. Der Typ, der Finger, worauf zeigt der? Was soll denn mit dem Verstärker sein? Jake wurde zunehmend verwirrter und drehte sich um. Er sah Funken. Oh Gott, Scheiße. Dann durchzuckte ihn der

Stromschlag mit voller Wucht und schleuderte ihn ein Stück durch die Luft. Die Leute schrien. Der Akkord, den er eben noch angeschlagen hatte, ging in seinem Kopf unendlich weiter und zog ihn mit. Er sah Lichtblitze und hörte Schreie.

Jake sah und hörte nicht mehr, dass um ihn herum die Hölle los war. Er war ganz anderswo, zu einer anderen, lange vergangenen Zeit. Er stand wieder im Zug von Mönchengladbach nach Erkelenz. Seine Nase war nach einem Fausthieb geschwollen. Auch Heise und Jansen, mit denen er jeden zweiten Samstag am Bökelberg unterwegs war, um gegnerische Fans aufzumischen, waren angeschlagen. Diesmal war es nicht so gut gelaufen für die drei. Am Bahnhof in Gladbach waren sie in einen Trupp FC-Fans gelaufen, die es ihnen richtig besorgt hatten. Nun standen sie dicht gedrängt mit den anderen im Zug und stierten durch die beschlagenen Scheiben hinaus auf die graue und unspektakuläre Landschaft, die an ihnen vorbeizog. Ein Stück weiter saß so ein heruntergekommener Punk und grinste sie frech an.

„Was grinst du so, du Ratte?“, schnauzte Jansen ihn an, doch der Typ grinste nur frech weiter. Oder hatte er es überhaupt nicht mitbekommen? Aus den Kopfhörern seines Walkmans kam ein Krach, den man trotz der Zuggeräusche bis zu ihnen hin hören konnte. Dazu zuckten die Finger seiner rechten Hand, als würde er Bass zupfen. Jansen pöbelte weiter, doch Jake war sich nicht einmal sicher, dass der Typ ihn überhaupt hörte. Der Zug verringerte seine Geschwindigkeit und lief langsam in Erkelenz ein. Triste Hintergärten und Rückansichten von teuer ersparten Eigenheimen schoben sich ins Bild. Der Zug bremste und kam zum Stehen, woraufhin Bewegung in die dicht gedrängten Borussenfans kam, von denen nun viele aussteigen wollten. Auch dieser Punk setzte sich in Bewegung und huschte ausgerechnet vor Jansen auf den Gang.

„Heh, Arschloch, geht´s noch?“, pöbelte Jansen los und rammte dem Punk seine Faust gegen den bemalten Rücken seiner schwarzen Lederjacke. Genau mitten ins Fa-

denkreuz und den RAF-Schriftzug. Der Punk drehte sich um, schaute Jansen, Jake und Heise fragend an, dann grinste er wieder und streckte ihnen den abgespreizten Mittelfinger entgegen. „Fuck you!“, zischte er, dann wurden sie von den anderen weitergeschoben, bevor Jansen aus dieser Steilvorlage ein Prügelszenario machen konnte. Während sie nach vorne gedrückt wurden, drehte er seinen Kopf zu seinen Begleitern und schaute sie vielsagend an. Es würde doch noch Spaß geben an diesem Samstag.
Auf dem Bahnsteig übernahm Jansen sofort das Kommando. „Wo ist der Sack, der wird sich wundern“, knurrte er gepresst und schaute sich suchend um. Es war Jake, der ihn entdeckte. Der Kerl war über die Schienen geklettert und stapfte nun auf der Neusser Straße in Richtung Wasserturm. Scheinbar war ihm nicht bewusst, was er da eben angerichtet hatte. Oder er war zugedröhnt. „Los, den kriegen wir!“, rief Jansen, dann rannten sie los.

Jakob Beiersdorf würde nie wieder rennen. Um 22.25 Uhr stellte der Notarzt seinen Tod fest.

*

Bernd Heisemann kam spät aus der Verwaltung. Als Leiter des Tiefbauamtes musste er eine Präsentation über die Kanalsanierung im Marienviertel für die nächste Bauausschusssitzung fertigmachen. Das würde einigen Niederschlag finden im nächsten Haushalt, den sie hoffentlich noch rechtzeitig verabschiedet bekämen. Schließlich schwebte über allem schon länger das Haushaltssicherungskonzept, vor dem man die Stadt ein weiteres Jahr verschonen wollte. Seine Kollegen konnten nicht verstehen, dass es ihm so wenig ausmachte, lange zu arbeiten. Doch er war froh und stolz auf sich, dass er es so weit gebracht hatte. Vor allem, weil fast jeder, der ihn kannte, ihn völlig abgeschrieben hatte. Aus dem Heise wird nichts mehr, war die einhellige Meinung gewesen. Bis zur Fußballweltmeisterschaft 1990 in Italien hatte er das auch geglaubt. Doch dann hatte seine Kariere als

Hooligan ein jähes Ende genommen. Im Gegensatz zu Jake und Jansen hatte er sich nach der Festnahme und den Wochen im italienischen Knast aus der Szene zurückgezogen. Von den beiden hatte er seitdem nichts mehr gehört. Das hatte er zu verhindern gewusst. Jake hatte er später ab und zu mit seiner Band auf der Bühne auf dem Lambertusmarkt gesehen, aber sie hatten nie ein Wort gesprochen. Der notorisch arbeitsscheue Herumtreiber hatte im Knast in Siegburg Gitarre gelernt und gleich dazu anscheinend alle Lieder, die das Zeug zum Festzeltklassiker hatten. Von seinem tragischen Tod auf dem Schützenfest vorige Woche in Holzweiler hatte Heisemann aus der Zeitung erfahren. Es hatte ihn nicht sonderlich beeindruckt. Nicht so, wie Isabelles wunderbarer Bauch, in dem seine Zukunft schlummerte. Dass Jansen am Bahnhof einen Kiosk betrieb, in dem sich die rechte Szene traf, hatte er über Umwege aus dem Amt und von den Kollegen von der Kreisbehörde mitbekommen. Seitdem mied er bewusst den Bereich um den Konrad-Adenauer-Platz. Selbst als er noch ein harter Junge war, hatte er Angst vor Jansen gehabt. Heisemann musste grinsen, während er den Schlüssel aus der Manteltasche kramte. Der war zu allem fähig, wie damals '88 in der Unterführung. Was für eine Sauerei. Durch Vermittlung seines Onkels hatte er nach der Ausbildung in der Baufirma und der abgewendeten Verurteilung wegen seiner Fußballleidenschaft eine Stelle bei der Stadt bekommen. Die Vorstrafen wegen Körperverletzung und Landfriedensbruch hatten nach einiger Überzeugungsarbeit seines Onkels keine Rolle mehr gespielt. Dafür hatte der Personaler bei der Unterzeichnung des Anstellungsvertrags seltsam gequält gelächelt und etwas von Eingewöhnung und ein Auge drauf halten gemurmelt. Die ersten Monate hatte er deshalb das Gefühl gehabt, dass ihn alle beobachteten. Also war er nur noch freundlicher, hilfsbereiter und unterwürfiger. Abends, wenn er nach Hause gekommen war, hatte er sich in den ersten Jahren immer vor Ekel besoffen. Doch er hatte sich eingewöhnt, hatte ihre Sprache, ihr Denken und ihre Gewohnheiten übernommen und mit dem Saufen aufgehört. Dann hatte er sich unaufhörlich nach oben gebissen, gearbeitet und geschlichen. Jetzt war er wer, war für seinen Horizont ganz oben angekommen. Und er hatte die schönste Frau der Verwaltung abbekommen. Isabelle vom Stadtmarketing. So bezaubernd wie ihr Name war auch sie selbst. Sie hatte ihn nach seiner emotionalen Lebensbeichte vor dem ersten Sex zärtlich über die Wange gestreichelt und ihn ihren armen Schatz genannt. Es war verziehen. Alles. Er war nicht mehr Heise, er war Heisemann. Seit zwei Monaten wussten sie, dass sie schwanger war. Er konnte sein Glück immer noch nicht fassen. Hatte es sich doch gelohnt, sich von seinem Leben loszusagen und ein neues zu beginnen. Er drückte auf seinen Schlüssel, doch der Passat Kombi entriegelte sich nicht. Also schloss er selber auf. Muss wohl wieder zur Inspektion, dachte er und steckte den Schlüssel ins Zündschloss. Nichts. Der Wagen sprang nicht an. Dafür hörte er ein leises Klicken, das er im Zusammenhang mit der Elektronik seines Autos noch nie gehört hatte. Das Klicken wurde durch ein leises Piepen abgelöst. Da trat eine Gestalt aus dem Schatten des Gebüschs vor der Windschutzscheibe. Heisemann nahm sie erst nicht wahr und versuchte weiter zu starten. Dann sah er, dass der Kerl ihn beobachtete. „Was will der denn jetzt?“, knurrte er und wollte aussteigen. Doch die Tür war verriegelt. „Was … Oh, verdammt!“ Er schlug aufs Lenkrad. Der Typ war immer noch da. Er beobachtete das Schauspiel im Wageninneren interessiert. Er begann, in einer Tüte zu kramen, die er bei sich trug. „Was willst du?“, brüllte Heisemann wütend. Das fehlt mir grad noch, dass der Bekloppte mich jetzt noch anstarrt. Hoffentlich erwische ich jemanden in der Werkstatt, sonst sitze ich hier morgen noch. Er kramte nach seinem Handy und schaute erst auf, als es an der Scheibe klopfte. Der Typ stand neben dem Wagen und beugte sich herunter. „Was willst du? Siehst du nicht, dass ich hier andere Probleme habe?“, herrschte Heisemann ihn an und versuchte sich wieder am Zündschloss, weil er sein Handy nicht fand und weil er dem Kerl zeigen wollte, dass er keine Zeit für ihn hatte. Das Piepen hörte nicht auf, es machte ihn langsam verrückt. Der Typ klopfte noch einmal. „WAS??“ Langsam wurde Heisemann wütend. Dann sah er das Einmachglas, das der Kerl ihm in Augenhöhe präsentierte. Was soll das jetzt, dachte er und schaute genauer hin. In dem Glas schwamm ein längliches Etwas, ein Wurm vielleicht. „Ich spende nichts, du kannst abhauen“, sagte Heisemann laut und schaute dem Kerl zum ersten Mal ins Gesicht. Er kannte ihn. Er kannte das Gesicht, aber ohne Falten, ohne graue Schläfen und ohne Brille. Aber woher? Dann schaute er auf das Einmachglas. Was da drinnen schwamm, war – ein Finger. Ein verschrumpelter, bläulicher, menschlicher Finger. Er erinnerte sich. Er schaute nach oben in das Gesicht, an das er sich jetzt auch schlagartig erinnerte. Der Schleier war weggerissen und er war wieder Heise. Mein Gott, das ist doch Ewigkeiten her. Der Kerl lächelte, deutete noch einmal auf das Einmachglas und drehte sich um. Er ging rund fünf Meter, dann drehte er sich erneut um. Heisemann war seinen Bewegungen wie hypnotisiert gefolgt. Immer noch hielt er das Einmachglas mit dem Finger darin in der rechten Hand. Er kramte mit der Linken in seiner Manteltasche und holte etwas heraus, das Heisemann an eine Fernbedienung erinnerte. Er schwenkte sie fröhlich, richtete sie auf Heisemann und drückte. Dann ging er. Das Piepen wurde lauter und erstarb plötzlich. Heisemann begriff das Unbegreifliche. „Ach du Schei ...“ Die Detonation schnitt ihm das Wort ab.

*

Seine Krüppelhand lag vor ihm auf dem Tresen. Er schaute sie immer noch jeden Tag interessiert an, hatte sich all die Jahre nicht an den Anblick gewöhnen können. Diese Hand, an der der Mittelfinger fehlte, sie sah für ihn auch nach über zwanzig Jahren immer noch bizarr aus. Eine unübersehbare Lücke klaffte zwischen Zeige- und Ringfinger. Je nach seiner Laune erinnerte sie ihn an die vordere Zahnreihe eines Neunjährigen, in der es schon die ersten Abgänge auf dem Weg zu den Schulzähnen gegeben hatte, oder an den Unfall damals in der Unterführung. Damals, als die Gladbacher Borussia gegen den FC verloren hatte. Der Unfall, der sein Leben völlig verändert hatte. Er konnte nie wieder Bass spielen, verließ die Band und war nicht bei den ersten Plattenaufnahmen in Hamburg und der legendären Tour durch England und Skandinavien dabei. Dafür hatte er etwas Neues anfangen müssen und hatte sich für Elektrotechnik an der RWTH in Aachen entschieden. Alles wegen dieses blöden Fingers seiner rechten Hand, den er für immer verloren hatte. Da sei nichts mehr zu machen, hatte der Arzt im Krankenhaus gesagt. Der Schnitt sei zu zerfetzt, der Knochen zu sehr zerstört. Die Nachricht hatte ihn damals gelähmt. Denn sie war mit schrecklichen Erkenntnissen verbunden. Doch trotzdem hatte er seinen Finger in einem unbeobachteten Moment an sich gebracht, bevor er entsorgt und mit allerhand Blinddärmen, Mandeln und anderen chirurgischen Überbleibseln verbrannt werden konnte. Er wusste selbst nicht, weshalb er das getan hatte. Er hatte es erst viel später begriffen. Doch seitdem hatte Vierfinger-Joe, wie seine Kommilitonen ihn nicht ohne einen gewissen Respekt wegen der dazugehörenden erfundenen Geschichte getauft hatten, seinen fünften Finger in einer Alkohollösung aufbewahrt. In einem Einmachglas, das er auch bei allen folgenden Umzügen immer mitgenommen hatte. Während seines Auslandsstudiums in den USA hatte er ihn im Wald an einer unzugänglichen Stelle verbuddelt, doch gleich nach seiner Rückkehr hatte er ihn wieder ausgegraben und mit nach Hause genommen. Seine Frau hatte ihn noch nie zu Gesicht bekommen. Im Laufe der Jahre hatte der Finger gelitten, war unansehnlich geworden und hatte in letzter Zeit begonnen sich aufzulösen. Also war es an der Zeit. Wie hatte der Proll damals in der Unterführung gesagt, als sie wegliefen? „Scheiß auf die Ratte, kann sich ja melden, bevor der Finger verfault ist.“ Er hatte den Satz durch den betäubenden Schmerz hindurch mitbekommen. Und er hatte sich in sein Gehirn eingebrannt. Er hatte mehrmals vergeblich versucht, den Finger durch Änderung des Mischungsverhältnisses der Lösung länger zu erhalten. Doch nun begann er sich aufzulösen. Also meldete er sich jetzt.

*

Rainer Jansen war schon seit vier Uhr morgens auf den Beinen. Nun war es halb sechs und er hantierte am Rollgitter herum, das seinen Kiosk nachts vor Einbrechern schützen sollte. Das verdammte Ding klemmte auf halber Strecke, sodass er die Zeitung gebückt einräumen musste. Nun versuchte er, das Mistding endlich ganz nach oben zu bewegen. Schließlich konnten seine Kunden ja nicht drunter durchkriechen. Er schaute an der Laufschiene entlang, ob sich dort etwas verhakt hatte und drückte erneut auf den Knopf. Nichts rührte sich. Während er in die Knie ging, um einen Blick von unten auf die Sache zu werfen, musste er auf einmal an Jake und Heise denken. Beide waren innerhalb weniger Tage gestorben, durch Stromschlag und Explosion. Die Gang existierte nicht mehr, bis auf ihn. Und er hatte mit dem Kapitel längst abgeschlossen. Von seinem durch jahrelange Nachtschicht ersparten Geld hatte er den Kiosk eröffnet. Wieder musste er an die schlagfertigen Drei denken. Jake und Heise - und er. Kerl, waren wir damals meistens besoffen und geladen bis in die Haarspitzen. Morgen spielt Borussia wieder gegen den verhassten FC, das wird eine harte Nuss. Gegen Mittag würden sich die hiesigen Ultras wieder in seinem Kiosk sammeln, um sich Mut anzutrinken und ihren Schlachtplan zu besprechen. Was würde er dafür geben, noch einmal mit den Jungs um den Block zu ziehen und ein paar Nasen zu brechen. Dann hörte er, wie sich das Gitter knirschend in Bewegung setzte. Nach unten. Schnell wollte er darunter hervorkriechen, doch jemand hielt ihn fest. „Hey, was soll der Scheiß? Das kann gefährlich werden!“, schnauzte er los. „Stimmt“, hörte er eine ruhige und fröhliche Stimme. Er zappelte nach Leibeskräften, aber aus seiner Position heraus konnte er seine ganze Kraft nicht zum Einsatz bringen. Das Rollgitter hatte seinen Kopf erreicht. Jetzt wird es langsam eng, dachte er. Verdammt, muss was tun. Dann wurde er nach hinten gezogen. Endlich! Aber nach einem Stück war Schluss. Das Gitter erreichte seinen Hals und stoppte, als sein Kopf auf den Boden gedrückt war. „Was soll die Scheiße? Ich ruf die Bullen!“ Er versuchte zu sehen, wer sich da hinter ihm zu schaffen machte, aber er konnte seinen Kopf nicht drehen. Immerhin hatte das Gitter aufgehört sich zu bewegen. Dann hörte er ein ploppendes Geräusch, und ein beißender Geruch drängte sich in seine Nase. „Schau mal, erinnerst du dich?“, fragte die Stimme hinter ihm freundlich. Er verdrehte die Augen soweit er konnte und sah ein seltsames ekliges Ding, das ihm vor das Gesicht gehalten wurde. Der beißende Geruch ging davon aus. „Was – ?“ „Psssst, nicht so laut. Sonst ist der ganze Spaß weg“, unterbrach ihn die Stimme. „Erinnerst du dich? Du hast gesagt, ich soll mich melden, wenn er verfault. Schau mal, riech mal – nun ist es so weit.“

Jansen erinnerte sich. Auch wenn er es nicht wollte, aber die Szene drängte sich wieder in sein Bewusstsein. Das Blut, der Punk am Boden. Damals nach dem vergeigten Spiel gegen den FC. Das musste ja schon mindestens zwanzig Jahre her sein. Sie hatten ihn bis zu der Unterführung verfolgt und dann hineingetrieben. Heise, Jake und er. Der Kerl hatte sich vor Angst in die Hosen geschissen, als sie begannen ihn aufzumischen. Die übliche Inszenierung. Gespielte Empörung über angebliche Beleidigung, ein wenig schubsen, ein paar Schläge in die Fresse. Dann locker lassen, Hoffnung aufkommen lassen, um dann umso härter zuzulangen. Zu dritt machte es Spaß, aber man musste zusehen, dass man nicht zu kurz kam. Immerhin hatte er das Vorrecht des ersten Tritts, schließlich war er der Anführer gewesen. Er liebte die Angst in den Augen und die gleichzeitige Erkenntnis, dass etwas Schreckliches passieren würde. Er liebte es, ihre Angst zu riechen. Auch bei dem Punk damals mit seinen leuchtend rot gefärbten Haaren und der beschmierten Lederjacke. Er wusste nicht mehr, wessen

Idee es war. Sicherlich seine eigene. Aber er war es, der mit dem abgeschlagenen Flaschenhals auf die Hand eingeschlagen hatte, um den bösen Mittelfinger abzutrennen, mit dem er ihn beleidigt hatte. Auf was für Ideen man kommt, wenn man zu viel getrunken und an dem Tag schon selber ein paar aufs Maul bekommen hat. Ein geiles Gefühl, das spürte er immer noch. Es hatte einige Mühe gekostet und der Scheißkerl hatte wie am Spieß geschrien und um sich getreten. Er hatte den beiden anderen ganz schöne Arbeit gemacht ihn festzuhalten. Aber er hatte den Scheißfinger abbekommen. Immerhin. Ja, wir schwören Stein und Bein auf die Elf vom Niederrhein ... Wie kam ihm jetzt so ein Quatsch in den Sinn? Sein letzter Gedanke war „Scheiße, das ist doch nicht fair!“, dann setzte sich das Rollgitter in Bewegung, fuhr langsam herunter und brach ihm im Zeitlupentempo das Genick.

*

Kommissar Ben Becker war etwas irritiert, als er die Meldung auf den Tisch bekam, dass in der Nähe des Kiosks, in dem dessen Besitzer durch einen Unfall zu Tode gekommen war, ein zerbrochenes Einmachglas in einem Mülleimer gefunden worden war, dessen Inhalt nach Ansicht der Kollegen in seine Zuständigkeit fiel. Ein Finger, eingelegt in Alkohol. Schätzungsweise zwanzig Jahre alt. Gefunden hatte man ihn anscheinend nur, weil alle Hunde, die vorbeikamen, komplett die Fassung verloren und wahre Veitstänze vor dem Behälter aufgeführt hatten. Blöde Tölen. Schließlich hatte es wohl eine arge Balgerei um den Leckerbissen gegeben, der nun in Teilen in einem Schäferhund und einem Golden Retriever verschwunden war, deren Besitzer Angst hatten, ihre besten Freunde könnten an der Alkoholmischung sterben, in die das Leckerli eingelegt war. Ein Foto des übriggebliebenen Objektes war der Meldung beigefügt. Becker schüttelte sich. Mein Gott, ist das eklig, dachte er. Was für kranke Idioten gibt es hier in Erkelenz! Und alles bleibt an mir hängen. Aber nicht heute. Heute ist Borussia angesagt. In zehn Minuten würde er seinen Freund Müller im Philosoph einsammeln, und dann ging es ab zum Nordpark. Freitagsspiel gegen den FC. Das würde er sich nicht durch eine so eklige Sache vermiesen lassen. Das konnte bis Montag warten. Heute waren drei Punkte Pflicht.

Gerd Grunewald

Im Namen der Schwester

Die Hölle der Rache kocht in meinem Herzen,
Tod und Verzweiflung flammet um mich her!
Wolfgang Amadeus Mozart: Die Zauberflöte

Vor sechs Jahren wurde Maria begraben. Lebendig begraben. Im eigenen Körper.

*

Dr. Jens Bayer sehnte den Feierabend herbei. Noch dieser eine Patient, der mit angsterfüllten Augen und aufeinander gepressten Lippen vor ihm im Behandlungsstuhl lag.
„Dann wollen wir mal!“
Mit einem angedeuteten Kopfnicken forderte Bayer seinen Patienten auf, den Mund zu öffnen.
„Tse, tse, tse – das sieht ja gar nicht gut aus.“
Bei diesen Worten hatte er die rechtwinklig abgebogene, feine Spitze der Sonde mit einem kurzen Ruck tief in den kariösen Zahn gebohrt.
„Aaahhh“, röchelte der Gepeinigte, seine Hände verkrallten sich im Stoff seiner Hose.
„Tja, Herr Özer. Das sieht nach einer aufwendigeren Sache aus. Lassen Sie sich vorne einen neuen Termin geben.“
Den fragenden Blick seiner Helferin ignorierte er.
„Feierabend!“
Bayer streifte Mundschutz und Handschuhe ab, warf sie schwungvoll in den Mülleimer und verließ die Praxis durch eine Tür mit der Aufschrift „Privat“. Er hatte eine Verabredung.
Keine fünf Minuten später stand er unter der Dusche und malte sich sichtbar erregt den vor ihm liegenden Abend mit der geheimnisvollen Schönen aus. Vor knapp einem Monat war sie erstmals in seiner Praxis aufgetaucht. Viel hatte er – als Zahnarzt – nicht für sie tun können. Sie

hatte ein makelloses, strahlend weißes Gebiss. Wie ihm überhaupt alles an ihr makellos erschien: ihre wohlgeformten Brüste, die sich unter ihrem T-Shirt abzeichneten, ihre langen Beine in den knatschengen Jeans, alles eben. Zwei weitere Male hatte er sie seit ihrem ersten Besuch gesehen. Und obwohl professionelle Zahnreinigungen und Zahnversiegelungen eigentlich Sache seiner Helferinnen war, hatte er es sich bei dieser Patientin nicht nehmen lassen, selbst Hand anzulegen. Gestern hatte sie ihm bei der Verabschiedung ein klein gefaltetes Blatt Papier in die Hand gedrückt. Es war ein Computerausdruck. „Google maps“ stand links oben in bunten Buchstaben und darunter war eine Landkarte, auf der mit einem roten Kreuz eine Straße oder ein Weg namens Herrather Linde parallel zur A 46 markiert war. Gut, lieber hätte er sich im Vintage in Erkelenz mit ihr getroffen. Aber ein geheimnisvoller Ort mit einer geheimnisvollen Schönheit hatte seinen ganz speziellen Reiz. Und warum nicht mal wieder wie früher im Auto vögeln? Um kurz vor 20 Uhr setzte er sich in seinen Lexus, keine viertel Stunde später verließ er an der Abfahrt Erkelenz-Ost die A 46.

*

Dienstag, 9. Februar 2010 – Tag der Urteilsvollstreckung. Wie die Zinnsoldaten hatte sie die 13 Patronen des Kalibers 9 x 19 vor sich auf dem gläsernen Beistelltisch aufgereiht. Klack, klack, klack – eine nach der anderen schob sie in das Kurvenmagazin der Scorpion Modell 68. Geringes Gewicht und schlanke Bauweise, wie geschaffen für zarte Frauenhände. Tolle Sache, dieses Internet. Es war viel einfacher, als sie vermutet hatte, sich dieses „Sammlerstück“, eine Maschinenpistole, die in den 60er Jahren in der Tschechoslowakei produziert worden war, in Belgien zu beschaffen. eGun, ein Auktionsportal ähnlich eBay, allerdings nur für Waffen, hatte beim Herbeiführen der notwendigen Kontakte gute Dienste geleistet. Sie schob den Ärmel ihres schwarzen Overalls hoch und schaute auf ihre Armbanduhr. 18 Uhr durch. Zeit, sich auf den Weg zu machen. Sie wollte nicht auf den letzten Drücker zu ihrem Date kommen. In zwei Stunden würde Agneta, ihre zwei Jahre ältere und ihr zum Verwechseln ähnliche Schwester, am Geldautomaten der Stadtsparkasse Düsseldorf an der Berliner Allee 33 in ihrem dunkelblauen Kostüm mit den auffällig großen Knöpfen, mit ihrer Sonnenbrille unter ihrem kecken Sommerhut, mit ihrer EC-Karte und ihrer PIN-Nummer 300 Euro abheben. Sie selbst würde zu gleicher Zeit in der Nähe des Örtchens Venrath etwas zu erledigen haben.

*

„Er ist tot, verstehst du? Tot. Der steckt seinen verdammten Schwanz nirgendwo mehr rein. Den hab' ich ihm weggeknallt. Geheult hat er, um sein armseliges Leben gewinselt. Und geschrien hat er, jämmerlich geschrien, als ihm die ersten Kugeln ins Gemächt schlugen. Hat eine ganze Weile gedauert, bis seine Schreie zum Stöhnen wurden. Hat schließlich nur noch gegurgelt und gegrunzt, das Schwein. Der rührt keine mehr an. Verstehst du? Er ist tot. Hörst du? Tot! Tot! Tot!"
Heftig rüttelte sie ihre Schwester an den Schultern und dirigierte sie zum Küchentisch, auf dem sie drei großformatige Fotos ausgebreitet hatte. Die Bilder zeigten einen zusammengekrümmten Mann. Das Blut vor seinem Unterleib glich einem kleinen See, dessen Ufer aus Schnee ein wenig an die Kreidefelsen von Rügen erinnerte. Marias Blick schien auf den Bildern zu ruhen, doch sie nahm sie nicht wahr, ebenso wenig die Worte ihrer Schwester. Mit hängenden Schultern und gesenktem Kopf stand sie apathisch vor dem Tisch in der Pantryküche ihres Appartements und schwieg. Wie immer.

*

Tordis Gabriel saß im Eiscafé La Vita und rührte gedankenverloren in ihrem Cappuccino.
„Stimmt etwas nicht, Frau Gabriel?"
Marcellas Frage holte sie zurück in diese Welt, in das kleine italienische Eiscafé an der Aachener Straße in Palenberg. Wie jede Woche seit über vier Jahren hatte sie

auch an diesem Donnerstag ihre kleine Schwester ein paar Häuser weiter oben besucht. Wie immer war sie danach in dieses kleine Café gegangen, in dem sie von Marcella, der zierlichen Bedienung, seit langem schon namentlich begrüßt wurde. Nach jedem Zusammensein mit ihrer Schwester musste sie erst einmal wieder runterkommen, sich sortieren, wieder einen klaren Kopf bekommen. An diesem Donnerstag brauchte sie die Einkehr mehr als alle Donnerstage zuvor, bevor sie zurück nach Düsseldorf fuhr, ihrer Wahlheimat, seit sie dem Muff, der Enge und der Spießigkeit des Selfkants vor fast zehn Jahren entflohen war.
„Wie? Nein, nein alles in Ordnung. Ich habe wohl etwas geträumt."
„Etwas ist gut", lachte Marcella, „Sie rühren jetzt bestimmt schon eine viertel Stunde in Ihrer Tasse herum. Soll ich Ihnen einen neuen Cappuccino bringen?"
„Nein danke, sehr freundlich. Keinen Cappuccino, bring mir einen Grappa, einen doppelten."
Tordis Gabriel nahm einen großen Schluck des inzwischen nur noch lauwarmen Heißgetränks, öffnete ihre Handtasche und entfaltete eine herausgerissene Zeitungsseite. „Mord bleibt rätselhaft" war der Artikel überschrieben. Ein Jahr, nachdem die Leiche eines Zahnarztes aus Erkelenz auf einem Feld in der Nähe des Dorfes Herrath mit 13 Kugeln im Leib gefunden worden war, sind die Ermittlungen durch die Staatsanwaltschaft in Mönchengladbach eingestellt worden. Mehr als 2000 Spuren hatte die Polizei verfolgt, ins Rockermilieu, in die Waffensammlerszene, eine heiße war nicht darunter gewesen. Vor nicht einmal einer Stunde hatte sie ihrer Schwester Maria den Artikel gezeigt, hatte wieder einmal auf eine Reaktion gehofft, ein Heben des Kopfes, der Augenbraue nur. Und wie immer kam nichts, gar nichts. Teilnahmslos hatte Maria auf das Stück Zeitung geblickt, das da vor ihr auf dem Küchentisch lag. Seit viereinhalb Jahren war sie nun schon im betreuten Wohnen der Gangelter Einrichtungen Maria Hilf. Seit Jahren hatten Psychiater, Neurologen und Psychotherapeuten ver-

sucht, ihr Leiden zu heilen – oder doch wenigstens zu lindern. PTBS – Posttraumatische Belastungsstörung – lautete die Diagnose. Wie im Märchen vom Rumpelstilzchen glaubten die Experten, wenn sie der Sache nur einen Namen gäben, hätten sie auch eine Lösung. Hatten sie aber nicht. Psychodynamische imaginative Traumatherapie, narrative Expositionstherapie, EMDR benannten sie ihre Hilfsversuche. Bewirkt hatten sie nichts. Maria war in ihrem eigenen Körper lebendig begraben. Seit jener Nacht im Oktober 2005, als es in Haaren hieß „O'zapft is". Über sie hergefallen waren sie, die ehrenwerten Herren. Zu dritt. Hätte sie ihre Schwester doch nicht allein auf dem „größten Oktoberfest der Region", wie sich die Haarener stolz mit dieser Festivität brüsteten, zurückgelassen. Aber Maria war so fröhlich, so beschwingt, ja richtig ausgelassen gewesen. Nur, Tordis' Sache waren lallende, schwankende „Herren der Schöpfung", das Potpourri der Wohlgerüche aus bayrischer Folkloreküche, Bier, Zigarettenqualm und dem feinen Odeur von Erbrochenem, nicht. Die Emissionen des „Bayernexpress" schließlich, die hier als Musik dargeboten wurden, ließen sie kurz nach 21 Uhr die Festspiele organisierten Alkoholmissbrauchs fluchtartig verlassen. Während sie zu Hause in Düsseldorf noch ein paar Lieder von Paolo Conte und einen leicht gekühlten Chianti genoss, wurde Maria in jener Nacht in einem Wald bei Effeld, gut fünf Kilometer vom Festzelt entfernt, mehrfach von drei Männern brutal vergewaltigt, misshandelt und schwer verletzt. Sogar uriniert hatten sie auf sie. Ärzte der RWTH Aachen hatten ihr Leben gerettet – und Beweise zerstört. Keiner hatte an etwas anderes als an die erforderlichen Maßnahmen zur Lebensrettung gedacht, als die geschundene junge Frau auf dem OP-Tisch lag. Und so hatten sie Maria gereinigt und desinfiziert – und Spuren der Täter in ihrer Vagina, in ihrem After und auf ihrer Haut unwiederbringlich zerstört. Schon wenige Tage darauf wurden drei Männer wegen dringenden Tatverdachts festgenommen. Sie hatten Maria für tot gehalten, die aber hatte ihre Peiniger beschreiben können.

Ehrenwerte Mitglieder der Gesellschaft waren es, früher hätte man sie wohl Honoratioren genannt: ein Zahnarzt aus Erkelenz, ein Gynäkologe aus Übach-Palenberg sowie ein Bauunternehmer aus Heinsberg, älterer Bruder des Landrats.
War es nun bodenlose Schlamperei, die schützende Hand der Obrigkeit oder die Verkettung glücklicher Umstände für die Angeklagten? Zeugen, die sich gerade einmal an ihre Namen und sonst nichts erinnerten, auf wundersame Weise plötzlich wasserdichte Alibis und als Krönung unauffindbare Asservate, wie die Kleidung des Opfers – eineinhalb Jahre nach dem grausamen Verbrechen wurde „Im Namen des Volkes" für Recht erkannt: Freispruch aus Mangel an Beweisen. Das Urteil hatte auch in der nächsten Instanz Bestand.
Tordis wusste nicht, was ihre Schwester von all dem mitbekam. Sie hatte nach der Urteilsverkündung der ersten Instanz kein Wort mehr geredet. Mit niemandem. „Totalen Mutismus" nannten das die Ärzte. Die Betroffenen stellen – zumeist nach einem Schockerlebnis – jedwede Kommunikation ein.
Tordis konnte ihre Schwester nicht ein zweites Mal im Stich lassen. Sie hatte keine Wahl, sie musste etwas tun. Die juristischen Mittel waren ausgereizt. Ohne neue Beweise würde kein neues Verfahren eingeleitet werden. Aber wenn „dem Volke" die Beweise auch nicht für eine Verurteilung der Verbrecher ausgereicht haben mochten, ihr, Tordis, reichten sie allemal. Sie fällte ein anderes Urteil: „Im Namen der Schwester! – Die Angeklagten werden zum Tode verurteilt!"
Tordis kippte den Grappa in einem Zug hinunter, legte einen Zehn-Euro-Schein auf das Tablett und verließ das Café.

*

Freitag, 11. Juni 2010 – Tag der Urteilsvollstreckung.
„Der Angeklagte soll so lange am Halse aufgehängt werden, bis dass der Tod eintritt."
„In welchem Film habe ich das nur gehört?", dachte Tor-

dis, als sie sich in den engen Ganzkörperanzug aus Latex zwängte.
„Ganz was Geiles für extremes Schwitzfeeling", hatte der Verkäufer mit den tausend Piercings im Gesicht den Catsuit angepriesen. Hätte sie an diesem heißen Sommertag bereits gewusst, was sie wenige Tage später wissen würde, sie hätte sich die Quälerei sparen können. Doch der Anzug sollte ja auch nicht der sexuellen Stimulierung dienen, nicht ihrer jedenfalls. Scharf machen wollte sie den Herrn Doktor, so scharf, dass ihm auch das letzte Quäntchen Verstand in sein verdammtes Glied fahren sollte. Einen ganz praktischen Nutzen sollte ihr exotisches Outfit allerdings auch haben. Ein Grinsen umspielte ihre Mundwinkel, als ihr klar wurde, dass dieses schwarz glänzende Etwas im Grunde den gleichen Zweck hatte wie die weißen Overalls, die im Krimi immer von den Leuten der Spurensicherung getragen werden: keine Spuren zu hinterlassen.
Sie hatte Dr. Karl-Heinz Schramm vor gut einer Woche „zufällig" kennengelernt. Nicht in seiner Praxis wie den Zahnarzt in Erkelenz; einen Gynäkologen bei ihr da hinschauen lassen, wo Frauenärzte nun einmal gemeinhin hinschauen, kam ihr nicht in den Sinn. Also hatte sie ihn vor seiner Praxis einfach umgerannt. Natürlich hatte sie sich sofort entschuldigt. „Oh, die teure Jacke, sie wird doch nicht ...". „Nein, wie peinlich." „Wie kann ich das nur wieder gutmachen?" Er antwortete, wie sie erwartet hatte, dass er antworten würde. Männer sind so einfach, so berechenbar. Sie stellen keine echte Herausforderung dar. Also ließ sie sich noch am gleichen Abend zum Essen einladen. Und eine Woche später zu ihm.
„Aber Sie sind doch verheiratet. Und dann zu Ihnen?"
„In meine süße, kleine Zweitwohnung in Heinsberg, Schätzchen."
„Von der natürlich niemand etwas weiß."
„Aber das ist doch der Sinn von süßen, kleinen Zweitwohnungen, Schätzchen", hatte er gelacht.
Tordis verstaute noch einige Accessoires, die sie zusammen mit dem Latex-Catsuit gekauft hatte, in der größten

ihrer Handtaschen und machte sich die gut 70 Kilometer auf den Weg nach Heinsberg.
Dr. Schramm empfing sie mit Champagner. Und mit großer Ungeduld. Er konnte es kaum erwarten. Sie auch nicht, wenn auch aus völlig anderem Grund. Er wunderte sich nicht einmal, dass sie bei dieser Hitze einen Mantel trug. Er schien irgendetwas Imaginäres zu bejahen, denn er nickte, als er abwechselnd auf ihre Zunge, die leicht die Oberlippe streichelte, und dann wieder auf ihre schwarzen, lackledernen Highheel-Stiefel mit den stählernen, bleistiftdünnen Absätzen starrte. Tordis lächelte. Sie öffnete langsam – Knopf für Knopf – ihren Mantel und ließ ihn zu Boden gleiten. Reste seines möglicherweise bei ihrem Eintritt noch vorhandenen Verstandes waren nun endgültig einen knappen Meter tiefer gerutscht.
Die Urteilsvollstreckung war viel leichter und unkomplizierter als gedacht. Des Einkaufs der Utensilien in ihrer Handtasche hätte es nicht bedurft. Wohl berufsbedingt brauchte der Herr Doktor den besonderen Kick, bemerkte Tordis, als Schramm sie ins Schlafzimmer bugsiert hatte. Das heißt, Schlafzimmer war wahrlich nicht die treffende Bezeichnung. Der Begründer der Spanischen Inquisition, Großinquisitor Tomás de Torquemada, hätte sicher seine dunkle Freude an dieser Kammer gehabt.

*

Die Fotos, die Tordis am 17. Juni vor Maria auf dem Küchentisch ausbreitete, zeigten einen nackten Mann. Er hängt zwischen einem runden Bett, das mit rot glänzenden Laken bezogen ist, und einem riesigen Kleiderschrank mit verspiegelten Schiebetüren, aufgehängt an einer pinkfarbenen Hundeleine mit Strassbesatz, die an einem Haken in der Zimmerdecke befestigt ist. Der nach vorne auf die Brust gefallene Kopf des Mannes befindet sich in etwa 1,2 Meter Höhe, beide Knie berühren den Boden. Um die Peniswurzel ist ein Ring geschoben, der mit einem schwarzen Ledergeschirr verbunden ist, das den Hodensack umschnürt. Aus dem leicht geöffneten

Mund scheint die schwarze, geschwollene Zunge des Toten zu quellen. Eine Nahaufnahme zeigt, dass es sich um eine aufblasbare Gummikugel handelt. Aus seiner rechten Faust hängt ein schwarzer, dünner Gummischlauch.
„Auch er ist jetzt mausetot, Maria. Auch der kann dir nichts mehr tun. Nie wieder. Bitte Maria. Sag doch was!"
Doch auch dieses Mal schwieg Maria. Sie saß auf dem Küchenstuhl, ließ ihre Schultern hängen und starrte dumpf vor sich hin.

*

Tordis wunderte sich. War sie zum ermordeten Zahnarzt noch befragt worden – immerhin hätte sie ja ein Motiv gehabt. Schließlich war Jens Bayer der Vergewaltigung ihrer Schwester angeklagt gewesen – und freigesprochen worden. Aber da sie zur Tatzeit von der Überwachungskamera beim Geldabheben an der Berliner Allee gefilmt worden war, war es bei der einen Befragung geblieben. Im Fall des ermordeten Frauenarztes Karl-Heinz Schramm bekam sie jedenfalls keinen Besuch von der Polizei. Vielleicht, weil der Herr Doktor gar nicht ermordet worden war? Und schon gar nicht bei „autoerotischen Handlungen" tödlich verunglückte? Da nicht sein konnte, was nicht sein durfte? Schließlich war der Herr Doktor Mitglied der Volkspartei mit dem großen „C", angesehener Kommunalpolitiker und im Kirchenvorstand seiner Gemeinde.
„Wenn das rauskommt, was der geile Sack in seinem Etablissement so getrieben hat, wär' dem Pfarrer ja glatt der Messdiener vom Schoß gerutscht", hatte Agneta spitz kommentiert, als Tordis ihr von der Urteilsvollstreckung berichtete.
Beiden Schwestern waren die Todesanzeigen für Dr. Karl-Heinz Schramm merkwürdig vorgekommen. „Plötzlich und unerwartet", „kurze, schwere Krankheit" hieß es da. Besonders der ausdrückliche Dank der Familie an den Hausarzt, Dr. Koch, und seinem Team für die Hilfe in schweren Stunden hatten Tordis und Agneta stutzig

gemacht. Und die Tatsache, dass sie nirgends etwas von polizeilichen Ermittlungen gelesen hatten.
Sollte die Zweitwohnung nicht so geheim gewesen sein, wie der Herr Doktor vermutet hatte? Hatten die Angehörigen dafür gesorgt, dass der Tote nicht so und nicht dort gefunden wurde? Aus Scham? Hatte der Hausarzt bei der Leichenschau „natürlicher Tod“ angekreuzt? Hatte deshalb nie ein Polizist, ein Staatsanwalt oder gar ein Rechtsmediziner die Leiche gesehen?
Tordis sollte es egal sein. Er hatte doch diesen besonderen Kick haben wollen. Er hatte doch die Requisiten parat, die Hundeleine, den aufblasbaren, schwarzen Gummiball. Er brauchte doch den Sauerstoffmangel im Gehirn für ein vermehrtes Lustempfinden, einen besonders intensiv erlebten Orgasmus. Er selbst hatte sich das Gummiteil doch ins Maul gesteckt und sie dann mit Blicken aufgefordert zu pumpen. Und wie sie gepumpt hatte. Braves Mädchen. Immer gern zu Diensten. Gut, den Schlauch dann abzureißen und die Luft nicht wieder rauszulassen, gehörte sicher nicht zu den Fantasien des Dr. Schramm. Aber sie kannte sich mit diesen Spielzeugen ja auch nicht aus.

*

Sonnabend, 18. September 2010 – Tag der Urteilsvollstreckung
Sie hatte ihn erstmals Anfang August auf sich aufmerksam gemacht. Im Café-Bistro 57 war das, in Rath-Anhoven an der B57 zwischen Mönchengladbach und Erkelenz. Dort pflegte er stolz sein jeweils aktuelles „Moped“, wie er es nannte, allwöchentlich der staunenden Bikergemeinde zu präsentieren. Im Frühjahr hatte er sich eine Harley Davidson Softail Convertible in „Inferno Orange“ zugelegt. 35.000 Euro mit Extras. Er gönnte sich ja sonst nichts. Von den paar Edelkarossen in seiner 200-Quadratmeter-Garage in Heinsberg mal abgesehen.
Peter Pollmann war Bauunternehmer, das heißt, sein Vater war mit 74 immer noch der Unternehmer. Peter war in erster Linie Sohn. Auch mit Ende vierzig spielte er

noch gern und im Grunde ausschließlich: mit seinen diversen fahrbaren Untersätzen, im Golfclub Wildenrath, den Oberst im Schützenverein und vor allem die erste Geige, wo immer er auftauchte.
Sie hatte ihn sofort erkannt, auch wenn er seit der Gerichtsverhandlung noch feister geworden war. Als sie ihn nach all den Jahren erstmals in dem Bistro wieder sah, hatte er gerade eine Runde „Kleiner Feigling“ für seine Kumpel bestellt.
„Nicht lang schnacken, Kopf in Nacken!“
Wo er das aufgeschnappt haben mochte, dachte Tordis, als sie sich dem Tisch vorsichtig näherte. Er blickte kurz auf, war sicher auch von ihrer eng anliegenden Lederkluft beeindruckt, er erkannte sie aber nicht. Wie auch? Sie hatte eine kastanienrote Perücke auf und trug eine verspiegelte Sonnenbrille. Selbst, als sie nur wenige Meter von seinem Tisch entfernt die Brille abnahm, läutete nichts bei ihm. Seine Kumpel hatten derweil mitbekommen, dass sich ihr gönnerhafter Rundenschmeißer von der geilen Bikerin, die hier noch niemanden je aufgefallen war, hatte ablenken lassen.
„Na, dein Typ? Hat die nicht tolle Augen?“, fragte der rechts neben ihm, wobei er mit beiden Händen Melonen zu balancieren schien.
Die Jungs grölten.
„Frauenaugen müssen sein wie Männerfüße: groß, schwarz und feucht“, dröhnte Pollmann und hielt sich seine wallende Wampe. Er konnte so herzhaft über seine Witze lachen.

*

„Ich kriege schon Herpes, wenn ich nur daran denke, dass der mich antatscht“, sagte Tordis zu Agneta gewandt und schnallte sich den kleinen Rucksack auf.
„Wie soll er? Der darf noch einmal deine Kombi oder deinen Helm berühren und dann: Schluss mit lustig. Heute ist der letzte Akt. Heute fällt der Vorhang ...“
„... und sein Kopf!“, ergänzte Tordis.
Nach „standrechtlichem Erschießen“ und der Garrotte

hatten die Schwestern Enthauptung als angemessene Exekutionsmethode ausgewählt.

Eine Stunde vor der verabredeten Zeit war sie bereits am Treffpunkt im Dammweg in Dalheim-Rödgen, eine so gut wie nie befahrene kleine Straße, die am Klosterhof Dalheim endete. Sie hatte noch ein paar Vorbereitungen zu treffen. Kurz nach 18 Uhr hörte sie das sonore Grollen der zwei Zylinder der Harley. Pollmann kam fast pünktlich zu seiner Hinrichtung.
Er hatte Mühe, Tordis' Bitte zu entsprechen und die schwere Harley auf der engen Straße zu wenden. Endlich hatte er es geschafft. Er schwitzte und überhaupt hatte er sich etwas anderes vorgestellt, als Tordis ihn vor ein paar Tagen zu diesem Treffen überredete. Was denn der Treff an diesem Ort solle, fragte er merklich ungehalten.
„Überraschung!", flötete Tordis, trat nah an ihn heran und spielte mit dem Anhänger, den er um den Hals trug. Ein Amulett in Form eines Hammers. Thors Hammer war es, den er an einem feinen Reif aus Stahldraht um seinen Hals trug. Sie hatte ihm den billigen Tand beim letzten Treffen geschenkt, hatte ihm erzählt, dass ihr Name von Thor, dem Donnergott, und Dis, was so viel wie Göttin bedeute, hergeleitet sei und dass er an sie denken solle, wenn er es trüge. Und er trug es tatsächlich. Wieder sah sie ihre Theorie von der Berechenbarkeit der Männer bestätigt.
„Überraschung", säuselte sie ihm ins Ohr, „ich habe ein Zimmer im Hotel Sternzeit in Wildenrath bestellt. Wir haben lange genug gewartet. Ich begehre dich. Los, lass mich deinen Hammer spüren!"
Tordis ließ das Amulett spielerisch an dem elastischen Reif aus geflochtenem Stahldraht gegen seinen Kehlkopf flitschen und biss ihm ins schweißnasse linke Ohrläppchen. Nur mit Mühe konnte sie vermeiden, sich zu übergeben.
Hastig setzte Pollmann sich seinen Helm wieder auf. Das leise Klicken in seinem Nacken hatte er nicht gehört.

Geschmeidig schwang Tordis sich auf ihre Moto Guzzi, drückte den Anlasser und nickte Pollmann auffordernd zu. Der drehte am Gasgriff, das Hinterrad brach kurz aus, dann raste er den Dammweg hinunter. Pollmann allerdings nur ganz kurz, seine Harley kam ohne Fahrer fast 200 Meter weiter. Fasziniert wohnte Tordis auf der Sitzbank ihrer Guzzi thronend der Hinrichtung bei. Nach 20 Metern hatte sich das Stahlseil, dessen eines Ende sie an einem Baum und das andere vor Sekunden erst mit einem Karabinerhaken am Stahlreif um Pollmanns Hals befestigt hatte, gespannt und den Delinquenten enthauptet. Die Harley war außer Sichtweite in den Wald gerollt. Die kopflose Leiche lag ausgestreckt etwa 20 Meter vor ihr auf dem Asphalt. Dort, wo einmal Pollmanns Kopf gewesen war, lugte jetzt ein blutiger Stumpf aus der fransenbesetzten, schwarzen Lederjacke. Eine riesige Blutlache hatte sich bereits um den Oberkörper herum gebildet.
Tordis riss sich von dem Anblick los, stieg von ihrem Motorrad und schritt zum behelmten Kopf, der unweit des Torsos ins Grün gerollt war. Sie packte ihn entschlossen am Kinnriemen, stopfte das Haupt in einen Müllbeutel. Den verstaute sie in ihrem Rucksack, schwang sich auf ihre Guzzi und raste nach Hause. Ob Pollmann mit seiner Harley wohl weiter gekommen war als weiland Störtebeker? Diese Frage ging ihr auf der Heimatfahrt nicht mehr aus dem Kopf.

*

Am folgenden Tag, am Sonntag, besuchte sie außerhalb der üblichen Routine ihre Schwester. Diesmal hatte sie keine Fotos mit irgendwelchen Leichen dabei. Es war nicht leicht gewesen, Kopf und Helm zu trennen. Nach etlichen Fehlversuchen hatte sie beherzt mit Zeige- und Mittelfinger in Pollmanns Nasenlöcher gegriffen und den Kopf aus der Helmschale gezogen. Jetzt knallte sie das Haupt des Geköpften vor Maria auf den Küchentisch.
Marias Augen weiteten sich. Dann begann sie zu schreien. Dann zu schluchzen. Dann wischte sie den Kopf mit

einer raschen Handbewegung vom Tisch, setzte sich leise wimmernd auf Tordis‘ Schoß und umarmte ihre Schwester.

Tag der Auferstehung.
Maria lebt.

Heidi Hensges

Das Leben dahinter

„Mann ey, wenn ich zu spät nach Hause komme, krieg ich echt voll den Endstress!"
Charlotte K., 15 Jahre alt, ist sauer. „Super Idee, jetzt noch im Wald rumzulaufen, ich hab keinen Bock mehr. Wollt ihr halb Heinsberg abfackeln?"
„Bleib mal cool, nur noch die paar Raketen raushauen. Deine Alten hängen eh im Koma vor der Glotze oder pennen."
Die fünf Jugendlichen, drei Jungs und zwei Mädchen, sind auf dem Weg von einer Silvesterparty in Oberbruch zurück nach Dremmen. Es ist 0.52 Uhr.
„Biste besoffen oder was?" Einer ist gestolpert.
„Neee, aber frag mal den da."
„Wen?"
„Na, den da unten."
Ein anderer richtet seine Taschenlampe auf den laubbedeckten Boden. Der Mann liegt auf der Seite. Zuerst sehen sie die Beine, seltsam verdreht. Dann den Kopf, voller Blut, dann die Pistole.
„Fuck, was ist das für eine Scheiße! Das ist doch …"
„Mein Vater." Mehr sagt Charlotte nicht.

*

Maria K. verlor das ungeborene Mädchen in der 28. Schwangerschaftswoche, den herzkranken Mann fünf Jahre später. Kläuschen war vier, als sein Vater eines Abends nicht nach Hause kam.
„Mama, warum weinst du?"
„Schatz, der Papa ist jetzt an einem anderen Ort. Aber er ist immer bei dir. Eines Tages wirst du ihn wiedersehen. Das hat er dir versprochen."
Wortlos ging Kläuschen in sein Zimmer, drückte die Lieblingspuppe, sah aus dem Fenster und rief: „Papa, wo bist du?"
Mit Puppen zu spielen, das war für ihn bis zum zweiten

Schuljahr völlig normal. Bis sein Klassenkumpel Christian zum ersten Mal zu Besuch kam, mit einem ferngesteuerten Bagger und einem Lederfußball. Und er lachte über die Puppen.
„Mama, ich will auch einen Bagger! Alle Jungs haben so was, hat Christian gesagt!"
Es war soweit. Seine Mutter hatte sich davor gefürchtet. Doch das Tuscheln hier im Heinsberger Ortsteil Dremmen blieb auch ihr nicht verborgen. Ein Mikrokosmos, in dem jeder meinte, über alles und jeden Bescheid zu wissen.
„Wenn du das nicht änderst, wird der Junge am Ende noch schwul", schimpfte ihr Bruder Horst. „Die Nachbarn reden schon, das ist peinlich! Was meinst du, was ich mir beim Frühschoppen alles anhören muss!"
Schweren Herzens wurden nach und nach die Puppen gegen anderes Spielzeug ausgetauscht. Kläuschens Tränen, als er das Haus samt Garten nach Luise, seiner rothaarigen, abgeschmusten Lieblingsstoffpuppe, erfolglos abgesucht hatte, zerrissen sie fast.
„Ihr geht es sicher gut, mein Kleiner. Vielleicht macht sie einen Ausflug und ist morgen wieder da."
Er wartete vergeblich. Dass von nun an seine Mutter ihre nächtliche Traurigkeit mit Luise teilte, davon ahnte der Junge nichts.
Christian wurde Kläuschens bester Freund. Täglich konnten sie Stunden mit der neuen Carrera-Bahn verbringen, dem Geschenk von Onkel Horst zum neunten Geburtstag. An Luises Stelle war eine kalte Darth-Vader-Figur getreten.
Direkt nach der Kommunion trat er der Messdienergruppe bei. Christian fand das doof und hatte dazu keine Lust. Kläuschen zwar auch nicht, aber Maria bestand darauf, ihren Sohn an Sonntagen neben dem Pastor in der Messe in der St.-Lambertus-Kirche bewundern zu können. Außer ihm gab es nur noch einen anderen Jungen dort: den zwei Jahre älteren Paul. Stumm dienten die beiden jahrelang Seite an Seite, sonst nichts. Bis während der Pubertät, im Alter von 13 Jahren, etwas ge-

schah, das Klaus' Leben (er bestand inzwischen darauf, nur noch so genannt zu werden) zum ersten Mal seit dem Tod seines Vaters und dem Verschwinden von Luise ins Wanken brachte.
Er fühlte sich Paul mehr zugetan, als es zwischen zwei Jungs üblich war. Beim gemeinsamen Duschen auf einer einwöchigen Messdienerfahrt in den Sommerferien spürte er ein bisher unbekanntes Kribbeln, eine erste peinliche Erektion. Es gelang ihm nicht schnell genug, sie zu verbergen, und griff hektisch ein Handtuch. Doch Paul war schneller. Er lachte nicht. Er küsste ihn auf die Schulter, ohne Vorwarnung. Klaus wurde schwindelig. Schwindelig und glücklich, verwirrt und ängstlich zugleich. Paul war sanft, behutsam, tat nicht viel, ließ ihm seine anfängliche Scheu, zwang ihn zu nichts.
„Wir müssen aufpassen, damit niemand etwas merkt. Versprich's mir!", flüsterte Paul.
Drei Tage später, zurück zu Hause, fühlte sich nichts mehr an wie jemals zuvor. Klaus' Mutter war irritiert. „Das ist die Pubertät, mach dir keine Sorgen", meinte Tante Erika auf der Geburtstagsfeier von Onkel Horst, der unter grölendem Lachen eine Grillwurst hochhielt: „Na, das ist mal ein Ding, was, Erika?"
Klaus ekelte sich.
Noch drei Schnäpse, und Horst würde wieder mit seinen Lieblingsthemen anfangen: echte Kerle und Schwulenwitze. Es kam wie befürchtet. „Aber wenigstens aus dem Kleenen wird langsam ein richtiger Mann, wa? Prost!" Horst rülpste kräftig, schlug sich auf die Schenkel und kippte das nächste Bier in sich hinein.
In den nächsten drei Jahren folgten etliche heimliche Treffen mit Paul, tief im Wald nahe der alten Bahnstrecke, bis Paul in Köln eine Ausbildungsstelle zum Koch annahm und sich in Deutz ein Appartement mietete. Klaus blieb in Heinsberg, absolvierte eine Tischlerlehre. Die beiden blieben per Telefon und Briefpost ständig in Kontakt, gelegentlich besuchte Paul seine Dremmener Familie – ein Vorwand, um Klaus wiederzusehen.
Mit 20, nach der Gesellenprüfung, wurden Onkel Horsts

Sprüche anders, aber nicht besser: „Such Dir endlich ne geile Freundin, Junge! Aber vorher geht's zum Bund!"
Es war nicht einfach gewesen während des Grundwehrdienstes in Euskirchen. Homosexuelle Neigungen hatten auch hier nichts zu suchen, das Gespött wäre so unerträglich gewesen wie im Heimatdorf. Klaus biss die Zähne zusammen, spielte den harten Kerl und malte sich eine Zukunft mit Paul gemeinsam in Köln aus – einer Stadt, in der es sich einigermaßen frei würde leben lassen. Weg von der Familie, weg von Dremmen, von der Kirche, den Nachbarn, der Mutter, Horst, weg von allem, was ihn erdrückte.
So sollte es werden.
Wäre da nicht dieser eine Abend gewesen, drei Jahre später, auf einer Party irgendwo in Geilenkirchen – der Stadt, in der Klaus eine Anstellung als Tischler angenommen hatte, um die Miete für eine sturmfreie Bude dort bezahlen zu können. Versuche, in Köln beruflich Fuß zu fassen, waren gescheitert. Paul kam an den Wochenenden nach Geilenkirchen oder Klaus fuhr zu ihm, sie waren jung und genossen das ungestörte Miteinander. Die Einladung des Kollegen aus der Schreinerei zur Verlobungsfeier konnte der nun 24-Jährige jedoch nicht ablehnen. „Nein, ich komme alleine", war seine Antwort auf die Frage, ob er jemanden mitbringe. Dass ein gutaussehender Kerl wie er keine Freundin hatte, führte nicht nur zu Sticheleien in der Familie, auch in der Firma ließ man ihn nicht in Ruhe. Als dann diese junge Frau an der Theke neben ihm stand, fasste Klaus einen Entschluss: Eine Pseudofreundin würde die Gemüter beruhigen. Nur für eine Weile wollte er so tun, als sei er ein normal veranlagter Mann. Erstaunlicherweise kam das Gespräch mit Bettina, so hieß sie, in Fluss, sie lachten und tranken, tanzten und flirteten sogar ein bisschen. Teilten sich ein Taxi. Tranken Kaffee, bei ihr. Hatten spontanen, schlechten Sex. Ungeschützt.
Eine Abtreibung kam für die 19-Jährige nicht in Frage. Paul beschloss, nach Berlin zu gehen, nachdem Klaus das Fiasko beichtete. Bettina war im vierten Monat

schwanger, als Maria bei einem spontanen Besuch an einem Sonntagnachmittag erfuhr, dass sie Oma wird. „Wie schön, ein Enkelkind! Lasst uns darauf anstoßen!“, rief sie weinend vor Freude und lief los, um eine verstaubte Flasche Sekt aus dem Keller zu holen. Klaus schwieg. Verzehrte sich nach Paul. Nahm zur Kenntnis, dass die beiden Frauen sich mochten, euphorisch die kirchliche Hochzeit inklusive großer Feier planten und den Umbau des alten ehemaligen Bauernhauses gleich mit. „Natürlich wohnt ihr hier, keine Widerrede! Macht euch keine Sorgen ums Geld, ich hab was gespart. Endlich weiß ich, wofür!“

Bettina wurde zur Tochter, die seine Mutter nicht haben durfte. Die Dinge nahmen ihren Lauf, und er konnte nichts mehr tun. Das Gehalt war zu gering, um auf finanzielle Unterstützung verzichten zu können. Bettina hatte keine Berufsausbildung, träumte von einem Dasein als versorgte Ehefrau und glückliche Mutter – ihr sehnlichster Wunsch seit der Schulzeit. Das war das Aus. Der schlimmstmögliche Albtraum hatte ihn im Griff.

„Junge, mach bloß deinen Meister!“, dröhnte Horst als Nächstes. „Ich geb dir auch Kredit. Du musst Frau und Kind was bieten können, sonst hast du die Hölle auf Erden, ich schwör's dir, und ich weiß, wovon ich rede! Hab ich recht oder hab ich recht, Erika?“

Die Meisterschule verschaffte Klaus trotz Job und Unterricht am Wochenende Freiräume in seinem verhassten Zuhause, das voll war mit Heiligenfiguren, Kunstblumengestecken, Spitzengardinen und anderen Scheußlichkeiten. Er büffelte, während die beiden Frauen „Wetten, dass..?“ anschauten. Um die inzwischen zweijährige Tochter Charlotte kümmerte er sich selten, aber liebevoll, vor allem in Gesellschaft anderer. Bettina hatte seit der Geburt 20 Kilo zugenommen. Zweimal pro Woche traf sie sich mit gleichgesinnten Müttern samt Kindern zu Kaffee, Kakao und Kuchen. Heile dörfliche Welt, so wie alle anderen es gewollt hatten. Alles friedlich, alles gut. Der Anschein des fürsorglichen Familienvaters war perfekt.

Der Meisterbrief in der Tasche eröffnete neue berufliche Möglichkeiten. Endlich sagte eine Kölner Firma zu. Klaus nahm den Job trotz der täglichen Fahrstrecke sofort an. Aufgrund des guten Gehaltes hielt Bettina den Mund und bestellte für 8000 Mark eine neue Küche. Ein Stein mehr auf dem riesigen Schuldenberg, von dem sie nichts ahnte. Sei's drum, es war egal. Mit Köln erfüllte sich ein Teil seines Traumes, das war wichtig. Einschlägige Treffpunkte waren ihm noch bekannt. Mittagspausen, vorgetäuschte Kundentermine und angebliche Überstunden sorgten für Gelegenheiten, sich in der Szene zu entspannen. Jürgen kreuzte seinen Lebensweg eines Abends in einer Bar – Jürgen, ein zwölf Jahre älterer Mann, welterfahren und ruhend in sich selbst. Die große Liebe. „Befrei dich und steh zu dir", sagte er.
Klaus nickte. „Ja, bald", war die feige Antwort, die nächsten neun Jahre lang. Bis Jürgen nicht mehr warten wollte. Drei Tage vor Silvester trafen sie sich zum allerletzten Mal, zum traurigen Abschied für immer.
Der Traum war endgültig vorbei. Er würde den Mut zum Ausstieg nie finden.

*

Der Alkohol in der Bowle überlagert den Geschmack der K.O.-Tropfen. Um 23 Uhr sind Bettina und Maria K. bewusstlos. Die Schnitte durch ihre Kehlen fallen ihm leichter als gedacht. Er verlässt das Haus. Klare, kalte Nacht. Niemand unterwegs draußen. Nur noch zwanzig Minuten bis Mitternacht. Einatmen, ausatmen. Einatmen, ausatmen. Das Feuerwerk übertönt den Schuss, hinten im Wald, an der alten Bahnstrecke.

Kurt Lehmkuhl

Überblick

Mit welcher Geschwindigkeit prallt ein 90 Kilogramm schwerer Körper aus 30 Meter Höhe im senkrechten Fall auf den Boden?
Diese Frage könnte durchaus eine Aufgabe im Physikunterricht sein, dachte er sich, als er auf dem Turm der ehemaligen Erkelenzer Burg stand und über die mit rotem Blech abgedeckte Brüstung aus Ziegelstein den Blick kurz nach unten richtete. Sein Bekannter, Mitglied im Förderverein der Burg und zugleich Kollege aus der VHS-Fotogruppe, der ihm die Schlüssel für das eiserne Tor auf der Treppe zum Turm und für das Gebäude besorgt hatte, hatte nicht zu viel versprochen. Der Blick über Erkelenz und über das Erkelenzer Land hinaus bis weit in die Region war durchaus atemberaubend und lieferte genug Motive für Fotografen, weswegen er überhaupt mit der Spiegelreflexkamera in der Hand die 100 Stufen über die Wendeltreppe hinauf auf das Dach des viereckigen Turms gestiegen war. Frei von Höhenangst kletterte er auf die Umrandung, die breit genug war, um darauf sicher zu stehen und zu gehen. Der Vorteil lag auf der Hand: Der Überblick wurde noch besser.
Er hatte sich nach links gewandt und schaute gen Westen. Mittig erhob sich mächtig der Turm der Pfarrkirche St. Lambertus, angeblich der zweithöchste Kirchturm im Rheinland nach den Türmen des Kölner Doms. Er hatte die immer wieder zu hörende Behauptung nicht nachgeprüft, es war ihm schlichtweg egal, ob die Angabe stimmte oder nicht. Links davon hatte noch bis vor kurzem das schwarze Hochhaus der Kreissparkasse in den Himmel geragt. Es war zugunsten eines flacheren Neubaus abgerissen worden, nicht ganz ohne Zank und Streit mit dem Architekten des Hochhauses, der dafür Denkmalschutz reklamiert hatte. Aber es hatte nichts genutzt. Das Haus, das ihm nie sonderlich gut gefallen und das er als unharmonisch und störend empfunden hatte, konnte der

Abrissbirne nicht standhalten. Das aktuelle Motiv, eben ohne Sparkassenturm, hatte er noch nicht im Kasten, was er als Argument für seine Burgbesteigung genannt hatte.

Im Schatten des Kirchturms hatte er sie, auf dem Johannismarkt am Tisch einer Außengastronomie sitzend, wiedergetroffen. Wie selbstverständlich besetzte sie mit einem „Guten Tag, Herr Schlipper" den freien Stuhl neben ihm und unterbrach ihn in seiner Lektüre der Rheinischen Post. Die RP war der eigentliche Grund, warum er sich nachmittags hierhin setzte. Nach Hause wurde ihm die Heinsberger Zeitung geliefert, da war es schön, nach dem Unterricht den Vergleich mit der anderen Lokalzeitung machen zu können. Zunächst erkannte er die junge Frau nicht, dann fiel es ihm endlich ein, nachdem er sie intensiv gemustert hatte. Ramona war Schülerin in seinem ersten Leistungskurs Physik gewesen, den er vor zehn Jahren als Tutor geleitet hatte. Er war gerade nach dem Referendariat als junger Studienrat von der Bezirksregierung an das Cusanus-Gymnasium nach Erkelenz versetzt worden. Damals war Ramona ein noch etwas pummeliges, zurückhaltendes Wesen gewesen, jetzt schaute er auf eine selbstbewusste, durchaus attraktive Frau mit einem netten Gesicht, das von einer schwarzen Kurzhaarfrisur umrahmt wurde. Sie habe ein Vorstellungsgespräch bei Wirth gehabt, berichtete sie ihm, und gleich einen Arbeitsvertrag unterschrieben. Es werde langsam Zeit, sesshaft zu werden, scherzte sie. Nach einem wirtschaftswissenschaftlichen Studium in Maastricht hatte sie eine Zeitlang bei einer Unternehmensberatung gearbeitet, war dann zur Uni St. Gallen gewechselt, wo sie als Assistierende ihren Doktor gemacht hat, und suche nun eine neue Herausforderung, die sie beim Aker-Wirth-Konzern gefunden hätte.

Als sie eine Stunde später ging, war es für beide klar, dass sie sich wiedersehen würden. Immerhin blieb es nicht aus, dass man sich in dieser Kleinstadt fast schon zwangsläufig gelegentlich über den Weg laufen würde.

Mit sicherem Schritt wechselte er die Seite, schaute nun in die nördliche Richtung. Bei dem leider bewölkten Himmel reichte der Blick nicht bis nach Wegberg. Er blieb am Hermann-Josef-Altenheim hängen, das über den belaubten Bäumen herausragte. Daneben befand sich das Schulzentrum mit den beiden Gymnasien und der Realschule, das der Stadt Erkelenz den Beinamen Schulstadt und dem Wohnviertel mit der verwirrenden Struktur der Höfe den Namen Schulring gegeben hatte. Er selbst hatte sich auch schon verlaufen, ganz zu Beginn seiner Tätigkeit in Erkelenz, als er glaubte, mal kurz vom Lindemannhof zum Hoogenhof zu gelangen. Das war, als er mit seiner Frau auf der Suche nach einem Wohnhaus war, das sie mieten wollten. Inzwischen hatten sie am Oidtmannhof ein Haus erworben, nicht gerade groß, aber groß genug für sie beide, mit zwei Arbeitszimmern und einem pflegeleichten Garten. Seine Frau hatte überraschend schnell eine Arbeitsstelle als medizinisch technische Assistentin gefunden. Er hütete sich davor, sie als Sprechstundenhilfe zu bezeichnen. Das mochte sie überhaupt nicht. Es war leicht gewesen. Er hatte im Kollegium bei seiner Vorstellung davon gesprochen, dass seine Frau auf Arbeitssuche war, und schon Tage später hatte ihm einer aus der Schar der mehr als 100 Lehrer die Telefonnummer eines praktischen Arztes genannt, der eine Stelle zu besetzen hatte.
So waren sie schneller heimisch geworden, als sie gedacht hatten, wenngleich sich ihr Kontakt zu den Erkelenzern in Grenzen hielt. Sie waren Zugezogene, so wie die Vielzahl der Lehrer im Schulviertel, in der angeblich größten Realschule Deutschlands, dem ehemals größten Gymnasium von Nordrhein-Westfalen, seinem „Cusi", und dem kleineren Cornelius-Burgh-Gymnasium, das immer ein wenig elitär daherkam. Er war Lehrer, einer von hunderten in Erkelenz, man nahm ihn nicht zur Kenntnis, er ging in der Pädagogenschar unter und blieb in seiner Lehrerkaste. Man betrieb gemeinsam Lehrersport, hatte seinen eigenen Stammtisch, verschaffte sich

irgendwann einmal das Theaterabo der Stadt, bei dem er wieder auf die Kollegen traf. Im Prinzip war es gut, dass die Lehrer größtenteils unter sich blieben. Da kamen auch das Getratsche und die Gerüchte nicht so schnell in den öffentlichen Umlauf. Er war rasch Thema der Gerüchteküche geworden als jemand, der Schülerinnen wohlwollender gegenüberstand als Schülern. Das leichte Tippen auf die Schulter beim Unterricht, das scheinbar zufällige Berühren des Unterarms, die manchmal etwas zu lange Umarmung bei einer Feier. Anzeichen gab es viele, dass er sehr leichtfertig mit den Mädchen umging. Aber dass er tatsächlich anzüglich geworden war oder gar eine nicht zu duldende Beziehung zu einer Schülerin begonnen hatte, konnte ihm glücklicherweise niemand nachsagen. Obwohl er schon in seinem ersten Jahr während des privaten Nachhilfeunterrichts eine angehende Abiturientin entjungfert hatte, die aber schwieg, als er sie durch die eigentlich unverdiente Reifeprüfung hievte.
Niemand hatte Wind von dieser Affäre mit Martina bekommen, auch seine Frau Karin nicht. Sie lebte an seiner Seite, war ihm eine gute, sprich, willige Frau und freute sich jedes Mal wieder, wenn sie ihre Tage bekam. Er hatte sich davor gehütet, noch einmal seine Beamtenlaufbahn für eine amour fou aufs Spiel zu setzen. Er ließ sich lediglich mit willigen und einsamen Referendarinnen ein. Aber war es ein Verstoß gegen das Beamtenrecht, wenn er sich jetzt mit Ramona traf? Sie war eine Frau, die mitten im Leben stand, attraktiv, charmant, gelehrt und, was für ihn das Wichtigste war, begehrenswert. Sie hatten sich mehrfach nachmittags oder auch abends getroffen und sich unterhalten. Er hatte sie gerne zum Schulring begleitet, wo sie am Bischof-Ketteler-Hof eine Wohnung gemietet hatte. Sie hatten noch nicht miteinander geschlafen. Er hätte es gerne gewollt, aber Ramona vertröstete ihn mit Verlockungen, die seinen Wunsch noch verstärkten
Karin bekam davon nichts mit. Er hatte richtig gehandelt, als er das Naivchen geheiratet hatte, das ihn anhimmelte

und für ihn sorgte. Mehr und mehr wurde sie zur Randfigur, mehr und mehr klammerte er sich an Ramona, die ihn mehr und mehr forderte. „Ganz oder gar nicht“, verlangte sie schließlich. „Ich will, dass du nur für mich da bist.“ Dass sie ihn auch an diesem Abend vor die Tür setzte, statt ihn zum ersten Mal mit ins Bett zu nehmen, machte deutlich, wie ernst sie es meinte.
Sein Blick fiel auf das nur wenige Meter unter ihm gelegene Verkaufsgelände für Grabsteine und Grabzubehör. Es war ebenso wenig zu übersehen wie das dahinter liegende Beerdigungsinstitut.

Er wechselte zur östlichen Mauer, sah vor sich die Fahrzeuge auf der Nordpromenade und dahinter den Ziegelweiherpark. Daran an schloss sich das Neubaugebiet Oestricher Kamp und noch weiter entfernt würde man bei klarer Sicht das Betonwerk und dahinter die ersten Umrisse von Mönchengladbach erkennen können. Das Oestricher Kamp war im Prinzip eine kleine Stadt in der Stadt geworden. Wer dort lebte und arbeitete, brauchte nicht mehr zum Markt oder zur Kölner Straße oder in die Einkaufszentren am Rande der Innenstadt fahren. Die Einkaufszeile mit dem Metzger, der Bäckerei, dem Lebensmittelgeschäft und dem Supermarkt lieferte alles für den täglichen Bedarf. Das gegenüberliegende Seniorenzentrum bot die Arbeit für viele Pfleger, Helfer oder Verwaltungsmitarbeiter. Auch Karin war dorthin gewechselt, ging morgens zu Fuß den knappen Kilometer zum Karolingerring, während er die wenigen Meter über den Hof zum Cusanus zurücklegte. Meistens arbeitete sie länger als vorgesehen. Es war üblich, dass sie erst spätabends nach Hause zurückkehrte, was ihn nicht störte, hatte er doch so Zeit genug für Ramona. Die Ausrede einer überraschend angesetzten Lehrerkonferenz brauchte er fast nie.
Ramona gönnte sich zwar ihren aufreizenden Spaß mit ihm, freute sich über den Charmeur, den sie um den Finger wickeln konnte, weil er nur von einem Ziel besessen war. Nach einiger Zeit drängte sie auf klare Verhältnisse.

„Karin oder ich. Du musst dich entscheiden“, sagte sie mit einem betörenden Lächeln, bevor sie ihn an der Wohnungstür mit einem Kuss verabschiedete. „Überleg es dir gut, mein Lieber.“
Er hatte lange überlegt. Karin hatte keinen Platz mehr an seiner Seite, in seinem Leben. Seine Entscheidung stand fest, nachdem er einen Bericht in der RP gelesen hatte. So würde er es machen.
Bereitwillig bot er seiner Frau an, sie am Abend an ihrer Arbeitsstelle abzuholen. Ihm sei nach einem Spaziergang. Dass ihr Spaziergang sie durch den abgedunkelten, menschenleeren Ziegelweiherpark führen, er ihr dort urplötzlich eine Plastiktüte über den Kopf stülpen und sie ersticken würde, konnte sie nicht ahnen. Sie wehrte sich verzweifelt, hatte aber keine Chance gegen ihren kräftigen Mann. Er warf ihre mit Steinen beschwerte Leiche in den Weiher an einer Stelle, die tief genug war, damit sie nicht bei Trockenheit freigelegt wurde. Dort würde man die Leiche finden; in ziemlich genau einem Jahr, wenn es, wie er in der Zeitung gelesen hatte, die nächste Grundreinigung des Gewässers geben würde. Aber in einem Jahr würde niemand mehr feststellen können, wie Karin zu Tode gekommen war.
Er würde sie noch am Abend bei der Polizei als vermisst melden. In ein paar Tagen würde man vielleicht nach ihr suchen. Aber sie würde verschwunden bleiben im Ziegelweiher, der dem schönen Park seinen Namen gab und den er nie wieder betreten würde.

Im Süden fiel sein Blick von der Mauer auf den Burgparkplatz, auf dem üblicherweise die Fahrzeuge dicht gedrängt abgestellt waren. Aber jetzt, kurz nach Feierabend, war die Parkfläche fast leer. Links sah er die Nordpromenade, rechts vom Platz die Reste der Burgmauern und die historische Gasse im Pangel. Weiter vorn war schemenhaft die Hermann-Josef-Gormanns-Straße zu erkennen, benannt nach dem großen Gönner, dessen Kapital den Grundstock der gleichnamigen Stiftung lieferte, aus der das Krankenhaus, das Altenheim

und weitere Einrichtungen finanziert wurden. Noch weiter nördlich erkannte er den alten Wasserturm und irgendwo dazwischen, am Konrad-Adenauer-Platz, da befand sich der Bahnhof; damals Ankunftspunkt seines Umzugs nach Erkelenz. Und jetzt?
Der Gedanke an Ramona ließ ihn nicht los. Sie ahnte sofort, was passiert war, als sie die Vermisstenmeldung in der Zeitung las. Er konnte ihr das Verbrechen, das ihre gemeinsame Zukunft ermöglichte, nicht verheimlichen.
Sie hatte ihn nach seinem Geständnis lange mit einem strengen Blick angesehen. Dann war sie zur Wohnungstür gegangen und hatte nur ein Wort gesagt: „Raus!"
Warum, wollte er wissen. Weil sie nicht mit einem Mörder leben wolle, hatte sie geantwortet. Außerdem habe sie ihren Job gekündigt, sie würde ohne ihn in einen anderen Ort wechseln.
Ihre Worte trafen ihn schwer, schlimmer wurde es noch, als sie ihn als Kinder-Ficker bezeichnete. „Martina hat mir alles gesagt. Du hast sie gevögelt und ihr dafür das Abi versprochen. Wusstest du, dass du sie geschwängert hast? Aber sie hat bei einer Fehlgeburt das Kind verloren und wird nie mehr Kinder bekommen können. Und jetzt bringst du sogar eine Frau um. Und warum? Weil das, was du Liebe nennst, dein Sexualtrieb ist. Du kannst mich mal. Ich kann dir nur einen Rat geben: Stelle dich und mache reinen Tisch." Sie selbst hätte ihr Ziel leider nicht erreicht. „Du solltest deiner Frau beichten und die Scheidung einreichen. Dann wäre ich zufrieden gegangen und hätte dich zurückgelassen, quasi als Rache für Martina. Lumpi." Sie lachte höhnisch auf. „Lumpi, so haben wir dich genannt, weil du scharf wie Nachbars Lumpi warst."
Als er am nächsten Tag, noch immer vollkommen verwirrt, vor ihrer Tür stand, erklärte ihm der Hausmeister, Ramona sei ausgezogen und mit dem Zug davongefahren. Er selbst hätte sie mit ihrem Gepäck zum Bahnhof gebracht.

Da stand er nun oben auf dem Turm der Burg und hatte

seinen Überblick über das Land und sein Leben in Erkelenz gehalten. Unten am Treppenaufgang hatte er die Aufschrift auf dem Messingschild gelesen: Landesburg der Herzöge von Geldern. 1349 erstmals genannt.
Was würde man über ihn schreiben?
Entschlossen machte er einen Schritt nach vorne, einen Schritt ins Nichts.

Mit welcher Geschwindigkeit prallt ein 90 Kilogramm schwerer Körper aus 30 Meter Höhe im senkrechten Fall auf den Boden?
Ob sein Nachfolger im Physikunterricht einmal diese Unterrichtsaufgabe stellen würde?

Mechthild M. Gödecke

Bauernopfer

Auf den ersten Blick sah die Straße aus wie viele in den alten Zechensiedlungen von Hückelhoven. Insgesamt neun Häuser standen an dieser Stichstraße – vier auf der linken und fünf auf der rechten Seite. Alles baugleiche, zweigeschossige Backsteinhäuser mit roten Dächern, kleinen, ordentlichen Vorgärten, weißen, überdachten Haustüren und langen, schmalen Gärten, in denen oft noch allerlei Gemüse liebevoll gezogen wurde. Aber die Bewohner dieser Häuser sahen sich als etwas ganz Besonderes – eine eingeschworene Gemeinschaft, die füreinander einstand. Das war schon fast in Blut geschrieben.

Die meisten lebten in zweiter oder dritter Generation hier. Man war zusammen aufgewachsen, zur Schule gegangen, hatte eigene Familien gegründet und wiederum die Kinder großgezogen. In der Freizeit engagierte man sich in den diversen Ortsvereinen. Alle hatten bang in die Zukunft geblickt, als 1997 die Zeche Sophia-Jacoba geschlossen wurde, und bei der Sprengung der Fördertürme an Schacht IV hatten sie zusammen an der Absperrung gestanden und sich ihrer Tränen nicht geschämt. Zum Glück hatten sie ausnahmslos wieder neue Beschäftigungsverhältnisse gefunden, und einige bildeten jetzt Fahrgemeinschaften zu RWE Power.

Der einzige langfristige „Neuzugang" in diesem gewachsenen Umfeld war Anna Bürger, die in Nummer 13, dem letzten Haus auf der linken Seite wohnte. Eine nette Grundschullehrerin im Ruhestand, die vor zehn Jahren an den Heckenrosenweg gezogen war und sich mit ihrer zurückhaltenden Art schnell und unauffällig in diese Festung der Traditionen integriert hatte.
Das mittlere Haus auf der rechten Seite mit der Hausnummer 12 hatte im Laufe der vergangenen Jahre gleich

mehrere Bewohner kommen und gehen sehen. Der Eigentümer hatte kurz nach dem Mauerfall seine Zelte in Hückelhoven abgebrochen, um sein Glück in den neuen Bundesländern zu suchen. Das Haus wurde vermietet, und nach einigen mehr oder weniger kurzfristigen Wechseln war schließlich ein noch recht junges Pärchen aus Düsseldorf eingezogen, das anfangs skeptisch beäugt und schließlich wohlwollend akzeptiert wurde.
Vor zwei Jahren hatte der Eigentümer, für alle überraschend, beschlossen, wieder in seine eigenen vier Wände zu ziehen. Es wurde gemunkelt, dass er im Osten zwar eine Frau, aber nicht das Land gefunden hatte, in dem Milch und Honig fließen, und dass es mit seiner wirtschaftlichen Situation nicht zum Besten stand. Auch die Trennung von den Mietern verlief nicht ganz problemlos, aber da es sich um „Zugereiste" handelte, wenn auch zugegebenermaßen ganz passable, wurde dem keine große Bedeutung beigemessen. Im Gegenteil, insgesamt war man mit dieser Entwicklung ganz zufrieden, denn Jupp war ein Hückelhovener Junge, und seine Frau wurde sofort zum wöchentlichen Kaffeeklatsch eingeladen. Dies sollte den weiblichen Mitgliedern der kleinen Ansiedlung ausreichend Gelegenheit zum Beschnuppern und „Einnorden" der Neuen geben. Etwas seltsam mutete den Alteingesessenen zwar an, dass der Heimkehrer den Namen seiner Frau angenommen hatte. Aber man hörte ja immer wieder, dass die im Osten bei so „neumodischem" Kram immer ganz vorne mit dabei waren.
Helga Sauerbier machte ihrem Namen bereits bei der ersten Begegnung alle Ehre. Die etwas grobschlächtig wirkende Matrone war vor allem eins: laut. Sie hatte, wie es im Volksmund so schön heißt, „eine Stimme, um Klütte zu zählen". Und auch ihre rechthaberische, auftrumpfende Natur machte sie nicht auf Anhieb zur neuen Sympathieträgerin der Runde. Ihre Donauwellen, die sie gleich zum Einstand mitgebracht hatte, waren dagegen sensationell! Wer so backte, konnte kein wirklich schlechter Mensch sein, und vielleicht war ihr forscher,

erster Auftritt ja auch nur ein Mittel, um ihre Unsicherheit zu überspielen. Ja, so musste es sein, schließlich hatte der Jupp sie geheiratet, und der war ja nun kein Duckmäuser!
So sprachen sich die Mitglieder des Damenkränzchens etwas Mut zu, aber ein dumpfes Gefühl in der Magengegend blieb schon nach diesem ersten Zusammentreffen. Und wie sich mit der Zeit herausstellen sollte, kam dies nicht von zu viel Gebäck an diesem Nachmittag ...
Jetzt, zwei Jahre später, hatte sich die Situation extrem verändert. Anfangs hatten alle den armen Ehemann bedauert, denn auch bei geschlossenen Fenstern blieb der gesamten Nachbarschaft der erlesene Wortschatz des Siedlungsdrachens nicht verborgen. Waschlappen, Versager und Weichei waren dabei fast schon als Kosenamen anzusehen. Jupp hatte wirklich nichts zu lachen, und seine Weggefährten aus Jugendtagen erkannten ihren alten Kumpel nicht wieder. Da alle gemeinsamen Unternehmungen der Männer unweigerlich in neuen Verbal-Attacken gipfelten, wurden auch diese immer seltener.
Als eines Morgens der Notarztwagen vor Nummer 12 hielt und kurze Zeit später der Leichenwagen, bedauerte niemand die laut lamentierende Witwe. Die unausgesprochene Frage in den Gesichtern lautete: Warum er?
Nur wenige Tage nach der Beisetzung verlagerte der weibliche Feldwebel sein Schlachtfeld in die direkte Nachbarschaft. Familie König, die Nachbarn zur Rechten, erhielten überraschend Besuch der Polizei, da eine anonyme Beschwerde wegen der zu lauten Musik des Juniors eingegangen war. Das Ordnungsamt beraumte einen Ortstermin an, weil sich Frau Sauerbier durch das Parkverhalten auf der Straße in der Nutzung ihrer Garageneinfahrt beeinträchtigt sah, und Karl Rothner flatterte ein Schreiben der Kanzlei Esser & Esser ins Haus, in dem ihm mitgeteilt wurde, dass sich die Hexe sowohl vom Taubenschlag im Nachbargarten zur Linken als auch von dessen Bewohnern gestört fühlte. Kurz, innerhalb weniger Monate hatte es der Drache geschafft, mit

allen Bewohnern der umliegenden Häuser einen Kleinkrieg anzuzetteln. Die einen trafen sich mit ihr beim Siedlungsobmann, die anderen mussten einen Anwalt bemühen, um ihre Gewohnheitsrechte zu schützen, und wieder andere kamen um einen Gerichtstermin nicht herum. Das Klima im Heckenrosenweg war empfindlich gestört. Die regelmäßigen, geselligen Nachbarschaftstreffen mutierten zu Krisensitzungen, bei denen es hitzige Diskussionen gab, wie der alte Friede wieder herzustellen sei. Als Einzige verschont geblieben war bisher Anna Bürger. Das mochte zum einen damit zusammenhängen, dass sie am weitesten vom Zentrum des Bösen entfernt wohnte, zum anderen aber auch damit, dass sie keine Angriffsfläche bot. Wenn da nur nicht ihre sehr ausgeprägte Kurzsichtigkeit gewesen wäre … In der Dämmerung des Spätsommerabends hatte sie Paulchen, den grau getigerten Kater aus dem Mittelhaus, einfach nicht gesehen, der es sich auf den warmen Steinen der Straßenrinne bequem gemacht hatte. Als die alte Lehrerin mit ihrem Fahrrad über den ausgestreckten Schwanz des Stubentigers fuhr, hallte das empörte Aufheulen des Vierbeiners von den Hauswänden wider. Um ein Haar wäre die rüstige Pensionärin vor Schreck von ihrem Drahtesel gefallen. Noch während sie schreckensbleich, leicht vornüber gebeugt dastand und versuchte zu verarbeiten, was gerade geschehen war, schoss die Gewitterziege wie ein geölter Blitz aus dem Haus und beschimpfte die ältere Dame aufs Übelste. Nach nur wenigen Minuten, in denen wahre Tiraden auf das Häufchen Elend eingeprasselt waren, drehte sich die Katzenmutter auf dem Absatz um und verschwand im Haus. Allerdings nicht, ohne zuvor ein gut vernehmbares „Das wirst Du alte Blindschleiche noch bereuen“ zu zischen. Jeder Bewohner der Häuser sieben bis 16 hatte diese Szene mitbekommen.

Wenige Tage später, am darauffolgenden Sonntag, blieben im Haus Nummer 13 die Rollläden auch am späten Vormittag noch geschlossen. Das war ungewöhnlich. Die ehemalige Lehrerin hatte stets ihren jahrzehntelangen

Schlafrhythmus beibehalten und machte damit auch an den Wochenenden keine Ausnahme. Nachdem auf Klingeln, an die Tür klopfen und selbst Anrufe niemand reagierte, machte sich die fürsorgliche Nachbarschaft ernsthaft Sorgen, und nach eingehender Beratung wurde die Polizei verständigt.
Der von den Ordnungshütern eiligst herbeigerufene Notarzt konnte nur noch den Tod der Rentnerin feststellen. Sie saß am Wohnzimmertisch und hatte sich offensichtlich zum Nachmittagskaffee ein Stück Donauwellen gegönnt. Die Reste davon klebten an ihrem Gesicht, da sie mit dem Kopf auf dem Teller lag. Die Obduktion ergab, dass sie vergiftet wurde. Das Gift war ihr ohne Zweifel mit dem Kuchen verabreicht worden.

Als dieses Detail bekannt wurde, ging ein Raunen durch die kleine Siedlung. Hatte doch die ganze Gemeinschaft am Vortag beobachtet, wie die Unruhestifterin am späten Nachmittag zum Haus mit der Unglückszahl gegangen war und einen mit Alufolie abgedeckten Teller vor der Tür abgestellt hatte.
Diese Angabe wurde während des Mordprozesses gegen Helga Sauerbier übereinstimmend von den Bewohnern des Heckenrosenwegs zu Protokoll gegeben.
Die Beweislast war erdrückend: Der Teller gehörte zum Service der Angeklagten und wies neben den Fingerabdrücken der Toten nur noch ihre eigenen auf. Darüber hinaus wurde im Mittelhaus ein Kuchenblech sichergestellt, auf dem immer noch Spuren des Teigs und des Gifts nachgewiesen werden konnten. Die potentielle Mörderin stritt bis zum Schluss vehement jegliche Beteiligung an der ihr zur Last gelegten Tat ab. Je eindeutiger die Beweislage war, desto einfallsreicher wurden auch die von ihr konstruierten Tathypothesen. Selbst vor der Aufstellung einer Verschwörungstheorie schreckte sie angesichts der Beweislage nicht zurück. Allerdings hatte sie für die fragliche Zeit kein Alibi. Helga Sauerbier gab an, am Samstag ihren üblichen Mittagsschlaf gehalten zu haben, aus dem sie unerklärlicherweise erst in den

frühen Abendstunden wieder erwacht war.
Dieses uneinsichtige Leugnen wirkte sich erschwerend auf das Strafmaß aus. Das Urteil lautete: lebenslänglich.

In der Siedlung wurde hörbar aufgeatmet. Es war so einfach gewesen. Die Pläne, sich der streitbaren Querulantin zu entledigen, hatten bereits Formen angenommen. Einzig Anna Bürger war der Meinung gewesen, dass Mord nicht in Frage käme. Aber eine unbeteiligte Mitwisserin – dieses Risiko hatte keiner der Verschwörer eingehen wollen. Da kam der Vorfall mit dem Kater gerade recht. Der ursprüngliche Plan wurde modifiziert. Glücklicherweise fand sich bei Familie König noch der Ersatzschlüssel, den das Pärchen aus Düsseldorf dort für alle Fälle deponiert hatte und der nach dem Auszug in Vergessenheit geraten war. Am Freitagnachmittag, als Helga Sauerbier, wie die meisten Hausfrauen, die üblichen Einkäufe erledigte, wurde ihre im Eisfach lagernde Schnapsflasche mit Betäubungsmittel präpariert. Manchmal ist es wirklich nützlich, die Gewohnheiten seiner Mitmenschen zu kennen. Ein Verdauungsschnäpschen in Ehren nach jedem Mittagessen …
So war am frühen Samstagnachmittag der Weg für einen weiteren Besuch frei.
Der Teller und das Kuchenblech waren schnell gefunden. Etwas anspruchsvoller war die Suche nach dem Donauwellenrezept gewesen, es sollte schließlich alles perfekt sein. Nach getaner Bäckerei wurde das Blech nicht allzu gründlich gespült und wieder an seinen Platz gelegt und die Schnapsflasche durch eine handelsübliche ausgetauscht. Der Teller wurde, wie ausgesagt, vor der Tür des Opfers deponiert. Mit der kleinen Abweichung, dass nicht die selig schlummernde Witwe Sauerbier die Überbringerin war.
Dann hieß es nur noch abwarten und den Dingen ihren Lauf lassen.
Sie waren in der Tat eine eingeschworene Gemeinschaft, die füreinander einstand. Jetzt war es in Blut geschrieben.

Paul-Gerhard Theymann

No Risk – no Fun

„Du machst mich heute sehr glücklich, Uwe, dass ich unser Auto fahren darf."

„Konzentrier dich auf den Verkehr, Gabi! Mit meinem Gipsbein kann ich nicht fahren, ich muss mich deinen zweifelhaften Fahrkünsten anvertrauen."

„Mein Kollege Mike ist völlig anderer Meinung, der ist begeistert von meinem tollen Fahrstil."

„Bezweifel ich, dass der Spinner deinen Fahrstil meint – da, pass auf, fahr nicht zu nah auf."

„Entspann dich, kein Mensch braucht deine klugen Ratschläge und – bist du eifersüchtig?"

„Dieser langweilige Sonntagsfahrer kann mich mal – und wenn du das Gaspedal entdecken würdest, kämen wir von der Stelle. Nun überhol doch endlich, worauf wartest du denn?"

„Auf die Brücke mit den Jungs, die Kanaldeckel auf ekelhafte Beifahrer werfen, aber die Welt ist ungerecht, es trifft leider nie die richtigen."

„Hey, Gabi, bist du wahnsinnig, plötzlich Vollgas zu geben und dann rechts auszuscheren, du knallst gleich da vorne auf den Brückenpfeiler."

„No Risk, no Fun, wo kein Kanaldeckel, da ein Brückenpfeiler, der ist auch gut für miese Beifahrer – den treffe ich und, hoppla, dein Gurt ist los, willst du aussteigen?"

*

„Frau Binder, Sie haben Glück gehabt, gute Frau. Nur ein paar Prellungen. Aber warum war Ihr Mann nicht angeschnallt?"

Clemens Hardmann

Das Lied der Glocken

Hoch oben über dem idyllisch mitten im Herzen von Beeck gelegenen Kirchplatz erhebt sich der Kirchturm der Pfarrkirche St. Vincentius. In seinem Glockenraum hängen von der Decke die vier Gussstahl- und zwei Bronzeglocken des Beecker Geläutes herab. Während die beiden Bronzeglocken noch aus dem 15. beziehungsweise 18. Jahrhundert stammen und die diversen Einschmelzaktionen während des Zweiten Weltkriegs unbeschadet überstanden haben, handelt es sich bei den Gussstahlglocken um Ersatzanfertigungen aus dem Jahre 1951.

Ein prächtiger Spätsommertag war angebrochen. Die Sonne hatte sich nach zähem Ringen gegen den für diese Jahreszeit nicht unüblichen Morgennebel durchgesetzt und goss eine Flut strahlenden Lichts über die Menschenmenge, die sich voll freudiger Erwartung zum Kirchplatz begeben hatte, um den alljährlich am letzten Septemberwochenende stattfindenden Beecker Flachsmarkt zu besichtigen. Der Wettergott hatte es wieder einmal gut mit den Beeckern gemeint, und in der typischen Bescheidenheit der Einheimischen wurde dieses Wetter schlicht „Beecker Wetter“ genannt.

Oben von ihrem Platz im Kirchturm aus konnten die Glocken die Besucher wohlwollend beobachten, und sie begrüßten diese mit einem festlichen Geläut. Insbesondere die wuchtigen Töne der fast vier Tonnen schweren Bassglocke waren deutlich zu vernehmen. Ihre Schwingungen und Vibrationen durchwebten die Luft und fuhren den Menschen in die Leiber, wo sie zu wohligen Schauern führten. Glücklicherweise befanden sich die Glocken in genügender Entfernung hoch oben im Turm, anderenfalls wäre die Wucht der Töne unerträglich gewesen.

In der Glockenkammer herrschte ein unvorstellbarer

Lärm. Verständlicherweise hielt sich niemand zum Zeitpunkt des Läutens in dieser Kammer auf. Doch wäre jemand hier gewesen, so hätte er inmitten des Spiels der Glocken vielleicht das Raunen der Glocken unter- und das Reden derselben miteinander vernommen. Es mutete fast wie ein Gespräch an. Die hoch gestimmten Glocken jubilierten und wollten damit die Bevölkerung erfreuen, wie sie immer wieder betonten. Wortführerin war selbstverständlich die tief gestimmte Bassglocke, die immer wieder ihre Wichtigkeit mit mächtigen Schlägen unterstrich und so die anderen Glocken daran erinnerte, dass sie es war, die das Totengeläut anstimmte. Erst gestern noch hatte sie 94 Schläge geführt zur Ehre der soeben verstorbenen und zu Lebzeiten ältesten Mitbürgerin des kleinen Ortes Kipshoven.

Es herrschte ein Sausen und Brausen, ein Surren und Brodeln, Mütter riefen ihren lieben Kleinen hinterher, die sich zu verselbstständigen suchten, Väter fingen dieselben liebevoll wieder ein, einige wenige Hunde, die sich in der Menschenmenge verirrt hatten, winselten und überall hasteten fleißige Handwerker herum. Ein Glasbläser rief nach seinem Gesellen, der zum wiederholten Male in ein Gespräch mit einer jungen Dame vertieft war. An den Imbissbuden wurden die Waren lauthals wie auf einem Fischmarkt angeboten. Und irgendwo mitten im fröhlichen Getümmel suchte ein Goldschmied verzweifelt nach seinem Kompagnon, der seit dem gestrigen Abend spurlos verschwunden war. „Sicher hat er sich einen über den Durst getrunken und findet nun kaum mehr zu sich selbst“, murmelte er. „Hoffentlich schafft er es wenigstens noch bis zur geplanten Vorführung.“ Doch diese Hoffnung war trügerisch.

Zu etwa derselben Zeit erklomm eine Horde wuseliger Grundschüler, nachdem das feierliche Geläut verstummt war, den Glockenturm, kaum dass seine Pforte geöffnet war. Max, ihr Anführer, stürmte voran mit den Worten: „Der Letzte gibt ein Eis aus!“ Die anderen rannten hinterher. Oben im Glockenraum angekommen, drehte sich Max japsend um und wollte ein triumphierendes „Erster!“ ausstoßen, doch der Ruf blieb ihm im Halse stecken. Unmittelbar neben der letzten Treppenstufe lag ein Mann mit einem furchtbar verzerrten Gesicht leblos auf dem staubigen Boden der Glockenstube. Sein linkes Bein war unterhalb des Knies in einem 90-Grad-Winkel abgeknickt, Schien- und Wadenbein schauten heraus.

Die Stimmung der Flachsmarktbesucher war ebenso schnell umgeschlagen, wie die Schülertruppe den Glockenturm wieder herunter geeilt war. Mit den Worten „Ein Toter, ein Toter“ waren sie aus dem Turm auf den Kirchplatz gestürmt. Schnell hatte sich eine Menschentraube um sie herum gebildet, und alle schnatterten derart durcheinander, dass Hörgeräteträgern nichts anderes übrig blieb, als die Eingangstonstärke auf Null zu regulieren, um dem Geräuschbrei zu entgehen.

Nur wenige Minuten später waren aus Richtung Erkelenz kommend mehrere Martinshörner zu vernehmen. Kurz darauf bogen ein Polizei- und ein Notarztwagen in die Holtumer Straße ein und versuchten unter großen Schwierigkeiten, sich einen Weg durch die Menschenmenge zu verschaffen. Endlich auf dem Kirchplatz angelangt, stieg Kriminalhauptkommissar Peter Schneidewind aus seinem Wagen aus, gab seinen Kollegen einige eilige Anweisungen und wandte sich dann der Jungenschar zu. Währenddessen bestieg der herbeigeeilte Notarzt den Turm, um die Leiche zu untersuchen. Dr. Hans-Georg Kill war trotz seines entgegenstehenden Namens und der entgegenstehenden Profession eher dem Leben zugeneigt, wovon eine opulente Leibesfülle zeugte, und so schnaufte und prustete er wie ein Walross, als er am Leichenfundort eintraf. „So ein Mist“, fluchte er, „können sich die Leute nicht woanders umbringen lassen?“ Mit diesen Worten begann er eine eingehende Untersuchung.

Peter Schneidewind besaß einen Ruf wie Donnerhall. In

Kollegenkreisen wurde er auch Mr. 100 Prozent genannt. Denn in seiner bisherigen, langjährigen Laufbahn hatte er noch jeden Todesfall geklärt. Er wusste genau, dass die meisten Täter innerhalb von drei Tagen gefasst wurden. Danach wurde es immer schwieriger, einen Fall zu lösen. Deshalb spornte er seine Mitarbeiter an, zügig etwaige Zeugen zu ermitteln und diese zu vernehmen. Seine Mitarbeiter waren dabei an seine rauen Umgangsformen gewöhnt und machten sich unverzüglich ans Werk. Doch allzu viel konnten sie in der zusammengedrängten Menschenmenge nicht herausfinden. Immerhin gelang es einer jungen, findigen Mitarbeiterin aber, den immer noch verzweifelt seinen Kompagnon suchenden Goldschmied ausfindig zu machen. Sie stellte ihn sofort ihrem Chef vor, der sich die Geschichte des Goldschmieds anhörte. Er ließ sich eine Beschreibung des Vermissten geben, griff zu seinem Handy, rief den Notarzt an und hatte kurz darauf die Gewissheit, dass es sich bei dem Toten tatsächlich um den Kompagnon handelte.

Mit dieser Erkenntnis begann ein dreitägiges Martyrium für seine Mitarbeiter. Schneidewind hetzte sie von einem Ort zum nächsten und unmittelbar darauf wieder zurück. Er herrschte sie an, noch mehr Zeugen zu vernehmen. Er fluchte und motzte. Er verlangte, bestimmte Zeugen noch einmal zu vernehmen. Seine Laune verschlimmerte sich von Tag zu Tag, von Stunde zu Stunde und zuletzt gar von Minute zu Minute. Doch aller Einsatz half nichts. Die Kriminalbeamten fanden zu keinem konkreten Ergebnis. Dr. Kill, der Gemütliche, wie Peter Schneidewind hämisch bemerkte, hatte seinen Untersuchungsbericht schneller, als man es von ihm gewohnt war, abgeliefert. Doch auch er konnte keine bestimmte Todesursache erkennen. Auffällig war nur das völlig verzerrte Gesicht des Toten, als habe er Todesangst erlitten. Der offene Beinbruch resultierte vermutlich, so Dr. Kill, aus einem Sturz von einer der Leitern, die zu den Glocken selbst führten. Er hatte mit dem Tod selbst nichts zu tun, sondern führte lediglich dazu, dass sich der Tote nicht mehr hatte bewegen können. Und so wurde in den Totenschein schließlich multiples Organversagen eingetragen, was alles und nichts zugleich bedeuten konnte.

Schließlich wurde es Schneidewind zu bunt. So konnte es nicht weitergehen, sein Ruf stand auf dem Spiel. Die ersten Kollegen lästerten schon und nannten ihn nur noch Mr. 99 Prozent. Das ging gar nicht. So berief er sämtliche Mitarbeiter zu einer spontanen Besprechung ein. Er saß, die Füße auf den Tisch gelegt, in seinem Büro im Erkelenzer Rathaus, das der eigens für den Fall des Toten vom Flachsmarkt gebildeten Sonderkommission zur Verfügung gestellt worden war, schaute aus dem geöffneten Fenster hinaus und wartete auf das Eintreffen seiner Kollegen. Die Auslagerung der Sonderkommission aus der Polizeistation neben dem Amtsgericht ins Rathaus passte ihm gar nicht. Zu viel Aufwand für nichts. Aber was half alles Hadern? Aufgrund der maroden Bausubstanz standen in der Polizeistation wieder einmal Umbauarbeiten an.

Mittlerweile war es Mitte Oktober geworden. Schräg gegenüber ragte der imposante Turm der Pfarrkirche St. Lambertus in den Himmel, deren Glocken gerade zum Angelus läuteten, und Schneidewind fühlte sich nach Altötting versetzt. Dort gab es zwar mehr Kirchen um den Marktplatz herum als in Erkelenz, aber der dortige Lärm konnte kaum schlimmer sein als der hiesige. Zumindest kam es Schneidewind so vor. Er hasste Glockengeläut. Schon seit frühester Kindheit hatte ihn dieser unerträgliche Lärm genervt. Konnten diese Mistglocken nicht einfach schweigen? Schließlich musste er nachdenken.

Auch diese Besprechung verlief weitgehend erfolglos. An neuen Erkenntnissen wurde nur der Grund des Aufenthalts des Toten im Glockenturm bekannt: Er hatte helfen wollen, den Turm für die Besichtigungen des nächsten Tages vorzubereiten. Warum er sich zu den Glocken hinauf begeben wollte, dort dann eingeschlossen wurde und auf welche Art und Weise er anschließend zu Tode kam, ließ sich beim besten Willen nicht ermitteln. Peter Schneidewind verzweifelte und tobte nur noch wie ein Irrwisch herum.

Schließlich hielt der November Einzug. Blätter fielen herab, verschmutzen die Gehsteige und verstopften die Gullys. Der Kriminalhauptkommissar war inzwischen von den Kollegen zum Mr. 50 Prozent degradiert worden. Realistische Chancen, noch einen Ermittlungserfolg zu erzielen, bestanden nach allen Erfahrungen nicht mehr, und so wurden die Akten geschlossen. Missmutig begab sich Schneidewind ein letztes Mal zum Beecker Kirchplatz, dem Ort seiner schmachvollen Niederlage. Er drehte eine Runde um die Pfarrkirche St. Vincentius. Und noch eine und noch eine. Immer wieder blickte er zum Glockenturm hoch und fragte sich verzweifelt, was er übersehen haben mochte. Hoch über ihm im Glockenturm erhoben die Glocken plötzlich ihr Geläut. Die tiefen Töne der Bassglocke fuhren Schneidewind in den Leib und ließen ihn innerlich fluchen. Die Vibrationen kamen ihm von Mal zu Mal schlimmer vor. Verfluchte Glocken!

Diese Glocken hoch über ihm erzählten jedoch in eben diesem Moment ihre wahre Geschichte, die der Kommissar nur leider nicht verstand. Und die tief gestimmte Bassglocke schmetterte ihm in ihrer ganz eigenen Sprache die Worte entgegen: „Ich besinge den Tod – ich bringe den Tod.“

Paul-Gerhard Theymann

Geben ist seliger denn Nehmen

Heute ist der schwärzeste Tag seines Lebens. Glaubt er. Aber das dicke Ende kommt am Schluss.

Felix Magnus steht in Mönchengladbach vor dem ehrwürdigen Amtsgericht, und er steht vor dem Aus seiner Ehe. Bis dass der Tod euch scheidet, hatte der Pfarrer gesagt, damals, vor dem Traualtar. Der Scheidungsrichter erklärt heute, an diesem tristen Morgen, die Ehe von Felix und Regina Magnus für gescheitert. So kurz kann ewig sein.

Die Scheidung kommt ihn sehr teuer zu stehen, die Kosten sind erdrückend. Seine Ex, die sich schnell mit einem Neuen getröstet hat, beginnt ein unbelastetes Leben.

Um auf bessere Gedanken zu kommen, genehmigt er sich in der Gerichtsklause, direkt gegenüber vom Amtsgericht, ein kühles Pils. Trotz seiner massiven Schuldenlast ist er froh. Endlich frei! Nach dem zweiten Pils fährt er nach Düsseldorf in sein bescheidenes, notdürftig ausgestattetes Mietappartement und schiebt eine Fertigpizza in die Mikrowelle.

„Mehr arbeiten kann ich nicht, und ohne Lotto zu spielen, gewinne ich keine sechs Richtige“, denkt er. „Ich muss andere Geldquellen finden.“ Der einzige vermögende Mensch, den er kennt, ist sein Vater, der in Erkelenz lebt und den er vor acht Jahren zum letzten Mal getroffen hat. Er konnte Regina nicht ausstehen, und seit dem Tod seiner Ehefrau vor ein paar Jahren war vollkommene Funkstille eingetreten. Damals klagte der Sohn sein gesetzliches Erbteil ein, worüber der Alte stinksauer war. Zähneknirschend zahlte er den Betrag aus. Der alte Finanzfuchs hatte das geahnt. Rechtzeitig veränderte er die Vermögensverteilung unter den Eheleuten zu seinen Gunsten, sodass der gesetzliche Pflichtteil auf die Erbmasse der ewig kränkelnden Ehefrau bescheiden ausfiel.

Die letzten Worte, die Wolf seinem Sohn am Telefon sagte, lauteten: „Wenn ich mal sterbe, wirst du leider alles bekommen. Schon darum wünsche mir ein langes Leben, damit du ewig auf dein Erbteil warten musst."
Ewig kann, im Unterschied zu seiner Ehe, auch lange dauern. Die Zeit hat Felix nicht. Er muss aktiv werden, den Streit schlichten und die zerrissenen Familienbande wieder zusammenknüpfen, ohne dass der Alte die finanziellen Beweggründe seines Sohnes wittert.
Er überlegt, an die Gefühle seines Vaters zu appellieren, der nur schwer den frühen Tod seiner Frau verwinden konnte. Sie hatte darauf gedrungen, dass die Streithähne sich versöhnen. Vergebliche Liebesmüh!

In drei Tagen ist Mutters Geburtstag. An diesem Tage besucht der Witwer das Grab seiner Frau. Das ist der optimale Ort und Zeitpunkt, um in das Leben seines Vaters zurückzukehren.
Der alte Herr betritt den Friedhof vom Schulring aus, das ist für ihn der kürzeste Weg. Es herrscht Hochbetrieb an diesem Morgen. Viele Menschen eilen mit Gießkannen, Blumen und Schaufeln bepackt durch den Eingang, der zu beiden Seiten von einem Kolumbarium flankiert wird. Felix vertreibt sich dort die Zeit und sucht ihm bekannte Namen auf den Steintafeln, die an den Urnenwänden angebracht sind.
Endlich taucht die große, hagere Gestalt seines Vaters auf. Mit seinen grauen, militärisch kurz geschnittenen Haaren ist er von weitem gut zu erkennen. Ungebeugt, leicht gebräunt und mit forschem Schritt nähert sich der rüstige Mann, einen Strauß Blumen in den Händen, dem Friedhofseingang. Felix eilt los, er will als Erster am Grab sein. Wie zufällig treffen Vater und Sohn am Grab der Ehefrau und Mutter zusammen. Ein emotionaler Augenblick, das spüren beide Männer. Der alte Mann ist betroffen.
„Du auf dem Friedhof an Mutters Grab?", wendet er sich an seinen Sohn, „heute wäre sie 78 Jahre geworden."
„Weiß ich. Diesen Tag habe ich nicht vergessen", erwi-

dert der Sohn mit leicht beleidigt wirkender Stimme. „Auch wenn wir uns heute zum ersten Mal an Mutters Grab treffen, ist das nicht mein erster Besuch."
Beschwichtigend sagt der Vater: „War nicht böse gemeint. Ich freue mich, dass dir deine Mutter in guter Erinnerung geblieben ist."
Felix merkt an dem Verhalten, dass der Ort und der Zeitpunkt für einen Versöhnungsanfang geschickt gewählt sind. Aus der ersten Verlegenheit heraus sprechen sie über belanglose Dinge. Felix merkt, wie die raue Schale des gestrengen Vaters zu bröckeln beginnt.
Um seinem Ziel näher zu kommen nimmt der Jüngere einen Anlauf: „Hast du Lust, mit mir Essen zu gehen? Lokale sind gemütlicher als Friedhöfe. Die Oerather Mühle bietet zum Mittag mehrere schmackhafte Menüs an", und er fügt hinzu: „Du bist mein Gast."
Das Eis schmilzt zusehends, als sie sich das Essen schmecken lassen. Munter erzählt der Vater, wie er seinen Alltag gestaltet und berichtet von den zahlreichen Studienreisen, die ihn in alle Herren Länder geführt haben. Felix erzählt von seiner Arbeit in der Firma, seiner Scheidung und gesteht seinem Vater ein, dass diese Heirat ein Fehler gewesen ist.
Felix ist mit dem Verlauf des Treffens hochzufrieden. Besser hätte es nicht laufen können. Er lädt seinen Vater zu einem Besuch ein.
Zwei Wochen später treffen sie sich im Appartement des Sohnes, um von dort in die Düsseldorfer Altstadt zu gehen. ‚Sollte ihn die Scheidung so ruiniert haben?', sorgt sich der Vater, als er die lausige Behausung betritt.
Felix spürt die entsetzten Blicke und denkt: ‚Soll er nur mitbekommen, wie mies es mir geht.'
Im Schumacher lassen es sich die beiden an den blank gescheuerten Wirtshaustischen gut gehen. Die Hausmannskost schmeckt bestens, und der Köbes versorgt sie mit dem leckeren Altbier. Urige Atmosphäre, fröhliche Gäste und gute Stimmung bleiben nicht ohne Wirkung.
„Sei mir nicht böse, lieber Felix", meint der Vater, „als ich dein Appartement gesehen habe, war ich schockiert.

Sieht deine finanzielle Situation ebenso schlecht aus?"
„Das kann man sagen", bestätigt der Sohn. Der Alkohol hat seine Zunge gelöst. „Durch die monatliche Schuldentilgung kann ich in den nächsten fünf Jahren keine großen Sprünge machen."
Spontan reagiert der Vater. „Ich helfe dir mit einem monatlichen Scheck auf die Sprünge, um deine Worte zu gebrauchen."
Felix will keine Hilfe auf Raten, er spekuliert auf das große Geld. Trotzdem, er heuchelt Dankbarkeit. Der großzügige Scheck, den er vier Tage später in Händen hält, verblüfft ihn. Das elterliche Vermögen muss umfangreicher sein, als er je vermutet hätte. Sicher, sein Vater hatte zeitlebens gut verdient und sparsam gelebt.
Sofort ruft er ihn an, um sich zu bedanken.
„Reden wir nicht drüber", wehrt sein Vater ab. „Da wir gerade miteinander telefonieren – hast du Lust, mich am Wochenende zu besuchen?" Sie verabreden sich für den Sonntagnachmittag. Felix wäre der Samstag lieber gewesen, aber samstags ist im Elternhaus seit ewigen Zeiten Saunabaden in der heimischen Sauna angesagt. Diese Tradition hat sein Vater beibehalten.

Am Sonntag starten sie zu einer Autospazierfahrt durch den Selfkant. Der Vater hat es sich auf dem Beifahrersitz bequem gemacht und genießt, gefahren zu werden. Aus Altersgründen hat er den Führerschein längst abgeben. Im Café „Zur Klus" in Waldfeucht-Haaren kehren sie ein. Im Gespräch erinnern sie sich an ihre regelmäßigen Besuche auf dem Bökelberg, als die Borussia noch glänzte, an gemeinsame Bekannte und Freunde. Sie scherzen und lachen miteinander. Es ist wie in den guten alten Zeiten, als zwischen ihnen die Chemie stimmte.
Kurz bevor er nach Hause fährt, hat sein Vater noch etwas auf dem Herzen. „Du weißt, dass ich viel verreise, und bei meinem fortgeschrittenen Alter ist es gut, wenn du im Ernstfall ins Haus kannst", überrascht er Felix, „und in unserer schmalen Straße ist die Parksituation schwierig, die Garage steht leer." Er überreicht Haustür-

schlüssel und Fernbedienung für das Garagentor.
Heute ist Felix mit seinen Versöhnungsbemühungen ein gutes Stück weitergekommen. Er hätte nicht gedacht, das Vertrauen seines Alten so schnell gewinnen zu können.
Das eigentliche Ziel verliert er nicht aus den Augen. Er will nicht die Milch, er will die Kuh. Ein teuflischer Plan nimmt in seinem Kopf Gestalt an, und er setzt ihn eiskalt um. Auf dem Rückweg fährt er auf den unbeleuchteten Parkplatz nahe der Autobahnausfahrt Erkelenz Ost und montiert von einem dort geparkten Wagen die Nummernschilder ab.

Am folgenden Samstagnachmittag präpariert er sein Auto mit den gestohlenen Nummernschildern und achtet auf der Fahrt nach Erkelenz pingelig auf die Verkehrsregeln. „Bloß keine Polizeikontrolle", denkt er, „was soll ich den Beamten erzählen." Er verlässt die Autobahn an der Ausfahrt Süd, und bald kommt das gepflegte freistehende Einfamilienhaus seiner Eltern in Sicht. Die emsigen Nachbarn sind mit ihrer Gartenarbeit fertig, kein Rasenmäher rattert und kein heulender Laubsauger stört die Wochenendruhe. Die Männer sitzen mit der wohlverdienten Flasche Bier zur Sportschau im Ersten vor dem Fernseher. Vor neugierigen Blicken schützen ihn notfalls die getönten Scheiben seines Wagens.
Er fährt in die geräumige Garage, hinter ihm schließt sich lautlos das Tor. Er horcht an der Verbindungstür zwischen Garage und Wohnhaus. Totenstille. Beim Betreten des Hauses steigt ihm der Duft ätherischer Saunaaufgüsse in die Nase. Er liegt mit seiner Vermutung richtig. Er kann sich gut orientieren, sein Vater hat wenig im Haus verändert. Plötzlich hält er inne. Leise, meditative Musik dringt an sein Ohr. Er folgt der Musik, die ihn zur Tür des Saunaraums führt. In diesem Zimmer befinden sich die finnische Saunakabine, die Duschen und die Ruheliegen. Er lauscht. Langsam drückt er die Türklinke und späht durch den schmalen Spalt in den Raum hinein. Niemand zu sehen. Er hat Glück. Felix schleicht

zur Saunakabine. Durch das Panzerglasfenster in der Tür sieht er seinen Vater mit geschlossenen Augen schwitzend auf der Saunabank liegen. Jetzt muss er blitzschnell handeln.
Felix verkeilt geräuschlos die Tür der Saunakabine. Für seinen Vater gibt es nun kein Entrinnen mehr aus der mörderischen Hitze. Den Temperaturregler verstellt er von 80 auf 110 Grad, damit die Hitze ins Unerträgliche ansteigt. In vier Stunden wird die Zeitschaltuhr den Saunaofen abstellen, zu spät für Wolf Magnus. Auf leisen Sohlen entfernt sich der Mörder.
In Düsseldorf sind die korrekten Nummernschilder schnell montiert und die gestohlenen Schilder sicher entsorgt. Montag kommt die Müllabfuhr.
Am nächsten Tag parkt er gut sichtbar vor seinem Elternhaus. Er will von den Nachbarn gesehen werden. Auf sein Klingeln rührt sich im Haus nichts. Alles andere hätte ihn gewundert. Er öffnet mit dem Schlüssel die Haustür. Er hört keinen Ton und geht in den Keller. Der alte Mann liegt leblos auf dem Boden in der Saunakabine. Den Toten hebt er auf die untere Saunabank, nachdem er den Keil entfernt hat. Den Thermostatregler stellt er zurück auf 80 Grad. Prüfend schaut er sich um, findet jedoch keine verdächtigen Spuren.
Der Krankenwagen ist kurz nach seinem Anruf da. Der Notarzt stellt Herzversagen fest und informiert die Polizei, die immer im Falle häuslicher Todesfälle hinzugezogen wird. Die Diagnose des Arztes wird bestätigt, die Polizei geht von einem tragischen Unfall aus. In der Zeitung erscheint eine Todesanzeige, die auf den plötzlichen Heimgang hinweist.

An dem Trauergottesdienst in der Totenhalle am Erkelenzer Friedhof nehmen neben den langjährigen Nachbarn einige Menschen teil, die Felix nicht kennt. Nach der Beisetzung kondoliert ihm auch ein Herr in feinem Anzug, eleganter Krawatte und silbernen Manschettenknöpfen, Typ Jurist. Er stellt sich mit Dr. Jens Piel vor, Vorstand der Wolf Magnus Stiftung.

Felix horcht auf. „Wolf Magnus Stiftung?“, fragt er irritiert. „Ist mein Vater der Namensgeber?“
Verwundert antwortet Dr. Piel: „Ja, er hat die Stiftung gegründet.“
Felix, den ein sehr ungutes Gefühl beschleicht, ist dringend an einem Gespräch interessiert, und sie verabreden sich bereits für den nächsten Tag.
Der Besucher erscheint pünktlich, lehnt den angebotenen Kaffee ab und kommt schnell zum Thema.
„Vor einigen Jahren“, beginnt er, „kurz nach dem Tod Ihrer Mutter, gründete Ihr Vater die gemeinnützige Wolf Magnus Stiftung. Zweck der Stiftung ist die Unterstützung und Förderung von Kindern und Jugendlichen, die aus zerrütteten Familien stammen und in Heimen aufwachsen müssen. Er bedauerte immer, keine Enkel zu haben und wollte Gutes tun.“
Felix, bei dem alle Alarmglocken dieser Welt läuten, erwidert auf die Frage seines smarten Besuchers, ob er davon nichts gewusst hätte: „Nein, über die Stiftung haben wir nicht gesprochen. Woher stammen die Mittel und wer entscheidet über deren Verwendung?“
Dr. Piel schaut seinen Gastgeber erstaunt an: „Die Mittel, zurzeit zirka 3,8 Millionen Euro, stammen aus dem Vermögen Ihres Vaters. Er hat sein Barvermögen und seine Immobilien, auch dieses Wohnhaus, vorbehaltlich eines lebenslangen Wohnrechts für sich in die Stiftung eingebracht. Seinen Lebensunterhalt bestritt er von seinen Renten. Was er davon nicht benötigte, zahlte er jährlich in die Stiftung ein. Ich als Vorstand entscheide mit dem Stiftungsrat über die Verwendung der Gelder.“
Wie durch einen grauen Nebel nimmt Felix wahr, wie sich sein Besucher verabschiedet. Er kann es nicht fassen. Der Alte hatte ihn gründlich reingelegt. Er hätte ihn kennen müssen. Jetzt hat er nicht nur seine Schulden, sondern auch einen sinnlosen Mord am Hals. Heute ist der Tag noch schwärzer als nach seiner Scheidung.
Felix Magnus ist Alleinerbe von Wolf Magnus. 10.000 Euro hätte er sein Eigen nennen können. Mehr bleiben nach Abzug aller Kosten nicht übrig.

Das ist bitter. Er verzichtet auf diesen lumpigen Betrag und überlässt ihn der Wolf Magnus Stiftung.
Keiner soll jemals behaupten, er hätte auf das Erbe seines Vaters spekuliert.

Renate Janssen

Eiskalte Jagd

Die in den Januar verlegte Weihnachtsfeier war ein voller Erfolg. Man hatte sich im Dezember auf keinen Termin einigen können und nutzte jetzt im späten Januar die Gelegenheit zu einer Nachfeier. Das Wetter passte auch viel besser zur „Winterfeier“ der Spedition Jäger. 2009 war trotz Finanzkrise ein gutes Jahr gewesen und so ließ sich der Juniorchef die Feier etwas kosten. Er hatte seine Mitarbeiter in die Waldschänke eingeladen; eine Gastwirtschaft, die für ihre gute Küche weithin bekannt war, mitten im Wald zwischen Süsterseel und Tüddern gelegen. Einige nutzten die Gelegenheit, um sich nicht nur am Büffet schadlos zu halten, sondern auch reichlich den alkoholischen Getränken zuzusprechen. Bei dem Schnee würde die Polizei anderes zu tun haben, als Fahrer auf ihre Fahrtüchtigkeit zu testen.

Wolfgang Jäger war auf der Jagd. Nicht mit der Flinte, mit zwei Gläsern Whisky-Cola war er hinter der Neuen aus der Buchhaltung her. Bisher hatte sie ihn immer abblitzen lassen. Wie war doch gleich ihr Vorname? Sein Gehirn war in einen leichten Nebel getaucht. Egal, wenn er sie erst einmal erwischt hätte, täte es „Schätzchen“ auch. Er drängte sich durch die feiernden Kollegen. Der blonde Schopf, das musste sie sein. Er sah, dass sie sich am Buffet mit einer Kollegin unterhielt, und steuerte mit seinen Gläsern in ihre Richtung.

„Oh Gott, da kommt unser Junior. Der ist hinter jeder Neuen her. Na dann viel Vergnügen.“ Anita Sommer ließ ihre neue Schreibtisch-Nachbarin stehen und flüchtete zu einer Gruppe Kollegen.

Nadine Sölling wäre lieber nicht allein gelassen worden. Der Juniorchef machte im Büro immer so anzügliche Bemerkungen. Sie versuchte, ihn zurückzuweisen, ohne grob zu werden. Die Stelle in der Buchhaltung der kleinen Firma war ein Geschenk nach einem Jahr Arbeitslo-

sigkeit, aber Wolfgang Jäger wurde langsam zu einem echten Problem.
„Hallo, wollen wir nicht Brüderschaft trinken? Ich heiße Wolfgang. Besonders nette Leute dürfen mich auch Wölfi nennen.“ Er reichte ihr ein Glas. Nadine mochte keinen Alkohol, schon der Geruch verursachte ihr Übelkeit. Es wurde Zeit, den Rückzug anzutreten. Sie hätte die Teilnahme an dieser Feier besser unter einem Vorwand abgesagt. Hinterher war man immer schlauer. Sie senkte den Blick. „Es tut mir leid, aber ich muss noch mit dem Wagen nach Hause. Und es wird auch Zeit für mich, bei dem Schnee brauche ich bestimmt länger. Wer weiß, ob sie bei uns die Straßen geräumt haben.“ Der Juniorchef lehnte sich zu ihr hinüber und senkte die Stimme: „Aber, Schätzchen, ich kann dich auch nach Hause fahren, wenn du möchtest. Ich muss auch nicht gleich wieder gehen. Ich hätte viel Zeit für dich.“ Seine Fahne ekelte sie an. Energisch stieß sie ihn zurück. „Es tut mir leid, aber ich muss jetzt wirklich gehen.“ Ohne auf die anderen im Saal zu achten, ging sie mit schnellem Schritt zur Garderobe, nahm ihren Mantel über den Arm und lief hinaus in die Kälte.
Wolfgang Jäger sah seiner fliehenden Beute hinterher. Was bildete die sich ein? Hielt sich wohl für was Besseres. Der würde er es schon zeigen. Er kippte den Inhalt beider Gläser hinunter und folgte Nadine. Draußen sah er noch, wie ihr Polo sich langsam nach rechts vom Parkplatz entfernte. Er sprang in seinen Porsche. Rutschend und mit durchdrehenden Reifen schaffte er die leicht ansteigende Ausfahrt des Parkplatzes und schleuderte auf die Straße hinaus.
Nadine sah im Rückspiegel die Scheinwerfer. Das konnte nur der Jäger sein. Ihr Herz schlug schneller. Wenn es nur nicht so schneien würde. Sie hatte das Gefühl, dass ihr Wagen auf dem weißen Untergrund leicht zur Seite rutschte. Die Scheinwerfer hinter ihr kamen schnell näher. Ihre Hände krampften sich um das Lenkrad. Ihr war kalt. Den Mantel hatte sie auf den Beifahrersitz geworfen. Als sie die scharfe Linkskurve erreichte, setzte

der jetzt seitlich rutschende Porsche zum Überholen an und rammte sie. Sie verlor die Kontrolle über den Polo. Der kleine Wagen geriet ins Schlingern, drehte sich. Dann verwandelte sich ihre Welt in Eis, Schnee und kreischendes Metall. Sie verlor das Bewusstsein.
Sie fror. War die Heizung ausgefallen? Wieso konnte sie sich nicht umdrehen? Was war nur mit ihrem Bett los? Flüssigkeit lief über ihr Gesicht und tropfte vor ihr hinunter. Sie leckte über ihre Lippen und schmeckte Blut. Es fiel ihr wieder ein. Sie war nicht zu Hause. Sie lag nicht in ihrem Bett. Sie lag eingeklemmt in ihrem Wagen irgendwo im Niemandsland. Sie versuchte zu schreien. Es wurde nur ein heiseres Krächzen. Mein Gott. Sie würde sterben.
Es war so kalt, eiskalt, sie spürte ihre Finger nicht mehr. Sie wollte hier raus. Sie wollte schreien und versuchte vergeblich, sich aus dem Wrack herauszuwinden. Sie war eingeklemmt. Sie blutete. Wo kam nur all das Blut her? Sie versuchte, ihren rechten Arm zu befreien. Erst mit Kraft, später vorsichtig mit Gefühl, sie versuchte herauszufinden, wie sie an den verbogenen Teilen der Karosserie oder des Sitzes vorbeikommen konnte. Als es ihr endlich gelang, die rechte Hand und den Arm zu befreien, tastete sie den Kopf ab um herauszufinden, wo sie sich verletzt hatte, aber alles war mit Blut durchtränkt. Sie fühlte sich müde und schwach. Sie hatte keine Chance. Niemand würde sie hier finden. Sie musste sich nur fallen lassen, aufgeben, dann konnte sie schlafen, einschlafen und nicht mehr aufwachen. Dann wären auch alle Probleme vorbei, einfach nur einschlafen.
„Du darfst jetzt nicht einschlafen.“ Die Stimme war leise. Sie kannte die Stimme. Sie musste sich erinnern.
„Nadine, komm wach auf. Mir zuliebe. Du musst kämpfen. Ich weiß, du schaffst das.“ Diese Stimme. Das Denken fiel ihr so schwer. Das war die Stimme ihrer Mutter. Aber Mutti ist tot. Wenn ich sie hören kann, dann bin auch ich gestorben, welche Erleichterung.
„Nadine! Bitte! Für mich! Du bist noch nicht an der Reihe. Du hast noch so vieles zu erleben. Du darfst jetzt nicht

aufgeben. Bitte, versuche es doch, für mich." Es erschien ihr jetzt heller hier im Autowrack. Wahrscheinlich hatte sie sich an das Dunkel gewöhnt. Sie konnte jetzt ihre Umgebung erkennen. Der Innenraum des Wagens wirkte verzerrt, und sie kam sich vor wie im Inneren einer Schrottpresse. Dann hörte sie wieder die Stimme, sie hatte schon Halluzinationen, vermutlich die Kopfverletzung.

„Nadine, du kannst es schaffen. Du musst den Gurt lösen." Wie in Trance begann sie, den befreiten Arm auf die Suche nach der Gurtschnalle zu schicken. Der Arm war fast völlig gefühllos, als wäre er kein Teil von ihr. Sie fühlte etwas, war das ein Knopf? Sie drückte. Es klickte und dann hatte sie plötzlich mehr Platz. Es war nicht viel, aber sie bekam jetzt auch den linken Arm aus der Umklammerung frei.

„Meine Kleine, ich weiß, du bist müde, aber warte nur noch wenig, dann kannst du dich ausruhen. Du musst die Sitzverriegelung lösen und den Sitz nach hinten schieben." Diese Anweisung erschien ihr unvernünftig. Sie hatte doch gerade erst den linken Arm befreit, jetzt sollte er wieder nach unten in die Tiefe des Wracks und wohin sollte sie denn den Sitz schieben? Hier gab es nichts mehr, wohin man irgendetwas hätte schieben können. Wieder die eindringliche Stimme.

„Nadine, du musst es schaffen, versuche es wenigstens." Sie gab nach und tatsächlich fand sie die Sitzverriegelung. Als sie mit dem rechten Bein versuchte, den Sitz zu verschieben, durchfuhr sie ein stechender Schmerz. Das Bein war gebrochen. Aber wie durch ein Wunder hatte sich der Sitz bewegt, nur ein paar Zentimeter, aber wieder hatte sie etwas Spielraum gewonnen. Langsam Stück für Stück, immer wieder unterstützt von der Stimme ihrer Mutter, kroch sie aus dem Wrack heraus. Es schien eine Ewigkeit zu dauern, bis sie endlich im Schnee vor ihrem zerschundenen kleinen Auto lag.

Jetzt konnte sie doch sicher schlafen. Sie war so müde. Aber die Stimme ließ es nicht zu.

„Nadine, mein Herz. Du hast es fast geschafft, du musst

zurück auf die Straße. Du musst jetzt dort hinauf.“ Wie kann meine eigene Mutter nur so gnadenlos sein, dachte sie, und doch schob sie sich mit Händen, die nichts mehr fühlten, und das nutzlose Bein hinter sich herziehend durch den Schnee und die Trümmerfeldbahn zur Straße hinauf. Ein blaues Leuchten kam auf sie zu. Es war gespenstisch still. Dann hörte sie eine Autotür.
Eine Männerstimme: „Oh, mein Gott. Hol sofort den Krankenwagen zurück.“ Nadine verlor das Bewusstsein.
Der Notarzt hatte die Türe des Rettungswagens hinter sich geschlossen, und der Sanitäter wandte sich zu den Polizisten um. „Es ist ein Wunder. Da herauszukommen und dann noch durch die Böschung nach oben zu klettern. Das hätte auch nicht jeder geschafft. Das Mädchen muss einen besonders guten Schutzengel gehabt haben.“
„Ja und dann auch schon einen Rettungswagen fast an Ort und Stelle. Der Porschefahrer hat ihn ja nicht mehr gebraucht.“

Helmut Wichlatz

Nachricht von Kevin

Vor ihm auf dem Tisch dampfte ein Teller Erbsensuppe. Immer, wenn er seine Eltern besuchte, stand Erbsensuppe auf dem Tisch. Das lag daran, dass er meistens samstags Zeit fand, nach Uevekoven zu kommen. Und samstags gab es immer Erbsensuppe, das war Hausregel Nummer eins – damit Mama bei aller Putzerei nicht auch noch Stunden am Herd zubringen musste. Denn – Hausregel zwei – samstags wurde geputzt. Alles, von oben bis unten und auch die Ecken, in die man sich nur zum Putzen verlief. Er kam nur dann, wenn sein Job als Sales Consultant bei BBDO es zuließ. Er war stolz auf sich. Er sah gut aus und hatte es nach dem BWL-Studium schnell die Karriereleiter hinaufgeschafft in der Werbebranche, die in Düsseldorf immer noch tonangebend war. Alle zwei Monate höchstens schaffte er es noch, sich aufzuraffen und seine Eltern in seinem Heimatort zu besuchen. Dann setzte er sich in seinen Roadster und jagte die A 46 von Düsseldorf aus runter in den Kreis Heinsberg, fuhr in Erkelenz-Ost ab, gönnte sich den Schlenker durch die Stadt, bevor er sie in Richtung Wegberg verließ. Obwohl es von Erkelenz aus nur knapp sechs Kilometer waren, zog sich die Strecke wie Kaugummi. Wenn er vor dem alten Bauernhof hielt, in dem seine Eltern seit bald einem halben Jahrhundert wohnten, kam er sich vor, als sei die Zeit stehen geblieben und er wieder der Junge auf der alten Vespa, dem Mountainbike oder dem Rennrad, das er mit acht Jahren zu Weihnachten bekommen hatte. Die Zeit verstrich hier langsamer, weil nichts passierte. Es gab die Sportfreunde Uevekoven, die es schon gab, seit er denken konnte. Es gab den alten Bäckerladen an der Durchgangsstraße, in dem jetzt aber ein Zauberer seinen Geschäftssitz hatte. Es gab das alte Klinkerwerk, das seit Jahren leer stand und angeblich einen neuen Käufer gefunden hatte, der dort einen Wohnpark für betuchte Holländer bauen wollte – wie gesagt: angeblich. Denn seit das im Wegberger Stadtrat verkündet und der Bebauungsplan entsprechend geändert worden war, war nichts mehr passiert.

Verdammtes Klinkerwerk. Er hatte das Gelände seit rund 20 Jahren nicht mehr betreten. Aus gutem Grund, wie nur er wusste. Nun hatte man ihn gefunden. Vielmehr seine Reste. Der kleine Kevin war wieder da, konnte endlich beerdigt und in Ruhe vergessen werden. Nach zwanzig Jahren.

„Nun iss, Junge, sonst wird die Suppe kalt. Und dann brauche ich mich erst gar nicht mehr an den Herd zu stellen“, ermahnte ihn seine Mutter, die wie immer scheinbar planlos durch die Küche wuselte und einen umfassenden Bericht ablieferte, was seit seinem letzten Besuch vor fast drei Monaten passiert war. Er hatte ihnen nicht gefehlt. Sie waren sich fremd geworden im Laufe der Jahre und die Besuche hatten heute eher rituellen Charakter. Vater war an den Wochenenden nur noch auf dem Sportplatz anzutreffen, wo er mit anderen ehemaligen Aktiven der Sportfreunde den neuen Kunstrasenplatz hegte und pflegte, was Mutter absolut gegen den Strich ging. Gerade eben noch hatte sie ausführlich darüber gesprochen, wie sie sich ihren gemeinsamen Lebensabend ohne diesen verdammten Kunstrasen vorgestellt hatte. Nun floss sie wieder anscheinend ziellos durch die Küche und hielt Ausschau nach einem neuen Objekt, über das sie reden könnte. Dann hatte sie es gefunden und nahm den Lokalteil der Heinsberger Zeitung von der Anrichte. Sie schaute auf den Titel, schüttelte Fassungslosigkeit vortäuschend den Kopf und begann.

„Ja, jetzt haben sie ihn ja endlich, den kleinen Spatz.“ Der Satz stand im Raum und dem Sohn am Tisch versetzte er ein Gallenaufstoßen, dass ihm übel wurde. Natürlich hatte er davon gehört. Es war ja auf allen Sendern gekommen. Bei Aufräumarbeiten im alten Werk hatte man die Knochenreste des Jungen gefunden, in einem alten Brennofen, dessen Eisentür hinter einer wildwuchernden Hecke versteckt war. Die Nachricht hatte ihn

erreicht. Und deshalb war er letztendlich auch gekommen. Wegen Kevin. Dem Arschloch. Dem nervenden kleinen Ekelpaket, das sich in seinem Zuhause breit gemacht und ihm die Aufmerksamkeit seiner Mutter gestohlen hatte.
Seine Mutter präsentierte eine Inszenierung zwischen Mitleid, Kummer und Selbstbezichtigungen. Ja, hätte sie doch damals Zeit gehabt, um auf den kleinen Racker aufzupassen. Und hätte sie sich doch an der Suche beteiligt, sie hätte ihn sicher gefunden, so sehr war er ihr ans Herz gewachsen. Fast wie einer Mutter. Bei den letzten Worten schaute er auf und schluckte die Galle wieder runter. „Das stimmt, Mama, fast wie eine Mutter."
Sie hatte seinen Einwurf nicht bemerkt und schwadronierte weiter. Der Kleine war ja fast bei ihnen auf dem Hof aufgewachsen, seit die Mutter wieder arbeiten gehen musste. Ja, es war schlimm, dass der Vater damals so früh gestorben ist. Die arme Frau, musste sie den kleinen Kevin doch alleine aufziehen, da hilft man doch gerne. Aber er hatte es ihr ja auch leicht gemacht, so ein netter Junge, so ein ungewöhnlich nettes und höfliches Kind.
„Stimmt, Mama. Das hast du damals auch immer gesagt." Er hätte sich den Besuch sparen sollen, dachte er und rührte in der Erbsensuppe. Aber es hatte ihn nach Hause gezogen, jetzt, wo Kevin wieder da war. Als ob er sein Revier erneut verteidigen müsste. Und nun zog es ihn wieder fort, aber er konnte nicht aufstehen. Etwas hielt ihn in dieser Situation, die ihn quälte. Wieder ergoss sie sich in den Lobpreisungen dieser kleinen, miesen Ratte, die er heute noch genauso hasste wie vor zwanzig Jahren.
Seine Mutter bemühte sich, das Leid und die Verzweiflung des Kindes in schillernden Farben zu malen. Sie bot ein Potpourri aus allem, was sie in den Zeitungen, im Fernsehen und durch die Nachbarn erfahren hatte. Obwohl es bei dem Haufen vergammelter Knochen keine Anhaltspunkte gegeben hatte, war allen sofort klar gewesen, um wen es sich nur handeln konnte. Eine DNA-Analyse hatte die Vermutung dann eindeutig bestätigt.

Dafür hatten sie bei ihr extra das alte T-Shirt des Kleinen abgeholt, das sie seit seinem Verschwinden wie einen Fetisch aufbewahrt hatte. Verwandte hatte er ja keine mehr, der kleine Kevin. Seine Mutter hatte sich vor Kummer dem Alkohol ergeben und war wenige Jahre später in Süchteln ziemlich jämmerlich gestorben. „Die arme Frau, so vom Schicksal gebeutelt zu werden“, murmelte die Mutter und hielt kurz inne. Dann fuhr sie fort.
„Mit dem Blut seiner aufgewetzten Finger hat er wohl versucht, etwas an die Wand des Brennofens zu schreiben, stand hier in dem Artikel“, verkündete sie ehrfurchtsvoll.
„Ach“, knurrte er und stierte weiter auf seine Suppe. „Was stand da?“
„Er hat es wohl nicht fertig bekommen mit seinen kleinen blutigen Fingern“, begann Mutter und betupfte mit dem Geschirrtuch ihre Augen. „Er wollte wohl seiner Mutter schreiben, aber in der Dunkelheit und so geschwächt ist er nicht weiter gekommen als MA…“
„MA, soso“, murmelte er.
„Stell dir vor, Marcel, der arme Junge. So alleine in dem alten Brennofen, sicher hatte er Angst und hat nach seiner Mutter gerufen, bis er gestorben ist.“ Sie war nun restlos ergriffen und schüttete einen Schluck lauwarmen Kaffee runter wie einen Schnaps.
„Ja, wird er wohl“, murmelte er. „Schlimme Sache.“
„Warst du damals mit Papa und Onkel Kurt nicht bei der Suche dabei? Ihr wart doch sogar auf dem Gelände?“ Sie weitete die Augen. „Stell dir vor, vielleicht hat er da noch gelebt und hat euch gehört, hat gerufen und … und … oh Gott!“ Wieder weinte sie. Er stierte weiter auf seine Suppe. Ja, er hatte geschrien. Lange. Aber Vater und Onkel Kurt waren am anderen Ende des Gebäudekomplexes gewesen und hatten mit einem Feuerwehrmann gesprochen. Natürlich hatte er ihn rufen und klopfen gehört, den kleinen Kevin. Ganz leise, aber er hatte es gehört. Die Eisentür war ja auch sehr dick. Und wenn nicht, hätte er auch gewusst, wo er ihn suchen musste. Schließlich hatte er den kleinen Quälgeist in den Brennofen eingeschlossen. Er hatte ihn vor dem Haus seiner

Mutter abgefangen, ihn durch die Gärten und hinter den Häusern entlang zum alten Klinkerwerk gelockt und ihn dann im Brennofen eingesperrt. Kevin hatte geglaubt, es sei ein Spiel und war bereitwillig in das dunkle Loch gekrochen. Gut zwei Wochen lang wurde nach Kevin gesucht, dann wurde die Sonderkommission aufgelöst, und nach einer Weile erstarb das Interesse an seinem Schicksal und Verbleib.

„Ja, nun reiß dich mal zusammen", sagte er leicht genervt. „Die Sache ist schon zwanzig Jahre her, wenn nicht länger. Das ist doch kalter Kaffee."

„Wie kannst du so reden?", fauchte seine Mutter ihn böse an und verengte die Augen. „Man könnte fast glauben, du freust dich, dass er tot ist. Schäm dich. Ich habe mir immer gewünscht, du wärst nur ein bisschen wie er gewesen."

„Ach Mama, nun hör doch auf." Langsam bereute er seinen Entschluss, sie zu besuchen. Sie fuhr fort.

„Du warst damals schon eifersüchtig auf Kevin. Meinst du, ich hätte das nicht mitbekommen? Wie du ihn gepiesackt hast bei jeder Gelegenheit. Ich habe mich für dich geschämt. Aber der arme Junge hatte doch sonst keinen. Ich hatte gehofft, du würdest ihm ein großer Bruder sein, aber du warst nur eifersüchtig, gib es doch zu!"

Er war aufgestanden und hatte ein Brotmesser von der Spüle genommen und schaute es an, als er zu sprechen begann.

„Jaja, ist ja gut – und es ist lange her. Aber sag mir eines", begann er mit böse funkelnden Augen. Er konnte es nicht stoppen, es musste endlich raus. „Warum hat das kleine Miststück nicht nach dir gerufen, wenn du ihm doch fast wie eine Mutter warst? Ich erinnere mich genau, ich habe deinen Namen nicht ein einziges Mal gehört, in all den Stunden, die ich gewartet habe! Er hat gebettelt und gefleht, er hat meinen Namen gerufen und den seiner Mutter. Aber deinen nicht!"

Mit weit aufgerissenen Augen starrte sie ihn an. Sie hatte gerade ausholen und ihm triumphierend erzählen wollen, dass sie die Beisetzung des Jungen bezahlen wollte, als

eine böse kleine Botschaft ins Tal ihrer kreisenden Gedanken eindrang.
„Du hast …"
„Ja."
„Du hast doch nicht etwa …"
„Doch, hab ich." Seine Stimme klang kalt, er fühlte sich auf einmal frei. Frei von Schuld.
„Du mieses kleines …", begann sie und ihre Augen drückten Ekel und Abscheu aus. Dann Erstaunen, als das Brotmesser von vorne in ihren Brustkorb eindrang und das Herz durchbohrte. Sie schaute an sich herunter, sah das Blut wie aus einer Quelle hervortreten und über ihren geblümten Kittel fluten. Sie hob langsam den Kopf und schaute ihren Sohn an. Ihr Mund wollte Worte formen, doch er blieb stumm. Marcel betrachtete das Schauspiel des Sterbens seiner Mutter teilnahmslos und wandte sich erst ab, als sie in sich zusammensackte und sich ihr lebloser Körper auf den Fliesen in einer riesigen Blutlache breit machte.
„Jetzt bist du bei deinem Kevin, grüß ihn von mir", murmelte er und setzte sich an den Küchentisch. Die Suppe war kalt geworden. Er würde sie gleich in die Mikrowelle stellen, sobald er die Sauerei beseitigt hatte. Schließlich hatte sie kurz vorher alles geputzt, und das sollte ja nicht umsonst gewesen sein. Er hätte noch Zeit, bis jemand kommen und sie hier finden würde.

Eike Wuscher

Mezzo morte

Er wurde vom Klingeln des Mobiltelefons geweckt. Die großen Zahlen auf der Digitaluhr leuchteten und zeigten 4.05 Uhr.
„Gaspers ... hallo ... schon wieder? ... Wo? ... Ich komme.“
Kaum Zeit, um wach zu werden. Schlaftrunken zog er sich an und huschte ins Bad. Schnell eine Ladung kaltes Wasser ins Gesicht, um diese Benommenheit zu verlieren. Der Schluck Cola schmeckte schal, gab ihm aber die Koffeindosis, die er jetzt unbedingt brauchte. Er schlüpfte in den Mantel und spurtete zu seinem alten Benz.
Der Diesel sprang röhrend an, ein Auslaufmodell wie er selbst. „Für diese Aus-dem-Bett-in-den-Wagen-Nummern bin ich zu alt“, dachte Gaspers. Während seiner Fahrt auf der Landstraße von Erkelenz Richtung Wassenberg fiel ihm auf, dass er seinen Notizblock vergessen hatte. Ein Utensil, das er sonst immer bei sich trug. „Was soll's“, dachte er. Nur noch sechs Tage, dann hatte er es geschafft und konnte in den verdienten Ruhestand treten.
Endlich!
Sein Weg führte durch Gerderhahn, ein Dorf, das im Wesentlichen aus einer langen, gewundenen Straße und einer Mehrzweckhalle besteht. Kurz vor dem Ortsende bog er links ab Richtung Moorheide. Von dort aus gelangte er zum hinteren Eingang des Golfplatzes und zum angrenzenden ehemaligen Militärflugplatz Wildenrath. Ein Teil des damaligen britischen Stützpunktes dümpelte seit seiner Stilllegung 1992 vor sich hin. Aus den Rissen, die sich im Beton gebildet hatten, wuchs meterhoch das Unkraut und die noch stehenden Flugzeughallen waren mit Moos überwuchert.
Der große Hangar befand sich unmittelbar hinter dem Tor zum Golfplatzgelände. Als Kommissar Gaspers eintraf,

sperrten die Mitarbeiter der Spurensicherung bereits das Gebiet ab.
„Moin Willi“, begrüßte ihn Ali Yilmaz, sein türkischer Kollege. „Du hast auch schon besser ausgesehen.“
„Komm du erst mal in mein Alter, Ali Baba“, brummte Gaspers. „Was gibt es genau?“
„Eine männliche Leiche. Etwa Anfang 60, laut medizinischen Befunds liegt der Todeszeitpunkt etwa bei 23 Uhr.“
„Irgendwelche Besonderheiten?“
„Einstiche im Nackenbereich. Der Mann ist wahrscheinlich innerlich verblutet.“
„Wer hat den Toten gefunden?“
„Die Dienststelle Erkelenz erhielt um 0.10 Uhr einen anonymen Hinweis. Der Anrufer hatte ...“
„... eine verzerrte Stimme und sofort aufgelegt“, unterbrach Gaspers seinen Kollegen.
Kommissar Yilmaz nickte. „Sieht aus, als hätte unser Mr. X wieder zugeschlagen. Das gleiche Muster: Opfer sind ältere männliche Personen mit Einstichspuren am Hals. Der hier ist nun schon der dritte Tote bei uns im Kreis.“ Er stutzte kurz. „Willi, was ist los? Keine Notizen heute?“
„Den Block hab ich wohl schon in den Ruhestand versetzt“, brummte Gaspers. „Diesen Irren suchen wir jetzt schon seit über sechs Monaten. Und wir haben nichts, was uns weiterbringt.“
„Die Soko arbeitet wirklich auf Hochtouren. Aber er hinterlässt keine verwertbaren Spuren. Er treibt ein Spiel mit uns.“
„Bei diesem Spiel sind wir aber bis jetzt die Verlierer.“ Gaspers bückte sich, um den Toten genauer zu betrachten und stutzte. Das Gesicht des Mannes hatte er schon einmal gesehen. Aber wann und wo?
Kommissar Yilmaz klopfte seinem älteren Kollegen auf die Schulter. „Es wird dir schon wieder einfallen. Wenn die Leute von der Spusi fertig sind, dann ab mit der Leiche zur Obduktion. Wir befragen die Anwohner, vielleicht bringt uns das ja weiter.“
Gaspers zündete sich eine Zigarette an. Der Gedanke, diesen Fall nicht abschließen zu können, bevor er in den

Ruhestand ging, machte ihn fast wahnsinnig. Er betrachtete jeden seiner Fälle als Herausforderung, und ein nicht aufgeklärtes Verbrechen war für ihn eine persönliche Niederlage.
Die Anwohnerbefragung war schnell erledigt. Es gab nur wenige Häuser in Moorheide, einem Ort, der seit Jahren den Minusrekord mit maximal 16 Einwohnern hielt. Niemand hatte etwas gesehen oder gehört. Es gab keine Spuren des Täters, es war, als verfolgten sie einen Geist. Inzwischen standen Gaspers und seine Truppe enorm unter Erfolgsdruck, da die Presse jeden einzelnen Fall dieser Mordserie gnadenlos ausschlachtete.
Der restliche Tag verlief ergebnislos. Frustriert und übermüdet fuhr der Kommissar nach Hause, in Gedanken bei diesem Wahnsinnigen, der sein tödliches Spiel im Kreis Heinsberg trieb. Gerade als er seine Wohnung aufschloss, fiel ihm wieder ein, wo er dem Toten begegnet war: Der Mann hatte vor ein paar Monaten die Türschließanlage erneuert, und zwar genau hier, in seinem Wohnkomplex. Ein Zufall?
Die Obduktion am nächsten Tag bestätigte die Diagnose: Das Opfer war an inneren Blutungen gestorben. Nach der forensischen Untersuchung stand fest: Wieder war es das Gift eines Taipans, einer hochgiftigen australischen Schlangenart, das zum hämorrhagischen Schock und somit zum Tod geführt hatte. Dieser Cocktail wirkte schnell, das war mezzo morte im Zeitraffer! Zoohandlungen waren überprüft worden, sogar landesweit. Die registrierten Käufer von exotischen Tieren hatten den Täterkreis zwar eingegrenzt, blieben aber für diesen Fall ohne Belang.
Aus den Papieren des Toten ging hervor, dass es sich um Waldemar Müller handelte, 65 Jahre alt, alleinstehend, Rentner. Eine Tatsache, die Gaspers daran erinnerte, dass er selbst in Kürze zu dieser Gilde gehören würde.
Noch fünf Tage bis zu seiner Pensionierung!
Die Wohnungsdurchsuchung des Toten ergab, dass er als Hausmeister bei einer Hausverwaltung in Erkelenz

seine Rente aufgebessert hatte. Während Kollege Yilmaz sich weiter durch Müllers Wohnung kämpfte, fuhr Gaspers zum Arbeitgeber des Opfers. Der Hausverwalter zeigte sich sichtlich erschüttert über den Tod seines Angestellten. „Ermordet, sagen Sie, Herr Kommissar? Unser Waldemar? Das war doch eine Seele von Mensch. Wer macht denn so was?“
Wie erwartet, ergab die Befragung des Verwalters keine besonderen Erkenntnisse. Er beschrieb den Toten als einen sehr umgänglichen Menschen, gewissenhaft und verlässlich. Ein unscheinbarer Mann, der nicht großartig auffiel.
Gaspers war schon im Begriff zu gehen, als der Verwalter ihn noch einmal zurückrief. „Herr Kommissar, mir ist da noch etwas eingefallen. Herr Müller hat hier in der Firma einen Schrank, wo er seine persönlichen Sachen aufbewahrt.“
Die Tür des Spinds war schnell geöffnet. Darin befanden sich eine abgetragene Jacke, eine Wollmütze sowie ein Kamm und eine Dose mit ein paar Geldmünzen. Gaspers griff in die Jackentaschen. Zum Vorschein kamen ein gebrauchtes Stofftaschentuch und ein paar Pfefferminzbonbons. „Was für eine Ausbeute“, dachte er. In diesem Moment fiel ein zerknülltes Stück Papier auf den Boden.
Er staunte nicht schlecht. Darauf stand in großer, roter Schrift die Ortsangabe des Hangars sowie das Datum des gestrigen Tages! Eine Einladung des Mörders an sein Opfer und der erste wirkliche Hinweis.
Sollte da noch etwas kommen?
Es waren nur noch vier Tage bis zu seinem Ruhestand.
Die erste Euphorie über diesen Fund legte sich jedoch schnell wieder. Die Untersuchung der Spurensicherung war ergebnislos: kein einziger Fingerabdruck. Das tiefe Rot der Schrift stammte von einem dicken Filzstift, den man in jedem Schreibwarengeschäft kaufen konnte.
Der Countdown bis zu Gaspers Ruhestand lief. Er empfand die Tage zu kurz und die Nächte zu lang, in denen er sich schlaflos hin und her wälzte. Die Zeit lief ihm da-

von, nur noch zwei Tage, dann hieß es game over!
Sein vorletzter Feierabend. Er saß in seinem Wohnzimmer, rauchte, trank Rotwein und starrte vor sich hin. Instinktiv suchte er nach seinem Notizbuch. Dieses Sammelsurium von Informationen und persönlichen Bemerkungen war für ihn oft der Schlüssel zur Aufklärung gewesen. Akribisch ging er Zeile für Zeile seiner Notizen durch. Ein letzter Versuch, geprägt von Hilflosigkeit und am Ende erfolglos. Gerade wollte er den Block schließen, als er bemerkte, dass hinter der letzten beschriebenen Seite etwas durchschimmerte.
Große rote Buchstaben! Er traute seinen Augen nicht. Dort stand das Datum von morgen und eine Adresse. Das gleiche Muster wie der Zettel aus Müllers Jackentasche. Bingo! Aber was hatte das zu bedeuten? Er merkte, wie er anfing zu schwitzen. Sollte er selbst das nächste Opfer sein? Und wie war dieser Verrückte überhaupt an sein Notizbuch gekommen?
Nach dem ersten Schock wandelte sich seine Gemütslage. „Das ist unsere Chance“, fuhr es ihm durch den Kopf. Ein Hinweis auf den nächsten geplanten Mord. Er spürte die Erregung eines Jägers mit der Aussicht auf große Beute. „Du willst spielen? Das kannst du haben! Aber dieses Mal wirst DU der Verlierer sein!“ Wie konnte dieser Irre nur so verrückt sein, sich mit ihm, dem Kommissar, anzulegen?
Die Nachricht versetzte die gesamte Sondereinheit in Alarmbereitschaft.
Yilmaz versuchte vergeblich, seinem Kollegen dieses Vorhaben auszureden. „Willi, du musst das nicht machen, einen Tag vor deiner Pensionierung!“
„Wenn ich nicht erscheine, könnte es den Täter abhalten, und wir stehen wieder vor dem Nichts. Das wird meine letzte Aktion, Ali, die zieh ich durch!“
Die Vorbereitungen für den Einsatz liefen auf Hochtouren. Als die Dunkelheit hereinbrach, befand sich Gaspers dort, wo der Täter ihn haben wollte: an der alten Ziegelei in Uevekoven. Er war am ganzen Körper verkabelt, rund um das Fabrikgelände war eine Sondereinsatztruppe der

Polizei in Stellung gegangen. Der Kommissar verließ sich ganz auf seinen Freund und Kollegen Yilmaz, der diesen Einsatz leitete.

Das verwitterte Rolltor war nur noch Makulatur, denn zu beiden Seiten klafften große Löcher im roten Mauerwerk. Er schlüpfte hindurch. Seine Schritte knirschten auf den herumliegenden Ziegelresten. „Was bin ich doch für ein Idiot“, bezichtigte Gaspers sich selbst. „Ich könnte jetzt mit einem gutem Glas Wein zu Hause meinen letzten Feierabend genießen. Stattdessen stehe ich einen Tag vor meiner Rente in dieser gottverlassenen Fabrik und warte auf einen Irren!“
Im Inneren des Gebäudes herrschte völlige Dunkelheit. Das Licht seiner Taschenlampe tanzte hin und her. Die Szene hatte etwas Gespenstisches. Unwillkürlich tastete er nach seiner Dienstwaffe, die in seinem Schulterhalfter steckte. Er witterte Gefahr, und seine Waffe gab ihm das Gefühl von Sicherheit.
Ein Scheppern. Aus dem hinteren Teil der Halle. Der Lichtstrahl seiner Taschenlampe zuckte durch den großen, leeren Raum. Gaspers ging langsam weiter. Wieder dieses Geräusch! Das musste der Kerl sein. Er spürte, wie sich sein Puls beschleunigte. Jetzt war der Moment!

„Polizei! Die Halle ist umstellt. Kommen Sie mit erhobenen Händen heraus!“ Aber nichts geschah. Gaspers wiederholte seinen Aufruf. „Polizei! Ergeben Sie sich, Sie haben keine Chance!“
Über ihm knarrte eine Holzdiele. Er fuhr herum, die Taschenlampe auf einen Lagerboden unter der Decke gerichtet. Nichts. Noch während er überlegte, die Leiter hochzusteigen und nachzuschauen, hörte er ein Poltern von der anderen Seite der Halle. Der Kommissar drehte sich um und nahm eine Bewegung war. Er hielt den Atem an, jeder Muskel seines Körpers war angespannt, als er langsam die Waffe aus seinem Halfter zog. Die Luft rasselte geräuschvoll aus seinen Lungen, als er die Katze vorbeihuschen sah.

„Willi, alles in Ordnung?“, hörte er die besorgte Stimme seines Kollegen Yilmaz im Ohr.
„Ja, Ali. Nur eine Katze.“
Der Kommissar empfand bei all seiner Anspannung eine gewisse Erleichterung. Eine Katze! Fast tat es ihm leid, sie in die Flucht gejagt zu haben. Er dachte daran, sich vielleicht selbst eine anzuschaffen, demnächst im Ruhestand.
Ein paar Gedanken, nur ein winziger Moment, in dem er nicht voll konzentriert war. Gerade als er zum Dachboden hinaufsteigen wollte, wurde er von hinten gepackt. Die eine Hand hielt ihm den Mund zu, die andere griff nach der Waffe und presste seinen Arm auf den Rücken. Wo war dieser Kerl nur so schnell hergekommen? Er wurde zu Boden gerissen. Der Boden war eiskalt, genau wie die Nadel der Spritze, die sich in seinen Nacken bohrte.
Er merkte, wie sich die Kälte in seinem Körper ausbreitete. Gerade konnte er noch den Funkspruch seines Kollegen Yilmaz aufnehmen: „Wir gehen rein!“
Ihm schwanden die Kräfte, er bewegte den Mund, brachte jedoch nur einen gurgelnden Laut hervor. Der Täter ließ von ihm ab und verharrte über ihm, die Beine gespreizt. Gaspers schaffte es noch, zu ihm aufzublicken und sah, dass er lächelte.
Dann war alles dunkel und still.
Kommissar Gaspers war im Ruhestand.

Der Tag danach.
„Du sollst es als Erster erfahren. Wir haben diesen Irren. Hat gelächelt wie ein Zombie, als wir ihn festgenommen haben. Die ersten beiden Morde waren wahllos, um das Gift zu testen. Die Tat an Müller war notwendig, um an deine Wohnungsschlüssel und damit an das Notizbuch zu kommen. Aber im Grunde wollte er immer nur dich. Aus Rache. Du hast seinen Vater verhaftet, der hat das Leben im Gefängnis nicht ausgehalten und sich in der Zelle umgebracht. Das war noch vor meiner Zeit, aber

schau mal in deinen frühen Notizbüchern nach. Du hast ja jetzt genug Zeit. Mensch Willi, das war wirklich ein starker Abgang aus dem Polizeidienst! Wenn du wieder auf dem Damm bist, such dir einen neuen Hausverwalter.“

Irene Hissel

Zwischen Liebe und Tod

Alles fing an mit einer dieser Partys, zu denen man zuerst überhaupt keine Lust hat. Ein Kollege meines Mannes feierte seinen 40. Geburtstag.
Zu meiner Überraschung begegnete ich einem Bekannten aus meinem Englischkurs an der VHS, mit dem ich mich von Anfang an gut verstanden hatte. Ein Tennispartner des Arbeitskollegen, wie sich herausstellte.
Er hieß Martin und freute sich sichtlich, mich zu treffen. Er hatte mir einmal erzählt, dass er geschieden und in seiner Freizeit ein begeisterter Tennisspieler war.
Wir unterhielten uns angeregt und ich forderte ihn spontan zum Tanzen auf.
Er nahm mich sofort an der Hand und zog mich durch die Menge zur Tanzfläche.
Martin bewegte sich geschmeidig, wir harmonierten sofort, er zog mich näher heran. Seine Nähe und seine mich anstrahlenden Augen ließen mein Herz schneller schlagen. Danach gingen wir zur Theke.
Martin hatte schöne blaue Augen, eine gute Figur und kurze blonde Haare. Eigentlich gefielen mir sonst eher dunkelhaarige Männer, aber bei ihm war es anders.
Als er mir meinen Cocktail gab, bat er mich, mit ihm zum Musikpark zu fahren, die angesagte Disco in der Nähe. Aber ich lehnte ab, sagte, dass es Zeit wäre zurück zu meinem Mann zu gehen, der mich sicher schon suchen würde.
Er bedauerte, aber er könnte meinen Mann gut verstehen, so eine Frau wie mich würde er auch suchen. Es klang ein bisschen abgedroschen, aber er schaute mich so ernst an, als er dies sagte, dass ich schlucken musste.
Martin war Single und sah wirklich gut aus. Was ich leider erst zu spät herausfand, er war auch ein guter Lügner.
Ich entgegnete ausweichend, er solle sich nur umsehen.

Es seien ja genügend Frauen auf der Party. Aber er meinte, er hätte gesehen, was er sehen müsste.
In dem Moment kam mein Mann Arnold durch die Menge auf uns zu und ich rückte etwas von Martin ab.
Wir waren seit 19 Jahren verheiratet, und in der Zeit hatte er ebenso viele Kilos zugelegt, dafür aber die Hälfte seines Haupthaares eingebüßt.
Nachdem ich die beiden kurz einander vorgestellt hatte, ging ich mit Arnold zurück zu seinen Kollegen.
Etwa eine halbe Stunde später sah ich, wie Martin das Fest verließ. Er schaute sich suchend um und winkte mir zu, als sich unsere Blicke trafen.
Wenn ich gewusst hätte, was damit anfing, wäre ich vor mir selbst davongelaufen.

Am nächsten Tag, einem Sonntag, besuchten uns Freunde. Während der Vorbereitungen fiel mir ein, dass mein Handy noch in der Handtasche lag.
Ich fand darauf eine SMS von Martin. Wir hatten einmal die Nummern ausgetauscht, als sich der VHS-Kursus verschoben hatte.
Es war wunderbar mit dir zu tanzen gestern, wann können wir das wiederholen? lg
Erst war ich verwirrt, doch da war auch ein längst vergessenes Kribbeln im Bauch. Schnell stellte ich das Handy aus. Die Antwort würde warten müssen, bis zum nächsten Tag. Nachdem Arnold das Haus verlassen hatte, stellte ich sofort das Handy an. Wieder eine neue Nachricht, auch diesmal von Martin:
Ich freue mich schon auf unseren Kursabend diese Woche, du kommst doch? lg
Ich musste einfach antworten: Ja ich komme, freue mich auch. lg
Als die SMS abgeschickt war, kamen die Zweifel. Hatte ich zu viel damit geschrieben? Machte er sich jetzt falsche Hoffnungen? Quatsch, ich werde ihm schon klar machen, dass daraus nichts werden kann, egal, was er meinen sollte. Außerdem, ein bisschen Flirten kann ja nicht schaden, solange man seine Grenzen kennt.

Der Mittwoch kam quälend langsam. Ich machte mich am Abend ein wenig sorgfältiger zurecht als sonst und musste mein Spiegelbild darüber anlächeln, als es mir auffiel.
Arnold merkte nichts. Er schaute kaum auf, als ich mich verabschiedete, denn im Fernsehen lief Fußball.
Wie immer war es schon spät, als ich den Klassenraum im Kreisgymnasium in Heinsberg betrat, und der Platz neben Martin besetzt. Doch er lächelte mich sofort strahlend an.
Nach der Stunde wartete er und lud mich auf ein Glas Wein ein. Doch ich lehnte ab.
Schließlich konnte ich nicht einfach eine Stunde später nach Hause kommen, lügen liegt mir eigentlich nicht.
Martin schlug vor, wir könnten uns ein anderes Mal zum Kaffee treffen. Er habe Schichtdienst, da müsse man doch eine gemeinsame Zeit finden.
Das hörte sich harmlos an, doch ich sagte weder zu noch ab. Vielleicht kam mein Zögern daher, weil ich merkte, wie dieser Mann mich innerlich aufwühlte.
Das war nicht gut. Aufregend, aber nicht gut.
Am nächsten Morgen, ich wusste es vorher schon, eine weitere SMS von Martin: Es war so schön mit dir zu reden. Schade, dass wir nicht mehr Zeit hatten. Wünsche dir einen schönen Tag. lg
Warum nicht antworten, sagte ich mir und freute mich während der nächsten Tage über jede Nachricht wie ein Kind, das ein Geschenk bekommt und versuchte, beim Antworten einen halbwegs klaren Kopf zu behalten.
Die Texte waren freundlich bis liebevoll, wurden langsam drängender. Wie ein Teenager las ich jede SMS mehrmals, bis ich sie auswendig kannte und dann bedauernd löschte.
Mein Handy war ein Schatzträger und ich musste höllisch aufpassen, es nicht offen liegen zu lassen, wenn eine Nachricht kommen konnte.
Der nächste Mittwoch kam. Nur sahen wir uns jetzt vertrauter an, eine Woche voll elektronischer Korrespondenz bindet.

Während wir nach dem Kursus zum Auto gingen, wiederholte er seine Einladung auf einen Kaffee, zum Reden, wie er meinte und ich sagte, vielleicht.
Am nächsten Tag seine Nachricht: Ich habe morgen früh frei, was meinst du?
Er wusste genau, dass ich bei meinem Halbtagsjob freitags nicht zur Arbeit musste, also was tun?
Meine Finger konnten vor Zittern kaum die richtigen Tasten drücken, als ich zusagte und nach einem Treffpunkt fragte. Seine Antwort kam sofort. Er schrieb seine Adresse und schlug zehn Uhr vor.
Am nächsten Morgen fuhr ich viertel vor zehn los, nach einer fast schlaflosen Nacht und einem Frühstück, bei dem mir fast jeder Bissen im Hals stecken blieb, ich mir aber nichts anmerken lassen durfte.
Ich musste nach Süsterseel in den Selfkant. Martin wohnte in der Nähe des Edeka-Marktes, und ich stellte mein Auto auf dem Parkplatz ab, wo es unschuldig zwischen den anderen Autos auf mich warten würde.
Meine Finger zitterten schon wieder, als sie die Klingel drückten, und ich atmete einmal tief durch.
Martin öffnete schnell, strahlte mich an und bat mich herein.
Er zeigte mir seine kleine Wohnung, die nett und sauber wirkte. Auf dem Wohnzimmertisch standen schon Tassen bereit und er bat mich, auf dem Sofa Platz zu nehmen. Er würde Kaffee in der Küche holen.
Nach dem Einschenken setzte Martin sich neben mich und erzählte von sich, seinen Freunden, seinem Beruf und fragte nach meinen Interessen. Er wirkte völlig locker und langsam entspannte ich mich auch.
Ich fühlte mich wohl in seiner Gegenwart.
Wir erzählten bestimmt eine Stunde über alles Mögliche, bis ich meinte, dass zu Hause noch Hausarbeit auf mich warten würde.
Da beugte Martin sich plötzlich zu mir, was inzwischen eh nicht mehr weit war, und küsste mich. Es war nicht nur ein einfacher Kuss, er wollte mehr, viel mehr. Ich ließ mich mitreißen, von seiner Leidenschaft und Intensität.

Genau wie beim Tanzen, ich fühlte Gefühle in mir, die schon so lange nicht mehr geweckt worden waren.
Es war der Wahnsinn, heiß und verboten und gerade deshalb berauschend.

Das war der Anfang von, ja von was? Von der Geschichte, die zu Martins Ende führte. Aber das war nicht nur meine Schuld.
An diesem Tag fuhr ich verwirrt und mit immer noch weichen Knien nach Hause. Verwirrt zum Teil darüber, was passiert war, und zum Teil darüber, dass mein schlechtes Gewissen sich ziemlich in Grenzen hielt, was mir dann doch ein schlechtes Gewissen machte.
Dabei kannte ich mich selber nicht mehr. Das ist der Weg in die Hölle, dachte ich. Und so kam es auch.
Arnold merkte nichts. Ich riss mich zusammen, so gut es ging.
Die nächsten Tage waren ausgefüllt mit heimlichen Nachrichten von Martin.
Er schrieb, er vermisse mich und er hätte mich gerne bei sich, oder wie sehr er sich auf unser nächstes Wiedersehen freuen würde.

Der kommende Mittwoch war der letzte Kursustag und ich hatte mir vorgenommen, Martin zu sagen, dass ich auf keinen Fall noch einmal zu ihm kommen könnte. Doch als ich ihn vor dem Gebäude des Gymnasiums warten sah, waren meine Vorsätze dahin. Weggefegt von seinem Lächeln, als er mich erblickte.
Und als er vorschlug, den Kursus sausen zu lassen und zu ihm zu fahren, wurden meine Knie weich wie Pudding. An Widerstand war nicht zu denken, alle Bedenken lösten sich auf in nichts.
Also fuhren wir zu Martin; und diesmal hielten wir uns nicht mit Kaffee trinken oder reden auf.
Der Sex war noch besser als beim ersten Mal, denn Martin war ein toller Liebhaber, machte mir lange vermisste Komplimente über meinen Körper und sagte, was ich für eine tolle Frau wäre.

Jede Minute mit diesem wunderbaren Mann war ein Genuss, ich kam mir begehrt und lebendig vor. Wir verabredeten uns wieder für den Freitagmorgen, und bei diesem Tag blieb es. Ich hatte sowieso frei und Martin legte seine Schicht um, oder was auch immer möglich war, damit es klappte. Wir landeten immer im Bett.
Dass ich verheiratet war, schien meinen Liebhaber nicht zu stören, obwohl er sehr darauf bedacht war, dass mich niemand bemerkte, wegen der Nachbarn, wie er meinte. Im Moment suche er keine feste Bindung und würde es genießen, selbst über seine Zeit bestimmen zu können. Das tat mir etwas weh, denn ich fand, wir hätten doch auch so etwas wie eine Bindung, wenn auch heimlich. Als ich dies sagte, lachte er. Natürlich hätten wir die, meinte er.
Ich verstand und würde ihm Zeit lassen. Längst hatte ich Gefühle, dachte viel an ihn und musste mich immer mehr zusammenreißen, damit mein Ehemann mir nichts anmerkte.
In Gedanken spielte ich mir Szenarien vor, Arnold alles zu gestehen, um dann mit Martin zu leben.
Aber es kam alles etwas anders.

Mitte der Woche kam die Mitteilung von Martin, wir könnten uns Freitag nicht sehen. Es war nicht möglich seine Schicht umzulegen, wegen einer Schulung.
Natürlich war ich enttäuscht, aber ich hatte Verständnis. Dann nächsten Freitag eben.
Am Wochenende schrieb ich Martin, und zum ersten Mal bekam ich keine Antwort. Was war los? Ich war verletzt, schwankte zwischen Sorge und Wut.
Am Montag dann endlich eine Nachricht: Die Schulung, die das ganze Wochenende gedauert hatte, wäre interessant gewesen, aber anstrengend, und er freue sich auf Freitag. War alles in Ordnung? Unsinn, sagte ich mir, er freut sich auf Freitag, alles okay.
Es dauerte eine gefühlte Ewigkeit, bis der Freitag kam, aber meine Sorge schien unbegründet.
Martin war gut aufgelegt, erzählte viel von seinem Wo-

chenende und war nett wie immer.
Als ich mich verabschiedete, meinte er noch, dass er am Samstag mit Kollegen zum Musikpark fahren würde. Ich wünschte ihm viel Spaß.
Dabei meinte ich, etwas würde sich um mein Innerstes krampfen. Diese Disco war für ihren „Abschleppdienst" bekannt. Aber ich konnte ja nicht von Martin erwarten, dass er am Wochenende alleine zu Hause sitzen würde, ich war es schließlich auch nicht.
Was, wenn er eine Andere kennenlernen würde? Der Gedanke, ihn zu verlieren, versetzte mich in Panik.
Zu meinem Entsetzen merkte ich, wie sehr dieser Mann inzwischen mein Leben und Denken beherrschte. Aber dagegen war ich machtlos.
Am Montag griff ich zum Handy, sobald es möglich war. Er meldete sich erst zurück, als er Feierabend hatte und meinte sofort, er könne am kommenden Freitag seine Schicht nicht umlegen. Es wäre im Betrieb aufgefallen, dass er das häufiger mache, er wolle keinen Ärger.
Oh, nein, dachte ich, was soll das? Arnold war noch nicht von der Arbeit zurück. Ich konnte ungestört schreiben.
Ärgerlich antwortete ich auf seine Nachricht, ob er keine andere Möglichkeit überlegen könnte. Daraufhin meinte er mit seiner nächsten SMS: Ich denke, du hast zu viel Stress mit der Situation, ich will dir nicht weh tun, aber ich denke, wir sollten uns nicht mehr so oft sehen.
Mit dem Handy in der Hand sank ich auf die Knie und Tränen liefen mir aus den Augen.
Als ich mich endlich wieder unter Kontrolle hatte, war das Einzige, woran ich denken konnte:
Du musst das wieder hinkriegen. Er meint das nicht so, er ist nur ärgerlich wegen deiner SMS. Hoffnung kam in mir auf, vielleicht war doch noch nicht alles aus.
Ich schrieb ihm mit zitternden Händen, wollte ihn noch einmal treffen, um über alles zu reden und zu klären, was nicht richtig war.
Nach einer Weile kam Martins Antwort:
Einverstanden, komm am Freitag, ich werde mir noch einmal eine Ausrede einfallen lassen.

Alles würde gut werden, dachte ich erleichtert.

Nun, das wurde es nicht so ganz. Ich fuhr also zu ihm. Wir redeten über unsere Situation und er meinte, ich sei eine tolle Frau und er wolle mich nur nicht verletzen. Aber ich merkte, er war etwas reserviert. Es war nicht wie sonst, obwohl wir vereinbarten, die Sache locker weiterlaufen zu lassen, was immer er damit meinte.
Ich klammerte mich an den Gedanken, ihn nicht verloren zu haben.
Am Wochenende schrieb ich nicht, um ihn nicht zu bedrängen.
Montag, kurz bevor ich zur Arbeit fahren wollte, eine SMS von Martin: Es tut mir sehr leid, ich habe am Wochenende eine andere Frau geküsst, es ist eben passiert. Ich will dir nicht weh tun, hoffe, wir können gute Freunde bleiben.
Etwas in mir zerriss und ich konnte nur noch denken: Das war's also. Zugleich schnürte sich mein Brustkorb zusammen und ich schnappte die ganze Zeit nach Luft. Mir wurde übel. Auf der Arbeit meldete ich mich krank.
Der Gedanke an den Verlust bereitete mir körperliche Schmerzen. Was tat dieser Mann mir an? Mir auf dem Handy so etwas mitzuteilen, dieser Feigling. Ich wurde wütend, begann zu hassen.
Ja, Hass war gut – der Schmerz ließ nach, durfte nicht wiederkommen.
Martin hatte mich nur ausgenutzt, um seinen Spaß zu haben, und jetzt ließ er mich fallen.
Er sollte den Schmerz spüren, den er mir bereitet hatte. Der Gedanke nahm Besitz von mir und ließ mich wieder leben. Ich würde Rache üben.
Alle meine Gedanken konzentrierten sich auf dieses Ziel. Deshalb fuhr ich am nächsten Freitagmorgen nach Süsterseel und stellte mich mit dem Wagen so, dass ich den Wohnungseingang im Blick hatte, aber mein Auto nicht weiter auffiel.
Vielleicht würde er seinen Freitags-Rhythmus mit der anderen Frau beibehalten.

Trotzdem wunderte es mich sehr, als Martin gegen zehn Uhr seinen Wagen unweit des Hauses parkte, die Tür aufschloss und hineinging.
Dann, um halb elf, tauchte plötzlich eine jüngere Frau vor der Tür auf und Martin öffnete ihr. Es war unerträglich, doch ich wartete ab, unfähig und wie festgenagelt, musste ich doch wissen, was weiter passierte.
Endlich, um halb eins, ich hätte es beinahe verpasst, sah ich die Frau über die Straße zu ihrem Wagen gehen.
Was nun? Sollte ich bei ihm klingeln, um zu sagen, was in mir tobte?
Während ich mich noch quälte, unschlüssig, was ich machen sollte, ging die Tür wieder auf und Martin ging zu seinem Wagen, während er sich nach allen Seiten umsah.
Seltsam, ich beschloss ihm zu folgen.
Er fuhr zuerst nach Gangelt und dort durch den Torbogen in Richtung Vinteln.
Ich hatte zwei Autos zwischen uns gelassen, und als Martin in eine Einfahrt einbog, fuhr ich links in die Straße Am alten Bahnhof und hielt an.
Von dort aus konnte ich sehen, wie dieser Mann eine Tennistasche aus dem Kofferraum nahm, mit seinem Schlüssel die Haustür öffnete und ihm ein ungefähr achtjähriges Mädchen um den Hals fiel.
Auf einmal wurde mir alles klar. Deshalb die ängstliche Heimlichtuerei.
Er war verheiratet und ich eines seiner vielen Abenteuer. Alles, was er gesagt hatte, war gelogen. Es war so verletzend und demütigend. Ich würde ihn erschießen.

Und das tat ich dann auch.
Es war nicht so schwer für mich, ein Kleinkaliber mit Munition zu besorgen. So mancher würde sich wundern, wenn er wüsste, wie viele Leute hier im Grenzgebiet Waffen besitzen und auch damit umgehen können. Zu Martins Pech gehöre auch ich dazu.
Da mein Vater schon seit meiner Kindheit Waffen besaß, hatte er uns den sachgemäßen Umgang frühzeitig bei-

gebracht. Ich brauchte nur meine gehbehinderte Mutter zu besuchen, als mein Vater nicht zu Hause war, um unbemerkt das Gewehr aus dem Tresor zu holen. Ich hatte mir eine große Sporttasche mitgenommen und legte ein Handtuch über den Lauf, der ein wenig herausschaute. So nahm ich die Waffe mit zu Martin. Da er die Wohnung in Süsterseel anscheinend nur freitags nutzte, musste ich ihn dort abpassen. Unter einem Vorwand, noch etwas bei ihm vergessen zu haben und gerade in der Nähe wäre es abzuholen, rief ich ihn an, damit er mich hereinließ. Er schaute verwundert auf die Tasche. Als ich das Gewehr herauszog, wurde er blass und sank auf das Sofa, auf dem wir uns so oft geliebt hatten.
Ich ließ ihm keine Zeit, obwohl er noch irgendetwas sagte. Es tat so gut, diese Angst in seinen Augen zu sehen. Es lief alles ab wie ein Film, den man nicht mehr anhalten konnte.
Zu Hause hatte ich alles vorbereitet. Das Magazin war schon geladen, der Schalldämpfer aufgeschraubt. Meine Hände waren ganz ruhig, als ich anlegte. Der vertraute und einst geliebte Anblick seines Gesichtes ließ mich zögern. Doch dann fiel mir die Nachricht auf meinem Handy ein und ich schoss ihm zweimal in die Brust.
Und dann passierte es. Als ich die Tür öffnete, um unbemerkt zu verschwinden, stand die nächste Verabredung vor der Tür und schaute mich fragend an.

Die blonde Frau, nach der gerade gehörten Beichte blass, aber ruhig, schaut die Mörderin, die vor ihr auf einem Küchenstuhl sitzt, nachdenklich an.
Schließlich springt sie auf, erklärt der verblüfften Täterin, am besten würde sie durch die Hintertür aus der Küche heraus vom Tatort verschwinden, und sie würde vorne das Haus verlassen. Als sie sich schon zum Gehen umwendet, erklärt sie noch, dass sie schon länger alleine war und Martin sich auf ihre Kontaktanzeige gemeldet habe. „Suche ehrlichen, treuen Mann für gemeinsame Zukunft."

Heidi Hensges

Strange

Der Versuch, eine Krimikurzgeschichte zu schreiben, scheitert jämmerlich. Ich bin nicht wirklich überrascht. Mein Kopf gleicht einem Schnellkochtopf kurz vor der Explosion aufgrund eines verstopften Überdruckventils. Oder, um es noch plastischer zu beschrieben: Er fühlt sich an wie ein riesiger, nutzloser Eiterpickel. Kennen Sie das, wenn so ein Ding endlich reif ist und seine stinkenden Innereien auf den Badezimmerspiegel ejakuliert? Nichts wünsche ich mir mehr als eine ähnlich tiefstmögliche Erleichterung. Mein Kopf sieht das anders. No in, no out. Da hilft auch Drücken nichts. Ich habe es ausprobiert.

Frischluft täte ihm gut, denke ich. Der Blick durch das Fenster meines verqualmten Büros trifft auf einen Streifen blauen Landhimmels. Spazierengehen wäre keine schlechte Idee, zumal sich ein geplatzter Denkapparat draußen auch einfacher entsorgen ließe als drinnen. Mein Hund wittert mein Vorhaben in dem Moment, als ich auffällig unauffällig zur Haustür schlendere. Blöderweise ist das Tier nicht blöd. Vielleicht sollte ich erwähnen, dass es sich dabei um ein acht Kilo leichtes Mädchen handelt, einer entzückenden Mischung zwischen Labrador und Spitzmaus. Spaziergänge sind für sie ein verzweifelter Kampf mit der eigenen multiplen Persönlichkeit und gegen alle Artgenossen. Entspannung sieht anders aus. Um es kurz zu machen: Mein Frauchenherz wird trotzdem weich. Ich mache mich ausnahmsweise optimistisch mit meiner hyperventilierenden Gefährtin auf den Weg und hoffe auf Eingebung.

Unsere Homeposition liegt in Hülhoven, vorne heraus an einer die körperliche Unversehrtheit gefährdenden Rennstrecke, hinten heraus quasi mitten zwischen Kühen und Maisfeldern. Mit viel Geduld, Glück und Durchhaltevermögen lässt sich rechts oder links herum eine annehmbare Hunderunde verwirklichen, indem man den alten

Hülhovener Wasserturm ansteuert. Ich entscheide mich für links herum, mein Hund sich für rechts. Wir gehen rechts. Fünf Minuten später liegt vor uns lange, gerade Feldwegstrecke mit freiem Blick ins Flachland. Irgendjemand „da oben“ hat mein lautes Flehen erhört: kein anderer Hund, kein anderes potenzielles Herrchen oder Frauchen in Sicht. Ich atme durch.

Üblicherweise gehe ich hektisch und renne fast. Beobachter könnten den Verdacht hegen, ich sei permanent auf der Flucht. Meine aktuelle Schrittgeschwindigkeit jedoch verwundert selbst mich. Ich widerstehe dem romantischen Impuls, Wanderlieder zu pfeifen und Blümchen zu pflücken. Der Weg, auf dem wir uns befinden, endet vorläufig an einer Kreuzung. Rechts herum geht es zum Heerweghof und zum Friedhof, geradeaus zum Krekelberger Hof und links herum zum Wasserturm, an ihm vorbei, über eine Straße und anschließend wieder in die Felder. Uns gegenüber steht eine Bank. Mir ist nach einem Picknick. Gut, es besteht lediglich aus Wasser für meinen Hund und Wasser für mich. Rotkäppchen wäre das nicht passiert. Doch viel wichtiger als Kuchen und Wein ist mein Buch, das ich für die Rast eingepackt habe. Stephen King, großartig. Ich sitze, Hund sitzt, ich trinke, Hund säuft, ich lese, stiere über das Maisfeld hinweg zum Horizont, nach links, nach rechts, nach hinten, nach vorne, Hund guckt mich an, ich gucke zurück und treffe eine spontane, ja fast tollkühne Entscheidung: Ich lasse ihn laufen. Wo meine Nerven im Normalfall vollständig versagen, werde ich eingelullt von dieser heimeligen Weltfriedenstimmung hier mitten in der ländlichen Natur. Vermutlich bin ich nicht ganz bei Verstand. Vielleicht denkt das auch mein Hund, denn statt fröhlich davonzurennen und die seltene Freiheit zu genießen, lässt er sich einfach neben der Bank nieder. Er seufzt. Gemeinsam bestaunen wir das Himmelblau.

Da sehe ich links dieses Mädchen kommen. Ein kleines Mädchen, höchstens sechs, langes braunes Haar, hübsches Kleid, allein bis auf den Teddy in ihrem Arm. Allein? Wo kam es her? Vom Friedhof? Von den Höfen?

Aus der Luft? Warum habe ich die Kleine so spät bemerkt? Mein eben noch frei fließender Gedankenstrom prallt gegen die Staumauer und gerät aus dem Takt. Sie steuert direkt auf uns zu. Mein Hund reagiert nicht, was mich verblüfft. Als sie vor uns steht, bemerkte ich den Schmutz an ihrem Kleid. Große dunkelgrüne Augen sehen mich an, doch sie bleibt stumm. Ihr Teddy – ist das Blut auf seinem Fell? Ich werde nervös, frage, ob sie hingefallen sei, ob ich ihr helfen könne. Derweil scanne ich die Landschaft nach einer erwachsenen Begleitperson ab. Niemand da. Das Mädchen schweigt weiter.
„Wie heißt du denn?“, frage ich im Versuch, Kommunikation in Gang zu setzen.
„Lisa“, antwortet sie.
„Und wo wohnst du?“
Statt einer Antwort bekomme ich ihre kleine kalte Hand, die sanft an meiner zieht. Sie will, dass ich aufstehe. Mir ist mulmig.
„Warte.“
Ich schmeiße Wasserflasche, Buch und Trinknapf in meinen Rucksack, leine den immer noch alles ignorierenden Hund wieder an und erhebe mich. Lisa ergreift erneut meine Hand, und so gehen wir zu dritt Richtung Heerweghof. Ist das ihr Zuhause? Ich plappere sinnloses, kindgerechtes Zeug vor mich hin. Ein düsteres Gefühl kriecht mir in den Hals. Gleichzeitig ziehen dunkle Wolken auf. Was zum Kuckuck ist hier los! Meine Fantasien stellen sich auf Teufel, Tod und Ungemach hinter den Türen und Toren des Hofes ein. Doch unser Weg soll hier noch nicht enden. Lisas Ziel ist ein anderes – der Friedhof, den wir nach weiteren endlosen zehn Minuten erreichen. Lisa bleibt stehen. Während mir ein erster Regentropfen auf die Nasenspitze fällt, beginne ich zu schwitzen. Warum ist hier niemand? Wieso liegt mein Handy wie immer zu Hause rum? Was tue ich hier? Kann mir bitte mal jemand helfen? Ich starre auf die kleine Eingangstreppe und beschäftige mich zur Ablenkung ausgiebig mit Verbotssymbolen und Text des Friedhofsordnungsschildes.

Die Besucher werden gebeten, sich der Würde des Ortes entsprechend zu verhalten. Kindern unter 12 Jahren ist der Aufenthalt nur in Begleitung Erwachsener gestattet. Das unberechtigte Betreten von Anpflanzungen und Gräbern, das Verteilen von Druckschriften – ausgenommen Totenzettel – ohne Erlaubnis sowie das Feilbieten von Waren und gewerblichen Dienstleistungen ist nicht gestattet. Den Anordnungen des Friedhofspersonals ist Folge zu leisten.
Stadt Heinsberg
Der Bürgermeister

So so. Ich möchte diese Stufen jetzt nicht hochgehen. Ich will gerade nicht wissen, was dahinter ist und ich von hier aus nicht sehen kann. Außerdem regnet es. Ich will nach Hause. Zu dumm, dass ich hier die Erwachsene bin. Haha.
„Und nun?“, frage ich dümmlich.
Lisa guckt mich an. Sie setzt auf mich. Okaaay … Arsch zusammenkneifen und los, aber nicht ohne meinen Hund. Scheiß auf die Friedhofsordnung, ich brauche Beistand und hole tief Luft.
Gleich links sind die Kindergräber. Ein Grund, hier nicht freiwillig spazieren zu gehen, das schlägt aufs Gemüt. Es ist 11 Uhr am Vormittag. Eigentlich die ideale Zeit, jemanden anzutreffen – eine trauernde Mutter, eine Unkraut jätende Witwe. Im Moment noch Fehlanzeige, doch vielleicht weiter hinten, wenigstens das berühmte Personal … Es gießt in Strömen. Mein nasser Hund knurrt.
Lisa zieht mich. Wir folgen dem Hauptweg, der erst rechts am kleinen Friedhofsgebäude vorbeiführt und dann geradeaus weitergeht. Bevor er nach links abknickt, befindet sich ein kleiner Platz mit einer Bank und einem großen Steinkreuz. Das weiß ich, weil ich dort schon einmal gesessen habe. Offensichtlich will Lisa dort hin. Ich schaue kurz zu ihr herunter, blicke wieder auf und bleibe stehen. Das Steinkreuz. Auch wenn es noch recht weit entfernt ist, sehe ich etwas, was mir ganz und

gar nicht gefällt. Mein Hund knurrt lauter. Ich schlucke. Eine Sekunde lang wähne ich mich in der Kreuzigungsszene der Oberammergauer Passionsspiele, nur ohne Musik. Das hier kann nicht real sein. Da hängt eine Person. Oder das, was von ihr in einem nackten, leblosen Körper übrig geblieben ist. Ich will hier weg.
„Mama. Sie kann mich nicht hören." Lisas Augen laufen über vor Tränen.
„Bleib hier und pass auf den Hund auf."
Mit kiloweise Zement in den Schuhen bewege ich mich zitternd und alleine auf die an das Kreuz gefesselte Frau zu. Die frische Blutlache unter ihr, die Wunde an ihrem Hals – wer tut einem Menschen so etwas an? Und vor allem – wo steckt dieses Monster jetzt? Ich bete zu einem Gott, aus dessen Verein ich vor Jahren ausgetreten bin. Ist das nun das, was mir eine gläubige Katholikin vor Monaten angedroht hat? Egal. Ich muss Hilfe holen. Schnell. Ich renne. Renne zu Lisa, nehme sie wieder an die Hand, leine den Hund ab, renne mit ihr quer über frische Gräber, hin zum Ausgang hinten links, nach rechts, immer geradeaus, an unbekannten Häusern vorbei, der Hund folgt uns, da, auf der anderen Straßenseite, das offene Tor, ich huste, ich keuche, ich sollte weniger rauchen, ich stolpere und schreie: „Hilfe ist hier jemand?"
Mitten in einem Innenhof bleibe ich stehen. Der Mann da, der mit dem Mantel. Mit dem blutbeschmierten Mantel. Er grinst mich finster an: „Da sind Sie ja."

„Hallo? Hallooooo?" Jemand tippt mir mit Nachdruck auf die Schulter. „Ist das Ihr Hund? Der lief da hinten im Feld rum."
Ich bin verwirrt. Vor mir steht ein kleines Mädchen, höchstens sechs, hübsches Kleid, langes braunes Haar, Teddy im Arm. Neben ihr die tote Frau vom Steinkreuz. In Jeans und Bluse.
„Mama, was ist mit der Frau?"
Ich brauche eine Minute, um zu begreifen, und räuspere mich.
„Entschuldigung, ich muss wohl eingeschlafen sein."

„Geht es Ihnen gut?“
„Danke, ja. Ich brauche nur ein bisschen Urlaub.“

Eike Wuscher

Halbe-Halbe

„Wohin soll es denn gehen mit dem ganzen Gepäck?"
„Was geht Sie das an? Lassen Sie mich vorbei, ich hab's eilig!"
„Sie wollen doch nicht ohne Ihre Papiere verreisen, Herr Lehmann!"
„Was denn für Papiere? Und woher kennen Sie meinen Namen?"
„Ich habe hier Ihre Brieftasche, daher war es nicht allzu schwer, Sie zu finden."
„Oh, die muss mir wohl aus der Tasche gerutscht sein. Was für ein Glück, dass Sie sie gefunden haben."
„Das sehe ich auch so. Wir sollten uns einmal über den Finderlohn unterhalten."
„Na klar. Also zwanzig Euro sollten da bestimmt für Sie drin sein."
„Ich dachte da eigentlich an die Hälfte Ihres Beutezuges. Dafür vergesse ich, dass ich Ihre Brieftasche neben dem toten Kassierer der Tankstelle gefunden habe."

Rosemarie Fahlenbock

Tod am Burgberg

Die Leiche von Monika Riedel wurde in den frühen Morgenstunden des 1. Mai 1977 gefunden. Sie lag hinter der Mauer neben dem Hauptweg, der zu der auf einer Anhöhe liegenden Burg und ehemaligen Festung in Randerath im Kreis Heinsberg führte. Monika war zum Zeitpunkt ihres Todes 15 Jahre alt. Die Untersuchungen der Gerichtsmediziner ergaben, dass das Mädchen erwürgt worden war. Neben den Würgemalen wies ihr Hals weitere Spuren auf, die darauf hindeuteten, dass ihr etwas gewaltsam vom Hals gerissen worden war. Wie die verzweifelten Eltern später angaben, handelte es sich aller Wahrscheinlichkeit nach um eine silberne Halskette mit einem auffallenden Sternanhänger, die ihre Tochter von einem heimlichen Verehrer bekommen hatte. Anhaltspunkte für eine Vergewaltigung lagen nicht vor. Das Fahrrad des Mädchens wurde unweit des Leichenfundortes in einem Gebüsch aufgefunden. Aufgrund der sintflutartigen Regenfälle in der Tatnacht waren mögliche Spuren im wahrsten Sinne des Wortes weggeschwemmt worden. Die späteren Ermittlungen ergaben, dass Monika Riedel sich auf dem Nachhauseweg von einem Discoabend im Jugendheim befand, als sie ihrem Mörder begegnete. Das Jugendheim war im alten Pfarrhaus von Randerath unweit des Leichenfundortes untergebracht. Dazwischen lagen die Kirche und der Marktplatz, der früher auch als Schulhof der ehemaligen Grundschule genutzt wurde. Heute befand sich im Erdgeschoss des alten Schulgebäudes die Traditionsbäckerei Bremer. Die früheren Klassenzimmer im Obergeschoss wurden zu Wohnräumen umgestaltet. Die Befragungen der Jugendlichen, die ebenfalls die Disco besucht hatten, ergaben, dass Monika ausgelassen getanzt und geflirtet hatte. Sie war ein attraktives, lebenslustiges Mädchen mit blonden, halblangen Haaren, das manchem Jungen den Kopf verdreht hatte. Dabei schien sie jedoch keinem bestimmten

Verehrer den Vorzug zu geben, sondern genoss es, umschwärmt zu werden. Einen festen Freund habe Monika jedenfalls nicht gehabt, gab ihre beste Freundin Annika zu Protokoll. Obwohl viele Menschen das Mädchen an ihrem letzten Abend noch gesehen hatten, gab es niemanden, der sie auf ihrem Nachhauseweg begleitet oder beobachtet hatte. Annika erinnerte sich daran, dass Monika gegen 22.30 Uhr überstürzt den Discoabend verließ, weil sie die Zeit vergessen hatte und Ärger mit ihren Eltern befürchtete. Die weiteren Ermittlungen im Mordfall Monika Riedel verliefen ergebnislos. Die Akte wurde schließlich geschlossen.

Er war zurückgekehrt. Das alte Haus war jetzt halb verfallen, durch die fehlenden Dachziegel war der Regen eingedrungen und hatte große Schäden angerichtet. Irgendjemand hatte irgendwann versucht, Schadensbegrenzung zu betreiben und Eimer, Zinkwannen und alte Töpfe auf dem Dachboden aufgestellt. Sämtliche Räume lagen unter einer dicken Staubschicht, Spinnweben hatten sich überall ausgebreitet. Er stieg die alte Holztreppe wieder vorsichtig hinunter und strich sich dabei angewidert eine dicke Spinnwebe aus dem Gesicht. Die Stufen waren morsch, er machte einen großen Schritt, um sicher auf den Steinfußboden des Korridors im Erdgeschoss zu gelangen. Er betrat die ehemalige Küche und schaute sich dort um. Einige der alten Möbel waren noch vorhanden. Darunter war auch der alte, weiß lackierte Tisch, der noch wie damals unter dem Fenster stand. Hier hatte sein Vater immer gesessen. Vor seinem inneren Auge tauchte die Vergangenheit wieder auf. Er sah seinen Vater dort sitzen, den Kopf auf dem Tisch, wie meistens, wenn er betrunken war. Die Bierflaschen standen aufgereiht auf der Fensterbank, eine Flasche Korn hielt er in seiner Hand. „Jabiko“ hatte er ihn immer genannt und über seine Abkürzung für „Janz billije Korn“ gelacht. Der alte Zinnaschenbecher quoll über von Kippen, eine Zigarette qualmte vor sich hin, ohne dass sich jemand darum kümmerte. Der Heimkehrer spürte den

Geruch von Alkohol und Nikotin förmlich wieder in seine Nase steigen. Der Ekel ließ ihn wieder zu sich kommen. Er drehte sich um, sein Blick fiel auf den Herd, an dem seine Mutter oft gestanden hatte. Blass und mager war sie gewesen mit dunklen Ringen unter den Augen. Manchmal war ihr Gesicht auch geschwollen und ihr Körper voller blauer Flecken, wenn ihr Mann sich im Suff wieder einmal an ihr vergriffen hatte. Ihren Sohn schien sie kaum wahrzunehmen und empfand ihn als Last, obwohl er immer versucht hatte, ihre Zuneigung zu gewinnen. Er war ein braves, unauffälliges Kind gewesen. Seine Mitschüler hatten ihn wegen seiner Kleidung ständig gehänselt. Er trug keine Markenkleidung, und seiner Frisur sah man an, dass seine Mutter selbst Hand daran angelegt hatte. „Stinker“ hatten sie ihn genannt, weil seine Wäsche immer diesen leicht säuerlich-modrigen Geruch verströmte. Was zum Teufel wollte er hier eigentlich? Das alles hatte nichts mehr mit ihm zu tun. Er verließ mit energischen Schritten das Haus, ging zu seinem Wagen und drehte sich nicht mehr um.

Frederico Rosare saß am Tresen der Gaststätte Neunfinger und drehte mit seinen gepflegten Händen sein Rotweinglas genüsslich hin und her. Dabei beobachtete er fasziniert die Kellnerin, wie sie die Bestellungen der Gäste entgegennahm und das Essen und die Getränke flink und geschickt servierte.
„Jefällt Ihnen wohl die Kleine, was?“ Willi Krause drehte sich auf seinem Barhocker zu Frederico herum, und ein Gemisch aus Biergeruch und Zigarettenqualm wehte seinem Gegenüber ins Gesicht.
Eine Antwort wartete Willi gar nicht erst ab, er redete einfach weiter. „Da werden se sich anstrengen müssen, die is nich wie ihre Schwester damals. Dat war en Fejer, sach ich Ihnen. Is ja dann auch traurich geendet, dat Janze!“
Frederico sah ihn fragend an. „Ja wissense, die Monika, dat war die Schwester, die is umjebracht worden. Dat is schon über 30 Jahre her. Aufm Wech vom Jugendheim

nach Hause war se. Der Typ hat sie erwürcht. Den hammse nie jefasst. Die Eltern sind da nie drüber wechjekommen. Zwei Jahre später haben die dann doch noch mal en Kind gekrischt. De Lara!“ Willi Krause deutet mit einer Kopfbewegung in Richtung der reizenden Bedienung. „Die haben se jehütet, wie ihren Auchapfel, durfte nix dat Kind!“, redete Krause munter weiter. „Die Eltern sind mittlerweile beide tot. De Lara war mal kurz verheiratet, is aber wieder jeschieden. Die arbeitet normalerweise in Geilenkirchen in der Bücherei. Nur abends bedient se manchmal hier, wenn viel zu tun is!“
Frederico Rosares Interesse war geweckt. Obwohl ihm die plump-vertrauliche Art von Willi Krause nicht gefiel, lud er ihn zu einem Bier ein.
„Wissense“, redete sich Krause jetzt richtig in Fahrt, „hier in Randerath, dat is sowieso et Klein-Chicago vom Kreis Heinsberch!“ Er beugte sich weiter zu Frederico hinüber, und seine Stimme hatte einen verschwörerischen Unterton.
„Klären Sie mich auf!“, antwortete Frederico seufzend.
„Also, da jab et vor Jahren schon mal en Mord an ner Anwältin. Der Lebensjefährte hat die umjebracht. Ich jlaub in Jugoslawien oder Serbien oder so hammse den dann jefasst. Janz früher, da war et Monika noch en Schulkind, da haben se die Sparkasse hier überfallen. Der Räuber hat sich abends oben in der alten Schule einschließen lassen, da war früher die Sparkasse unten mit drin. Na jedenfalls ist der morjens runter und hat die Anje-stellte überfallen, als se zur Arbeit kam. Dann is vor etlichen Jahren hier auch mal en alte Frau verjewaltigt worden. Die hat dat nicht überlebt. Et ist noch jar net mal lang her, da haben se hier in der Nähe ne tote Frau gefunden. Dat war auch im Fernsehen. Da haben se sojar en Massenjentest jemacht. Und jetzt noch der Typ, der die Kinder missbraucht hat. Da hat et lange Zeit jeden Abend Demonstrationen jejeben. Dat ist aber jetz vorbei! Wat hat Sie eijentlich nach hier verschlaren, wenn ich Sie fraren darf?“, bekundete Krause jetzt sein Interesse an Frederico.

„Ich bin Immobilienhändler und suche für Kunden renovierungsbedürftige Objekte. Am Hellenkamp soll ein Haus verkauft werden!"
„Doch nich die alte Bruchbude, die schon so lange leer steht? Na, dann viel Spass! Die können se nur noch mit de Abrissbirne sanieren!"
Frederico Rosare hatte genug von der Unterhaltung mit dem angetrunkenen und redseligen Willi Krause. Er rief demonstrativ Lara Riedel herbei und verlangte die Speisekarte.
Im Verlauf des Abends gelang es ihm, die junge Frau in ein Gespräch zu verwickeln, und er zog alle Register seines weltmännischen Charmes, um sie zu einer Verabredung zum Essen für den kommenden Tag zu überreden.

„Du hast vielleicht ein Glück, aber das hast du auch verdient!" Bianca Meyer umarmte ihre Freundin Lara stürmisch. Die beiden saßen in einem gemütlichen Café in der Geilenkirchener Innenstadt und prosteten einander mit einem Glas Prosecco zu. „Ein schwerreicher Geschäftsmann, dein Frederico, und sieht dazu noch klasse aus! Da könnte man fast neidisch werden. Und den Altersunterschied finde ich auch nicht schlimm. 18 Jahre ist heute doch kein Problem mehr. Der sieht ja auch wesentlich jünger aus. Erzähl mal, wie soll es denn jetzt weitergehen mit euch beiden Turteltauben?"
„Das Neueste weißt du ja noch gar nicht", beantwortete Lara ihre Frage strahlend. „Frederico hat das alte Haus am Hellenkamp gekauft. Er hat nur den Grundstückspreis bezahlt, und der war sogar noch besonders günstig, weil er die Abrisskosten tragen muss. Er will tatsächlich ein neues Haus für uns bauen. Die Pläne sind schon beim Architekten. Seine Penthouse-Wohnung in Düsseldorf behalten wir natürlich, weil Frederico in der Nähe seine Geschäftsräume hat. Stell dir das vor, Bianca, in der Woche Dorfidylle und Landleben, am Wochenende Shoppen und Kulturprogramm in Düsseldorf mit dem tollsten Mann der Welt!"
„Du bist nicht wiederzuerkennen", stellte Bianca fest, „so

lebenslustig und voller Pläne habe ich dich noch nie erlebt. Und habt ihr auch schon einmal über Hochzeit gesprochen?“, hakte sie nach. Laras Gesichtsausdruck wurde ein klein wenig ernster. „Nein, das heißt doch, Frederico hat mir von Anfang an gesagt, dass er mich nicht heiraten wird, damit müsste ich mich abfinden. Er hat geschworen, dass er mich liebt, aber er hat wohl einmal eine schlechte Erfahrung gemacht, und eine Ehe kommt für ihn nicht mehr in Frage. Macht aber nichts, ich brauche keinen Schein zum glücklich sein!“
„Reimt sich sogar, Prost!“, erwiderte Bianca gut gelaunt und hob ihr Glas. „Auf die Liebe!“

Nichts deutete an diesem Freitag darauf hin, dass er ein solches Ende nehmen würde. Lara Riedel hatte sich für den Abend mit Frederico verabredet. Sie wollten sich in seiner Wohnung in Düsseldorf treffen, für die Lara einen Schlüssel besaß. Geplant war ein romantisches Abendessen in einem netten Restaurant, anschließend wollten sie noch Tanzen gehen. Vielleicht würden sie zum Abschluss noch am Rheinufer entlang spazieren, träumte Lara vor sich hin. Die Musik im Radio beschwingte ihre Schritte, sie ging hinüber ins Schlafzimmer, um für Frederico die passende Kleidung aus dem Schrank zu nehmen. Er hatte sie von unterwegs angerufen und sich entschuldigt, dass es ein klein wenig später werden würde, weil der Termin mit seinem Kunden sich länger als geplant hinzog. „Schatz, leg mir doch schon meine Sachen zurecht, dann muss ich nur noch kurz unter die Dusche springen und der Abend kann beginnen. Kuss, bis gleich!“, hatte er ins Telefon gehaucht.
Die Garderobe war schnell zurechtgelegt. Aber irgendetwas fehlte noch. „Die Manschettenknöpfe“, dachte Lara laut, „die geben der Sache den letzten Schliff!“ Frederico würde umwerfend aussehen in der edlen schwarzen Hose und dem dazu passenden Hemd mit dezenten Nadelstreifen. Lara begab sich auf die Suche nach den Manschettenknöpfen. Sie fand das Lederkästchen im Nachttisch und öffnete es. Es dauerte nicht lange, und

sie hatte einen der gesuchten Knöpfe gefunden. Wo war nur der andere? Sie suchte weiter und fühlte plötzlich etwas unter dem Innenfutter aus Samt. Neugierig geworden, hob sie mit einem Fingernagel eine Ecke des Futters an und starrte entgeistert auf den versteckten Gegenstand.

Als Frederico Rosare seine Wohnung betrat, wunderte er sich, dass alles still war. Normalerweise lief immer das Radio, wenn Lara bei ihm war. Sie kam ihm auch nicht wie sonst im Flur entgegen, um ihn mit einem zärtlichen Kuss in Empfang zu nehmen. Nichts Gutes ahnend betrat er das Wohnzimmer. Lara saß auf dem Sofa und schaute ihn nur an. In ihrer Hand hielt sie eine silberne Kette mit einem Sternanhänger, die am Verschluss zerrissen war. Sie schwieg weiter und hielt ihm die Kette entgegen.
„Erklär mir das", fordert sie ihn schließlich auf, „aber lüg mich nicht an! Die Kette gehörte meiner ermordeten Schwester. Sie hat sie auf dem Foto getragen, das meine Eltern in ihrem Schlafzimmer hängen hatten. Ich weiß, dass die Kette nach Monikas Ermordung verschwunden war. Also, ich höre!"
Frederico Rosare war blass geworden und ließ sich in einen der eleganten Ledersessel fallen. Er rieb sich mit müden Bewegungen die Augen. Dann begann er zu erzählen.
„Ich war verliebt in Monika. Aber nur heimlich. Sie hat mich nie beachtet. Wieso auch? Wir wohnten damals in dem alten Haus, das ich für uns beide gekauft habe. Wir waren nicht gerade das, was man eine Vorzeigefamilie nennen würde. Asozial, so nannten uns die meisten. Mein Vater hat getrunken und meine Mutter grün und blau geschlagen. Sie hatte keine Kraft, um sich gegen ihn aufzulehnen und auch keine, um sich um mich zu kümmern. Geld war sowieso nie da. Schon gar nicht für coole Markenklamotten oder um mit den anderen mitzuhalten. Das Geld für die Kette habe ich mir heimlich mit Rasenmähen und Autowaschen verdient. Wenn mein

Vater davon gewusst hätte, wäre es sowieso nur für Bier, Schnaps und Zigaretten draufgegangen. Ich habe mich nicht mal getraut, Monika die Kette persönlich zu schenken, sondern hab sie ihr in der Schule heimlich in den Rucksack gesteckt. An dem Abend, an dem es passiert ist, habe ich an der Burg gewartet. Ich wusste, dass sie ins Jugendheim zur Disco gehen wollte. Ich wäre da nicht hingegangen, selbst wenn ich Geld für Eintritt und Getränke gehabt hätte. Im strömenden Regen habe ich gewartet, bis sie kam. Sie fuhr mit dem Rad vorbei, und ich habe sie gerufen. Sie hat mich wohl nicht direkt erkannt, sonst wäre sie wahrscheinlich gar nicht zu mir rüber gekommen. Blöd wie ich war, habe ich rumgestottert und sie gefragt, ob ihr mein Geschenk gefallen hätte. Sie hat mich angesehen, als käme ich von einem anderen Stern. Dann hat sie mich beschimpft. Was ich mir einbilden würde? Mit so einem wie mir würde sie sich niemals abgeben. Das wäre ja nur peinlich und was ihre Freundinnen von ihr denken würden. Ich habe mich nur noch geschämt und wollte weg. Dann sagte sie, ich könnte die blöde Kette haben. Von einem Asozialen wollte sie kein Geschenk. Da bin ich ausgerastet. Ich hab sie gepackt und gewürgt, bis sie sich nicht mehr gerührt hat. Die Kette hab ich ihr vom Hals gerissen. Sie hatte sie nicht verdient!"

Frederico lachte bitter auf. „Wenn sie gewusst hätte, dass ich später noch richtig Karriere gemacht habe! Wir haben nicht mehr lange in Randerath gewohnt, weil wir Mietschulden gemacht hatten, und sind in eine städtische Unterkunft gezogen. Ich habe trotzdem einen guten Schulabschluss gemacht, weil ich raus wollte aus dem Dreck. Sogar meinen Namen habe ich geändert", erklärte er. „Ich heiße in Wahrheit Friedrich Rosshaar, so ein dämlicher Name. Frederico Rosare klingt doch viel besser und passt doch zu einem gut situierten Geschäftsmann, findest du nicht auch?"

„Darum wolltest du mich also auch nicht heiraten, weil ich dann irgendwann dahintergekommen wäre", stellte

Lara noch sichtlich erschüttert nach dem Geständnis fest.
„Ja“, bestätigte er und nickte. „Als ich dich gesehen habe, konnte ich es zuerst nicht glauben. Du siehst genauso aus wie Monika und bist doch so anders. Es hätte alles gut werden können. Diese verdammte Kette! Warum musste ich auch so sentimental sein?“
Die beiden Menschen, deren Schicksal auf so unglückliche Weise miteinander verbunden wurde, saßen sich lange Zeit schweigend gegenüber. Dann stand Lara auf, ging zum Mobiltelefon, wählte die Nummer der Polizei und drückte Friedrich wortlos das Gerät in die Hand.

Beatrix Hötger-Schiffers

Licht im Dunkeln

Der Wind fegte das raschelnde Laub über die Gräber und Wege des kleinen Kraudorfer Friedhofes. Die Kirche St. Gertrud lag wie eine riesige Silhouette in der Abenddämmerung. Leichter Nieselregen setzte ein, als Else Braun das quietschende Friedhofstor öffnete. Sie griff ihre Tasche fester und ihre kleine, untersetzte Gestalt hastete an den gepflegten Familiengruften vorbei. Nur schnell zum Pfarrhaus, bevor es noch ungemütlicher wurde.

Am Eingang suchte sie in ihrer Manteltasche und fing an zu fluchen: „Zum Teufel noch mal, wo ist der verdammte Schlüssel nun schon wieder?"

„Aber Frau Braun, was höre ich da für harsche Worte aus Ihrem ansonsten ganz frommen Mund", rief eine Stimme hoch über ihrem Kopf.

„Ach Herr Pfarrer, an manchen Tagen könnte ich einfach aus der Haut fahren", klagte Else, und ihre grauen Augen blickten kummervoll zu dem Fenster im ersten Stock des alten Backsteinbaus.

Ein rundes Gesicht, umgeben von dichten weißen Haaren, sah auf seine langjährige Haushälterin herab. „Liebe Frau Braun, Sie wissen doch: Auf Regen folgt Sonne." Mit einem freundlichen Lächeln schloss Pfarrer Eugen Müller das Fenster.

Ja, ja, dachte sie, der Pfarrer hat manchmal leicht reden. Sicher, er kümmerte sich trotz seiner 78 Jahre aufopfernd um die Nöte seiner Schafe in der Gemeinde. Für einen reibungslosen Tagesablauf war jedoch die quirlige Else seit mehr als 30 Jahren zuständig.

Ein merkwürdiger Geruch stieg ihr in die Nase. Sie schnupperte, und richtig: Angebrannter Essensgeruch lag plötzlich in der feuchten Herbstluft. Hastig drückte sie die gebogene Türklinke der alten, schweren Eichentüre herunter: offen, welch ein Glück! Jetzt hieß es schnell handeln, um das gemeinsame Abendessen noch zu retten.

Auch schräg gegenüber, an der einzigen und somit Hauptstraße des rund 40 Häuser großen Ortes, wurde gerade gegessen. Der blonde Felix, zehn Jahre alt, saß gemeinsam mit seinen Eltern Sigrid und Herrmann-Josef Höppener in der gemütlichen Küche.
Der Vater verteilte den Salat. „Bist du am Sonntag zum Messdienerdienst eingeteilt?“
Felix nickte: „Und diesmal darf ich dem Pfarrer Wasser und Wein einschenken.“
Nach dem Essen wollte er ganz schnell ins Bett, um möglichst lange in seinem neuen Buch lesen zu können. Flugs war er umgezogen, hatte die Nachttischlampe eingeschaltet und landete mit einem geübten Sprung im Bett. Das Abenteuer mit dem Team von TKKG konnte starten. Seitdem er Fan dieser spannenden Kinderbuchserie war, stand sein Berufswunsch glasklar fest: Detektiv.
„So ein Mist!“, motzte Felix, als er die ersten Seiten gelesen hatte. Dieses Buch kannte er schon in- und auswendig. Er hatte sich in der Schulbücherei vergriffen.
Und jetzt? Fernsehgucken durfte er bestimmt nicht mehr. Gelangweilt stand er auf und schob die Gardine an seinem Fenster zur Seite. Inzwischen war es draußen dunkel. Von seinem Zimmer im ersten Stock konnte er den mit Buchenhecken umsäumten Friedhof, den Parkplatz, die Kirche und das Pfarrhaus mit der angrenzenden Leichenhalle sehen.
Wie meistens abends in Kraudorf, befand sich keine Menschenseele auf der schmalen, kurvenreichen Straße. Eigentlich ist hier nur bei der Frühkirmes der Schützen so richtig was los, überlegte der Junge.
Okay, Fußballspielen war hier kein Problem: Nur wenige hundert Meter in Richtung Nirm gelegen, befand sich hinter der großen Schafwiese ein ganz ordentlicher Fußballplatz. Der Fußball-Sportverein 1962 Kraudorf-Uetterath besaß sogar eigene Umkleidekabinen.
Erst jetzt fiel ihm die ortsansässige Feuerwehr, die Löscheinheit Kraudorf-Nirm ein. Sogar einen eigenen Spritzenwagen hatte sie. Aber sonst? Ob Kraudorf auch

zu den Kuhdörfern gehörte, in denen nie etwas Interessantes passierte?
Während er über die Frage nachdachte, sah er plötzlich eine einsame Gestalt über den Friedhof Richtung Kirche gehen. Sie näherte sich einer gelblich schimmernden Laterne.
Felix hatte diesen großen, hageren Mann hier noch nie gesehen. Er flitzte zum Schreibtisch, holte sein Fernglas und machte rasch die Nachttischlampe aus.
Und richtig! Als der Mann die nächste Laterne erreichte, waren für Felix eine dicke dunkle Mütze, eine große Nase und ein struwweliger Bart ganz deutlich erkennbar. Im nächsten Moment verschluckte die Dunkelheit den Fremden wieder.
Felix suchte mit dem Fernglas das ganze Gelände ab. Nichts. Wo war er? Felix beschloss, seinen Beobachtungsposten nicht zu verlassen. Seine Spürnase witterte einen aufregenden Fall. Und er, der angehende Detektiv Felix Höppener, würde ihn aufklären.

Else Braun und Eugen Müller löffelten ihre Suppenteller leer, als die Türklingel schrillte. Nanu, wunderte sich Else, heute Abend stand doch nichts mehr auf dem Programm.
„Sehen Sie bitte nach, wer unten ist“, forderte Eugen Müller seine Haushälterin auf. Sie erhob sich und verließ die Küche.
Der lange, schmale Flur, an den die Wohnräume angrenzten, führte zur steilen Holztreppe.
Else eilte nach unten, so schnell ihre schmerzenden Knie es zuließen. Vorbei am Zugang zur Leichenhalle, dem Pfarrbüro und dem gegenüberliegenden, kleinen Saal ging Else nach vorne. Sie öffnete die alte Tür.
„Guten Abend“, krächzte eine heisere Stimme. Eine große, hagere Gestalt stand vor ihr. Der lange, ungepflegte Bart ließ nur eine große Nase und schwarze, stechende Augen erkennen. Zudem verströmte der Fremde einen säuerlichen Geruch.
Na, wenn das mal nicht ein schwarzes Schaf ist, dachte

Else misstrauisch. Gleichzeitig war sie sich ihres Amtes als rechte Hand des Pfarrers bewusst: „Bitte, was kann ich für Sie tun?“
Statt einer Antwort drängte der Mann sie roh zurück in den Flur. Mit einem gezielten Fußtritt knallte er die Haustür zu. Gleichzeitig zog er ein Messer aus seiner Manteltasche.
„Los, nach oben“, zischte er der verschreckten Frau zu.
„Guten Abend“, erhob sich Eugen Müller. Weiter kam er nicht.
„Schnauze, sonst stech ich dich ab und die Olle gleich mit!“, drohte der Eindringling mit eiskalter Stimme.
Else erstarrte mit offenem Mund. Der Pfarrer sank mit zitternden Knien auf seinen Stuhl zurück.
Der Eindringling zog mit seiner freien Hand ein paar Kabelbinder und Klebeband aus dem Mantel und hielt sie auffordernd der entsetzten Else hin. „Los, jetzt fesselst du den alten Knaben und klebst ihm den Mund zu.“
Zitternd nahm Else die Plastikbänder und den Klebestreifen entgegen. Sie schluchzte.
„Frau Braun, nun machen Sie schon“, ermutigte der alte Mann seine Angestellte mit einem tapferen Lächeln.
Mit traurigem Blick und immer wieder ihren Kopf schüttelnd machte sie sich ans Werk.
„Nicht dumm, der alte Knabe“, höhnte der Einbrecher. „Jetzt nur noch die Füße, dann können wir uns beide gemütlich unterhalten.“
Wieder gehorchte Else. Am ganzen Leibe schlotternd hielt sie sich am Küchentisch fest.
Ihr Peiniger schubste sie auf einen Stuhl. „Wo habt ihr euer Geld, und ein paar Sachen aus Gold werden ja auch in der Kirche sein?“
Hilfesuchend blickte Else den Pfarrer an. Er nickte ihr zu.
„Das Geld ist unten im Pfarrbüro. Aber viel ist es nicht. Die letzte Kollekte ist wieder sehr klein ausgefallen.“
Der Fremde grinste. Gelbe, schadhafte Zähne tauchten zwischen seinen Barthaaren auf. „Na, dann spielst du jetzt den Fremdenführer und zeigst mir alle eure Schätze, los geht‘s!“

Das Messer auf ihren Rücken gerichtet, folgte der Gauner Else den Flur hinunter ins Pfarrbüro. Die ganze Zeit ließ er sie nicht aus den Augen. Else öffnete die unterste Schublade des Schreibtisches und hob eine kleine Geldkassette heraus.
„So, jetzt schön zurücktreten, den Rest mache ich. Ist das der Schlüssel für die Kirche?“ Der Einbrecher hielt Else ein verschnörkeltes Exemplar unter die Nase.
Sie nickte.
Zufrieden grinsend drängte er sie aus dem Pfarrbüro in die angrenzende Leichenhalle. Neben dem aufgebahrtem Sarg befahl er ihr: „Leg dich auf den Bauch und stillhalten. Oder willst du lieber in die Kiste?“, lachte er hämisch. Er fesselte ihre Hände auf dem Rücken, verzurrte ihre Füße und verklebte ihren Mund mit einem breiten Klebestreifen.
Else war verzweifelt. Dann ging plötzlich das Licht aus und der Einbrecher war weg. Zurückgelassen in der Dunkelheit der klammen Leichenhalle stieg langsam die Erkenntnis in ihr hoch, dass sie allein, jedoch nicht ganz allein war. Jakob Küppers, langjähriger Vorsitzender der St.-Antonius-Schützenbruderschaft, erster und einziger Kaiser der Dörfergemeinschaft, war vor zwei Tagen verstorben. Er lag jetzt quasi neben ihr. Kalt wie die Fliesen unter ihr.
Else weinte. Und je mehr sie weinte, desto mehr musste sie mit der Nase schniefen. „Du musst dich jetzt zusammenreißen, sonst erstickst du noch an deiner eigenen Heulerei!“, befahl sie sich streng. Sie atmete ein paarmal ruhig durch und dachte angestrengt nach. Wie konnte sie Hilfe holen? Langsam gewöhnten sich ihre Augen an die Dunkelheit.
Sie hob mühsam den Kopf und blickte zum einzigen Fenster im Raum. Ihr Blick schweifte weiter und blieb an einer großen Stehlampe hängen.

„Autsch!“ Etwas sehr Hartes war Felix auf den Fuß gefallen. Schlaftrunken hob der Junge seinen in die Arme gestützten Kopf. Er musste wohl im Stehen am Fensterbrett kurz eingenickt sein. Er bückte sich, hob das heruntergefallene Fernglas auf und rieb sich seinen schmerzenden Fuß. Gähnend blickte Felix aus dem Fenster und war plötzlich hellwach: Das Fenster der Leichenhalle wurde immer wieder kurz erhellt. Verwundert beobachtete er die Lichtzeichen. Ein Rhythmus wiederholte sich: kurz, kurz, kurz, lang, lang, lang, kurz, kurz, kurz und dann eine kleine Pause. Und erneut erschien das Licht: kurz, kurz, kurz, lang, lang, lang, kurz, kurz, kurz und eine kleine Pause.

Wo hatte er so etwas schon einmal gesehen? Angestrengt dachte er nach und plötzlich traf ihn ein Geistesblitz: Nicht vom Sehen, sondern vom Hören kannte er diesen Rhythmus! Das waren eindeutig Morsezeichen, das war SOS! Ein Mensch schwebte in Gefahr!

Felix flog förmlich zu seinen Eltern ins Wohnzimmer: „Mama, Papa! Im Pfarrhaus ist ein Einbrecher oder ein Mörder oder aber ein Terrorist! Wir müssen die Polizei rufen!“ Völlig atemlos stand Felix vor seinen Eltern.

„Nun mal langsam“, versuchte Herrmann-Josef seinen Sohn zu beruhigen, „erkläre uns erst einmal, was mit dir los ist. Hast du schlecht geträumt?“

„Kommt mit, dann zeige ich euch, was los ist!“ Felix raste zurück in sein Zimmer.

Die Eltern folgten ihm verwundert.

„Seht ihr, da funkt jemand SOS!“ Felix zeigte mit ausgestrecktem Arm auf sein Fenster Richtung Pfarrhaus.

„Also ... ich sehe nichts“, meinte die Mutter stirnrunzelnd und auch der Vater schüttelte den Kopf.

„Aber eben war es doch da“, protestierte der Junge aufgebracht. „Ich habe es ganz genau gesehen!“

„Felix, da ist nichts!“ Behutsam nahm Sigrid ihren Sohn in den Arm.

„Und ob da was ist!“, beharrte der Junge, „Papa, wir schauen nach, ob alles in Ordnung ist, ja?“ Ohne die Antwort abzuwarten, zog er sich blitzschnell um und stand gestiefelt und gespornt vor seinen Eltern.

Mit einem langen Seufzer gab Herrmann-Josef nach und

nickte seinem Sohn zu. „Also meinetwegen sehen wir nach, aber danach schläfst du sofort, ist das klar?"
„Klar Papa, versprochen!" Felix flitzte zum Kleiderschrank und holte eine Taschenlampe. „Los, Papa, wir können starten!"

Ein paar Sterne lugten durch die Wolkenlücken. Inzwischen hatte es aufgehört zu regnen, nur der Wind trieb weiterhin unermüdlich das Laub vor sich her. Felix und sein Vater überquerten die ruhige Dorfstraße. Nach wenigen Schritten standen sie vor der Tür des Pfarrhauses und klingelten. Im oberen Stockwerk war das Küchenfenster erhellt, aber niemand rührte sich. Herrmann-Josef versuchte es noch einmal.
„Ringgg." Deutlich hörbar schrillte die alte Klingel. Doch alles blieb still.
Felix zog seinen Vater in Richtung Kirche: „Komm, lass uns noch an der Kirche schauen, ob sie vielleicht dort sind."
„Danach geht`s unverzüglich nach Hause, Felix!"
Herrmann-Josef bereute fast, dass er dem Willen seines Sohnes nachgegeben hatte. Na gut, ein paar Minuten noch, der nächtliche Ausflug wäre vorbei und das vermeintliche Abenteuer überstanden.
Gemeinsam gingen sie zur Tür der Sakristei. Leise drückte Felix die Klinke herunter. Die Tür öffnete sich langsam. Neugierig steckten beide den Kopf in die Schwärze des Raumes, um schließlich schier lautlos in die Sakristei zu gleiten.
„Vorsicht, hier gehen ein paar Stufen hoch!" Flüsternd machte Felix seinen Vater auf die kleine Treppe aufmerksam. Auch hier verursachten sie kein Geräusch. Beide spürten kalte Luft, die von der offen stehenden Tür zum Altarraum herüberzog. Gleichzeitig hörten sie klimpernde und klappernde Geräusche.
Langsam näherten sie sich dem Durchgang. Eine schemenhafte Gestalt machte sich im Schein einer kleinen Taschenlampe an den Messutensilien zu schaffen. Der offensichtliche Dieb ließ ein Teil nach dem anderen in ei-

nem großen Beutel verschwinden.
Herrmann-Josef packte bei diesem Anblick der heilige Zorn. Er stürzte sich auf die Gestalt.
Eine wüste Rangelei entstand. Plötzlich war die Kirche von ohrenbetäubendem Lärm und grellem Licht erfüllt. Die Glocken läuteten wie zum jüngsten Gericht. Die Lampen brannten bis zur kleinsten Birne.
Der Dieb und Herrmann-Josef erstarrten in ihrem Kampf. In diesem Moment fiel ein großes, schweres Tuch auf den Eindringling. Er stürzte zu Boden.
Praktisch im selben Moment sprangen Vater und Sohn auf das sich wehrende Bündel. Mit wenigen Griffen gelang es Herrmann-Josef, den Dieb in den Stoff einzuwickeln.
„Das ist doch der St. Martinsmantel“, japste er verblüfft.
Felix nickte eifrig. „Die Glocken und das Licht habe ich auch eingeschaltet“, grinste er.
Ein paar verwunderte Gesichter erschienen im Türrahmen der Sakristei. Die Kraudorfer Einwohner starrten auf die Szene. Zwei der Männer erfassten die Situation und eilten zur Hilfe. Felix und Herrmann-Josef überließen den Helfern den Missetäter.
Auf einmal stand Sigrid vor ihnen: „Schnell zum Pfarrhaus.“ Gemeinsam eilten sie durch den Hintereingang ins Haus, liefen die Treppe hoch in die erleuchtete Küche.
„Um Gottes Willen, Herr Pfarrer!“, erschrak Sigrid, als sie den gefesselten, alten Mann auf dem Stuhl sah.
Im Nu zerschnitt Herrmann-Josef mit einem Küchenmesser die Kabelbinder und löste den Knebel vom Mund.
„Schauen Sie nach Frau Braun“, flüsterte der Geistliche erschöpft. „Er hat sie in die Leichenhalle gesperrt.“
Felix sauste als Erster los, riss die Tür zur Leichenhalle auf und schaltete das Licht an. Hinter dem Sarg von Jakob Küppers zu den Füßen einer großen Stehlampe lag mit geschlossenen Augen Else Braun.
Sigrid und ihr Mann befreiten sie rasch von ihren Fesseln und dem Klebeband und lehnten sie an die Wand.
„Dreimal kurz, dreimal lang, dreimal kurz, Pause“, mur-

melte Else benommen. Sie hob den Kopf und blickte in die Gesichter ihrer Helfer. Ihr Kinn leuchtete wie ein frisch polierter Weihnachtsapfel.
„Frau Braun, was ist mit Ihrem Gesicht passiert?“, entsetzte sich Sigrid.
„Ach“, nuschelte Else, „der Fußschalter funktionierte beim Morsen doch recht schwer.“

Astrid Zahn

Tödliches Theater

Es war spät geworden. Sie hatte die Zeit vergessen. Um nach Geneiken zu gelangen, musste sie ein kurzes Stück am Schwanenberger Friedhof vorbei. Vereinzelt leuchteten rote Grablichter im Dunkeln. Unbehaglich beschleunigte sie das Schritttempo. Sie hatte das Gefühl, jemand würde sie beobachten. Plötzlich sprang eine Gestalt auf sie zu. Erschrocken schrie sie auf, bis sie ihren Kommilitonen aus Aachen erkannte: „Spinnst du, was machst du hier?“ Wütend schlug sie auf ihn ein.
„Ich habe auf dich gewartet“, sagte er mit einem drohenden Unterton. Ehe sie etwas erwidern konnte, hielt er ihr den Mund zu und schleifte sie auf den Friedhof.

Tosender Beifall. Die Beleuchtung wurde eingeschaltet. Pause. Das Tagebuch der Anne Frank war wieder ein Knaller. In Schwanenberg gibt es jedes Jahr ein Bühnenstück, konzipiert und gestaltet von Pfarrer Baltes mit der Konfirmandengruppe. Robert Baltes saß im Publikum neben einem Mann, den er noch nie gesehen hatte. Auffällig waren dessen Glatze und die Springerstiefel, die der Fremde trug.
„Tolles Stück, nicht wahr?“, fragte der Mann, stellte sich vor und erzählte, dass er spontan die Aufführung sehen wollte, als ihm ein Flyer an der Rath-Anhovener Shell-Tankstelle in die Hände fiel. „Ich bin Psychologe in Aachen und recherchiere über die rechtsradikale Szene. In Mönchengladbach wollte ich testen, wie die Gesellschaft auf mein Aussehen reagiert. Viele meiner Patienten sind junge Leute, die wegen ihres unkontrollierten Verhaltens straffällig geworden sind. Es ist schön zu sehen, dass es hier junge Menschen gibt, die sich mit dem Gegenteil auseinandersetzen.“
Der Pfarrer konnte nichts erwidern, denn einer der Darsteller rief ihm etwas zu. Er musste in der zweiten Hälfte des Theaterstücks eine Aufgabe übernehmen.

Langsam verdunkelte sich die Halle erneut, und der Platz neben dem Psychologen wurde wieder besetzt. Kurz streifte dessen Blick die auffällige Person, ehe er seine Aufmerksamkeit dem Geschehen auf der Bühne zuwandte.
Er war es. Sie war sich ganz sicher. Sein Aussehen hatte sich verändert. Die eiskalten, blauen Augen würde sie nie vergessen. So eine Gelegenheit hatte sie sich immer erträumt. Sie hatte ihn schon gesehen, als er vor der Halle in der Warteschlange stand. Er erkannte sie nicht. Warum war er hier? Die Idee in ihrem Kopf reifte schnell zu einer klaren Handlung.
Eine Frau schrie entsetzt auf: „Hilfe, hier liegt ein Toter!"
Der Beifall verebbte, es wurde hell. Jeder schaute in die Richtung, aus der der Schrei zu hören war. Sie sahen neben einer völlig aufgelösten Frau einen Mann gebückt sitzen, dem Blut aus dem Hemd quoll. Ein Messer steckte tief in seiner Brust.

Kommissar Meyer von der Aachener Mordkommission stand vor der Mehrzweckhalle in Schwanenberg. Die Kollegen aus Heinsberg hatten ihn darüber informiert, dass die Leute nebenan in der Grundschule befragt würden. Doch zuerst wollte er den Toten sehen.
In der Halle untersuchte ein Gerichtsmediziner den Mann. Er berichtete dem Kommissar, dass es sich laut Ausweis und Visitenkarte um den 30-jährigen Psychologen Ralf Schmitt handelte. Stichverletzung mitten ins Herz, er war sofort tot.
Der Beamte machte sich auf den Weg zur Grundschule. Er wollte mit der Frau, die den Toten entdeckt hatte und die mit Pfarrer Baltes im Konferenzraum saß, sprechen. Sie war stark geschminkt und trug ein rüschenverziertes Kleid mit passenden Spitzenhandschuhen. Sie weinte lautlos, die Wimperntusche war verwischt. Apathisch schauten ihre Augen ins Leere.
„Guten Tag, mein Name ist Hauptkommissar Meyer. Ich leite die Untersuchungen. Können Sie mir sagen, was genau passiert ist?"

Es dauerte eine Weile, bis die Frau schließlich stockend sprach. Ihr sei nichts aufgefallen, weil das Stück so spannend war. Erst als sie vor Begeisterung auf den Stuhl klettern wollte, habe sie den Toten entdeckt.
Pfarrer Baltes stellte sich vor und berichtete dem Kommissar, dass er in der Pause mit dem Getöteten gesprochen habe. Er gab jedes Wort wieder.
„Meine Kollegen nehmen Ihre Personalien auf. Wenn Ihnen noch etwas einfallen sollte, ich werde mich hier in der Nähe einquartieren."

Baltes fand seine Konfirmanden auf dem Spielplatz vor der Grundschule. Lautstark diskutierten die Jugendlichen, wer den Mann umgebracht haben könnte.
„Sarah, bist du noch mit Leo zusammen?", fragte er ein schüchternes Mädchen, das sich nicht an der Unterhaltung beteiligte. Die Gruppe verstummte. Das Mädchen schaute zu Boden und nickte. Baltes wusste, dass der 17-jährige Leo aus Genhof in der rechtsradikalen Szene agierte. Nach mehreren Verurteilungen hatten ihn seine Eltern einem Psychologen in Aachen vorgestellt.
„War Leo heute Abend hier?"
„Ja, aber er musste plötzlich weg, als dieser Tote gefunden wurde", sagte Sarah mit leiser Stimme.
Der Pfarrer schickte seine Konfirmanden nach Hause und machte sich auf den Weg nach Genhof.
„Was wollen Sie von mir?" Leo saß in der Küche seines Elternhauses und raufte sich die Haare. Baltes und die Eltern schauten ihn ratlos an.
„Warum bist du direkt nach dem Mord abgehauen?"
Leo zuckte mit den Schultern. „Jeder denkt doch, ich hätte den Typ umgebracht. Ich war`s nicht, ich hab mich geändert!" Das stimmte. Äußerlich erinnerte nichts mehr an den Neo-Nazi von früher.
„Wie heißt der Psychologe, bei dem du warst?", fragte der Pfarrer lauernd.
„Dr. Ralf Schmitt, Ponttor 5, in Aachen", antwortete spontan Leos Mutter.

Meyer war in der Marktschänke untergebracht. Er hatte die Fotos vom Opfer vor sich und betrachtete sie eingehend. Ob alle Psychologen wegen ihrer Patienten so einen Aufwand betrieben? Die Kollegen hatten Publikum und Ensemble befragt. Niemand hatte etwas bemerkt. Die Tatwaffe war ein altmodisches, unbenutztes Jagdmesser. Darauf fanden sich keine Fingerabdrücke, der Täter hatte Handschuhe getragen. Nicht ungewöhnlich, es war schließlich November und schon ziemlich kalt. Es klopfte.
Robert Baltes stand mit einer unbekannten Frau vor der Tür. „Entschuldigen Sie die späte Störung, Herr Kommissar. Wir müssen Ihnen unbedingt etwas sagen."

Sabine Wild schnitt Grimassen vor dem Spiegel. Sie war weder hübsch noch hässlich. ‚Ich bin eine gute Schauspielerin, warum erkennt das keiner?', dachte sie. Viele Casting-Agenturen hatten sie abgelehnt. Ihre Mutter hoffte immer noch darauf, dass sie einen Mann kennenlernte, um eine Familie zu gründen. ‚Übung macht den Meister', murmelte sie und schminkte ihr Gesicht wie ein Hollywood-Star.
Der Pfarrer stellte die Frau als seine Küsterin Ute Wilms vor. Zuerst sprach er: „Die ganze Zeit denke ich nach, wer den Psychologen getötet haben könnte. Nachdem ich einer anderen Spur gefolgt bin, die mir unfassbar schien, ist mir zu Hause aufgefallen, dass ich bis zur Pause neben Ralf Schmitt gesessen habe. Die Frau Wild hat sich dann später auf meinen Platz gesetzt. Das fand ich komisch, denn sie war es auch, die den Toten zuerst entdeckte. Ute fiel mir ein. Die kennt Sabine Wild sehr gut."
Ute begann zu erzählen: „Vor zehn Jahren, Sabine und ich waren beste Freundinnen, ist sie in der Nacht von mir aus zu Fuß, nach Hause gegangen. Einige Tage später trafen wir uns und ich merkte, dass etwas mit ihr nicht stimmte. Sie nahm mir den Schwur ab, bis zu meinem letzten Atemzug zu schweigen, dann erzählte sie mir etwas Grauenhaftes. Ein Junge, mit dem sie studierte,

wollte mit ihr gehen. Nachdem sie ihm einen Korb gegeben hatte, lauerte er ihr in der besagten Nacht hier auf dem Friedhof auf und vergewaltigte sie. Ich war geschockt, wollte mit ihr zur Polizei, doch sie bestand darauf, alles zu vergessen. Irgendwann hat sie mir auch den Namen von dem Schwein verraten. Danach veränderte sie sich sehr. Sie wollte nichts mehr mit mir zu tun haben. Nach dem Studium in Aachen kam sie als Lehrerin hier an die Grundschule. Sie lebt seitdem zurückgezogen bei ihrer Mutter in Geneiken. Vor ein paar Jahren habe ich noch einmal kurz mit ihr gesprochen. Sie war betrunken. In ihrer Handtasche hatte sie das Jagdmesser ihres Vaters. ‚Wenn er mir irgendwann einmal begegnet, steche ich ihn ab', sagte sie."
Kommissar Meyer nickte. „Der Student, der sie vergewaltigte, war Ralf Schmitt, nicht wahr?"

Sabine Wild war geständig. Hoch erhobenen Hauptes, mit einer Selbstzufriedenheit, die sich in ihrem Gesicht widerspiegelte, wurde sie abgeführt.
Die geschockte, schreiende Frau, die einen Toten entdeckte, war ihre größte Rolle in einem grauenhaften Stück.

Rita Hündgen

Lambertusmarkt

Verfluchter Mist! Jeremy tritt mit seinem rechten Schuh gegen eine leere Dose, sodass diese einen Satz in die Luft macht, klappernd zu Boden fällt und scheppernd ausrollt. Dieser verdammte Kerl hat ihn mal wieder vorgeführt. Bold. Ekelbold müsste er heißen, sein Sportlehrer. Geahnt hatte er es ja schon, als er die Turnhalle betrat und die Taue herausgezogen waren. Und dann dieses fiese Grinsen auf seinem Gesicht: „Jeremy, zeig uns doch mal, was du kannst und kletter schon mal hoch!“ Dabei wusste er ganz genau, dass er das nicht konnte. Also strampelte er sich ab und hievte mühsam seinen Körper einen Meter nach oben. Seine Klassenkameraden lachten sich dabei halbtot und stimmten im Umkleideraum nachher den üblichen Sprechchor an: „Je-remy, klettern - lernt - der - nie!“ Am liebsten hätte Jeremy wild um sich geschlagen. Gerade heute hatte er Eva fragen wollen, ob sie mit ihm auf den Lambertusmarkt gehe, der gestern, am Fronleichnamstag, zum 35. Mal eröffnet hat. Dieser Markt ist immer das Ereignis für Groß und Klein in Erkelenz und Umgebung. Mehr als 100 Schausteller bauen ihre Fahrgeschäfte und Buden auf dem Burgplatz und den angrenzenden Straßen auf, und das Rahmenprogramm auf der Bühne auf dem Marktplatz kann sich wirklich sehen lassen. Aber nach der Blamage in der Sportstunde traute Jeremy sich nicht mehr, Eva anzusprechen. Ganz verlegen sah sie aus, als er ihr nach dem missglückten Kletterexperiment einen Blick zuwarf.

Missmutig schlendert Jeremy auf dem Weg zum Bahnhof den Zehnthofweg entlang, vorbei an der Leonhardskapelle und der Kirche St. Lambertus, die nach dem Kölner Dom den zweithöchsten Kirchturm im Rheinland hat und dem Lambertusmarkt seinen Namen gibt. Er erreicht den Marktplatz, auf dem die große Bühne und verschiedene Bier- und Essbuden aufgebaut sind, von denen er aber wenig Notiz nimmt. Jeremy ist 15 Jahre alt, hat dunkelblonde Haare, die ihm immer ein wenig in die Stirn fallen, blaue Augen, ein offenes Gesicht und leider noch immer etwas Babyspeck auf den Rippen. „Das gibt sich mit der Zeit“, verkündet seine Mutter zu jeder Gelegenheit. Jeremy mag seine Eltern und ist ihnen eigentlich nur ob seines Namens gram. Jeremy ist ja schon schlimm genug, aber verbunden mit dem Nachnamen „Weise“ ein Alptraum und ein Reizwort für einige seiner Lehrer an der Realschule in Erkelenz. „Der Jeremy muss das doch wissen. Der ist doch so weise“, hört er leider nur zu oft. Inzwischen überquert er den Markt, der in der Mittagspause ruhig und sonnenbeschienen vor ihm liegt, und schaut gleichgültig über die verschiedenen Stände und Buden hinweg. Ach du lieber Gott! Da kommen doch tatsächlich seine Klassenkameraden um die Ecke. Wenn sie ihn erspähten, würden sie bestimmt wieder losgrölen: „Je-re-my…“

Verzweifelt schaut er sich um. Da, eine Bude. „Madame Elvira – Wahrsagerin“ steht auf dem Schild. Der Perlenvorhang vor dem Eingang ist zurückgeschlagen. Schnell schlüpft er hinein. Auf dem Boden liegen Teppiche, die Wände sind mit Stoffen behängt, sodass der Eindruck eines orientalischen Zeltes entsteht. Das Innere wird nur spärlich durch ein Plastikfenster erhellt. Der rechte Teil ist mit einem roten Samtvorhang abgetrennt. Im linken Teil befinden sich ein niedriger Tisch mit einer Kristallkugel und Kissen darum herum. Jeremy späht durch das Fenster nach seinen Klassenkameraden. Mist, sie stehen beinahe genau vor dem Zelt und begutachten Taschenmesser. Da hört Jeremy Schritte. Verzweifelt blickt er sich nach einem Versteck um und schlüpft hinter den Samtvorhang. Dort stehen ein kleiner Tisch mit einem Wasserkocher, ein Stuhl und ein Spind. Jeremy drückt sich in die Ecke zwischen Spind und Zeltwand und lauscht angestrengt. Was soll er nur sagen, wenn er entdeckt wird?

Eine hohe Frauenstimme unterbricht seine Überlegungen. „Zahlen musst du, sonst …“, unterbrochen von einer

heiseren Männerstimme: „Du kriegst den Hals wohl nicht voll, aber jetzt ist Schluss damit!“ Jeremy hört einen erstickten Schrei, Geräusche wie bei einem Kampf, einen Schlag und einen dumpfen Fall. Schweiß steht ihm auf der Stirn. Was ist passiert? Er macht sich ganz klein in seinem Winkel und hält entsetzt den Atem an, aus Angst, entdeckt zu werden. Stille. Vorsichtig wagt er sich aus seinem Versteck, öffnet den Vorhang einen kleinen Spalt und späht ins Zeltinnere. Da liegt eine Gestalt, offenbar Madame Elvira, mit langen schwarzen Haaren, gekleidet in einen bunten Zigeunerrock mit Bluse, am Boden. Von der Schläfe fließt ein Blutstrom auf ein Kissen. Die Kristallkugel liegt blutverschmiert neben ihr. Jeremy schaut gehetzt durch das Fenster und sieht einen mittelgroßen, gedrungenen Mann in blauen Jeans und einer dunkelgrünen Jacke mit einer gelben Aufschrift in einiger Entfernung Richtung Eisdiele schlendern und um die Ecke biegen.
Der herbeigerufene Notarzt kann nur noch den Tod von Elisa Klein, wie sie im bürgerlichen Leben heißt, feststellen. Jeremy gibt bei Kommissar Meyer von der Kripo Erkelenz alles zu Protokoll. Die Frage, was er im Zelt gewollt hat, bringt ihn in Verlegenheit. Endlich darf er seinen Weg, seine Klassenkameraden sind längst über alle Berge, zum Bahnhof fortsetzen und nach Hause fahren.
Der Mord auf dem Lambertusmarkt, wie die Zeitungen anderntags reißerisch berichten, lässt ihm keine Ruhe. Es müsste doch möglich sein, den Kerl mit dieser Jacke und der gelben Aufschrift zu finden. Also fährt Jeremy am frühen Nachmittag nach Erkelenz. Auf der Bühne am Marktplatz läuft das nachmittägliche Showprogramm, die Menschen stehen dicht gedrängt und starren gebannt auf einen Illusionisten, der gerade seine Assistentin zersägt. Vorbei geht er an dem „Hau den Lukas“, wo der Besitzer lautstark die jungen Männer zu Rekordversuchen animiert, an Buden und Ständen. Der Duft von Zuckerwatte und Popcorn umfängt ihn, wird von ihm nicht wahrgenommen. Die Menschenmenge schiebt ihn voran zur

kleinen Bühne auf dem Johannismarkt. Dort verrenkt sich gerade ein junger Kerl mit seiner Band in dem verzweifelten Versuch, seiner Gitarre schrille Töne zu entlocken. Der Lärm ist ohrenbetäubend, zumal der blecherne Klang eines Leierkastens, die Hits aus den Lautsprechern des Kettenkarussells und die Stimmen der Anwerber mit der Band wetteifern. Den Trödelmarkt lässt er links liegen – die großen Fahrgeschäfte auf dem Burgplatz sind sein Ziel. Auch hier ist das Gedränge groß. Das Gedröhne der Losverkäufer, das Plärren der Lautsprecher, Sirenen, alles verbindet sich zu einer schrillen Kakophonie, der man entkommen möchte. Autodrom, Geisterbahn, Spiegelkabinett, Riesenrad klappert er ab. Da, die Achterbahn, laut kreischend sitzen die Fahrer in den rumpelnden Wagen und stürzen sich todesmutig in die Berg- und Talfahrt, und die Helfer ... tragen dunkelgrüne Jacken mit gelber Schrift. Leider sind etwa acht junge Männer mit genau diesen Jacken im Einsatz, aber ein gedrungener ist nicht dabei. Missmutig starrt Jeremy vor sich hin.
„Steh doch nicht hier rum!" Jeremy hört hinter sich die heisere, schnarrende Stimme und dreht sich um. Ein Mann mit einem feisten Gesicht, schwarzen, fettigen Haaren und der bewussten dunkelgrünen Jacke schiebt ihn ärgerlich beiseite und geht zum Kassenhäuschen. Er löst die stark geschminkte Blondine darin ab. Jeremy überlegt. War das wirklich die Stimme? Mutig geht er zur Kasse: „Zwei Karten, bitte." Der Kerl schaut ihn noch nicht mal an und schiebt schweigend die Karten rüber. „Gehört Ihnen diese tolle Achterbahn?", fragt Jeremy verzweifelt. Er muss diese Stimme nochmal hören. Der Schausteller schaut ihn unter finsteren schwarzen Augenbrauen an. „Klar, was denkst du denn!", antwortet er und weist auf eine Tafel in der Kassenbude: „Rico Schuwirth, Schausteller, Dinslaken" steht darauf. Es ist die Stimme, die Stimme des Mörders.

Kommissar Meyer runzelt nachdenklich die Stirn nach Jeremys Bericht noch am gleichen Abend. „Das reicht nicht als Beweis, Jeremy. Der Mann, den du gesehen hast, muss nicht der Mörder gewesen sein, und dein Gehör kann sich täuschen. Ich kann den Schausteller nicht verhaften. Das schlägt mir jeder Richter oder Staatsanwalt um die Ohren."

„Aber ich bin mir ganz sicher …"

Meyer unterbricht Jeremy: „Glaub mir, so haben wir keine Chance."

Bedrückt verlässt Jeremy die Polizeistation. Soll der Kerl ungeschoren davonkommen? Zu Hause angekommen liegt er lange wach. Schließlich kommt ihm eine Idee. Am nächsten Morgen bringt er einen Brief zur Post, gerichtet an Rico Schuwirth, Besitzer der Achterbahn, 41812 Erkelenz, Burgplatz. Am Montag muss Schuwirth diesen Brief erhalten, und am Montagabend nach dem Zapfenstreich, dem offiziellen Abschluss des Lambertusmarktes, wird man sehen.

Montagabend, 23.00 Uhr. Jeremy verlässt ganz leise das elterliche Haus in Baal und schwingt sich auf sein Fahrrad. Die Autobahnbrücke zwischen dem Gewerbegebiet Erkelenz-Süd und Granterath ist sein Ziel. Genüsslich ruft er sich noch einmal den Text seines Briefes ins Gedächtnis: „Kommen Sie am Montagabend nach dem Zapfenstreich zur Autobahnbrücke Erkelenz-Süd/Granterath. Legen Sie im Gebüsch neben dem Dienstweg links 5000 Euro in kleinen Scheinen ab, oder die Polizei erfährt, wer Madame Elvira umgebracht hat." Jeremy strampelt schneller, denn er will endlich Gewissheit haben. Schließlich erreicht er die Auffahrt der Brücke. An den Pfählen, wo kein Auto durchfahren kann, hält er an und lauscht. Nichts ist zu hören. Ob der Kerl schon da war? Jeremy versteckt sich hinter einem großen Strauch und wartet. Ein Blick auf seine Uhr zeigt ihm, dass es kurz vor Mitternacht ist. Nach sich endlos dehnenden Minuten wagt er sich aus seiner Deckung und pirscht vorsichtig auf die Brücke zu. Dort ist der Dienstweg, 20 steile Stufen, die unter die Brücke führen, wohl für Wartungsarbeiten gedacht. Er durchsucht das Gebüsch. Tatsächlich, da liegt ein Päckchen in Zeitungspapier ein-

gewickelt. Aufgeregt langt Jeremy nach dem Päckchen, reißt es auf. Papierschnipsel. Enttäuschung durchflutet ihn. War alles umsonst?
Plötzlich hört er die ihm nur zu gut bekannte, heisere Stimme schnarren: „Du Rotznase denkst, du kannst mich erpressen!"
Schneller als Jeremy reagieren kann, ist Schuwirth aus seinem Versteck unter der Brücke bei ihm, umklammert seinen Oberkörper mit beiden Armen und schiebt und stößt den sich heftig wehrenden Jungen zum Brückengeländer. „Schade, dass diese jungen Kerle bei Liebeskummer so schnell Schluss machen. Du hast einen Freiflug gewonnen." Jeremy setzt sich weiter zur Wehr, doch der Griff ist eisenhart. Er spürt bereits das Geländer an seiner Brust. Panik erfasst ihn, er tritt wild um sich. Der Kerl hebt ihn hoch, will ihn über das Geländer hieven, da leuchten plötzlich zwei Taschenlampen auf und eine Stimme brüllt: „Loslassen oder ich schieße!" Schuwirth erstarrt und lockert seinen Griff. Jeremys Knie geben nach, er sinkt zu Boden. Von weiter Ferne hört er: „Rico Schuwirth, ich nehme Sie fest unter dem Verdacht, Elisa Klein am Freitag erschlagen zu haben." Und er hört die heisere Stimme rufen: „Diese Schlampe hat mich erpresst. Die Wartung und die teuren Sicherheitsauflagen … Ich konnte das nicht bezahlen! Und dann das Unglück auf der Annakirmes im vergangenen Jahr…, zwei Tote. Und ihr Sohn, der hat für mich gearbeitet …, er wusste …, sie hat mich erpresst …, jeden Monat 1000 Euro. Ich konnte das nicht bezahlen!"
Jeremy bekommt nicht mit, dass Rico Schuwirth abgeführt wird. Erst als Kommissar Meyer ihn anspricht, öffnet er seine Augen. „Wo kommen Sie denn her?", flüstert er mühsam. Meyer runzelt die Stirn: „Die Idee mit dem Brief an deine Eltern, wohin du verschwunden bist, war gut, aber noch besser war es, dass deine Mutter ihn gefunden und mich direkt auf der Wache angerufen hat. Es war ihr zu ruhig in deinem Zimmer."

Beatrix Hötger-Schiffers

Seifenblasen

12.15 Uhr. Es war soweit.
Das Geldinstitut auf der gegenüberliegenden Straßenseite fest im Blick, wartet der 40-jährige Carsten an der Ampel auf „Grün".
In wenigen Minuten würde er reich sein – sehr reich.
Monatelang hat er sich auf den Überfall vorbereitet. Diese Stadt gefunden, in der ihn niemand kennt. Den günstig gelegenen Bahnhof für seine Flucht eingeplant.
In der linken Hand trägt er eine dunkelblaue Sporttasche.
Die rechte Hand umschließt die Pistole in der Jackentasche.
Um den Hals trägt er eine Motorradwindmaske. Mit einem Griff würde sie sein Gesicht verbergen.
12.16 Uhr. Grün.
Er überquert die Straße. Äußerlich vollkommen gelassen steuert Carsten auf die Bank zu. Jetzt sind die meisten Angestellten in der Mittagspause.
12.17 Uhr. Nur noch wenige Schritte bis zur Glastür.
Er greift zur Maske.
Ein kräftiger Schlag landet auf seiner Schulter. „Mensch, Carsten, altes Haus! Was machst du denn hier?"

Heidi Hensges

Melissas Tagebuch

30.6.2010
Liebes Tagebuch!
Heute war es nicht schön. Mama ist krank. Ich musste mein Frühstück alleine machen. Ich war traurig. Frau Mor hat geschimpft, weil ich meine Fibel nicht mithatte. Heute Mittag hat Mama für mich Suppe gemacht. Dann hat sie im Bett gelegen. Ich hab Fernsehen geguckt. Papa hat mich ins Bett gebracht. Das tut so weh da unten. Schlaf gut, bis bald.

5.7.2010
Liebes Tagebuch!
Heute war ich müde. Mama und Papa haben gestritten und ich konnte nicht einschlafen, weil ich Angst hatte, dass sie mir böse sind. Papa war dann in meinem Zimmer und ich musste das kleine Krokodil anfassen. Mama war ganz komisch und ist hingefallen. Papa muss heute lange arbeiten. Frau Mor hat mich gelobt, weil ich gut lese. Morgen gehe ich nach der Schule mit Anna und ihrer Mutter ins Schwimmbad in Oberbruch. Das wird schön.

6.7.2010
Liebes Tagebuch!
Im Schwimmbad war es toll. Danach waren wir noch bei Anna spielen. Anna hat ein Meerschweinchen, das wohnt im Garten. Papa hat gesagt, wenn ich keinem was erzähle, kriege ich auch eins. Annas Mutter hat dann noch mit Mama telefoniert, ich weiß aber nicht warum.

7.7.2010
Liebes Tagebuch!
Meine Hand tut so weh und ich habe Papa gesagt, dass

ich nicht mehr mit dem Krokodil spielen will, aber er hat gesagt, dann hat er mich nicht mehr lieb. Dann habe ich es gestreichelt, damit er nicht schimpft. Mama hat einen ganz großen blauen Fleck am Arm.

8.7.2010
Liebes Tagebuch!
Frau Mor hat gefragt, was mit meiner Hand ist. Ich habe gesagt, dass ich mit dem Fahrrad umgefallen bin. In Rechnen bin ich ganz schlecht.

10.7.2010
Liebes Tagebuch!
Mama hat heute Nacht so laut geweint und Papa riecht ganz komisch. Er hat gesagt, wenn ich das Krokodil noch einmal in das Versteck lasse, kriege ich das Meerschweinchen zum Geburtstag. Dann habe ich das gemacht und schlimm geweint. Dann haben Mama und Papa wieder laut gestritten und Papa ist weggefahren. Ich habe gebetet und hatte einen schlimmen Traum.

11.7.2010
Liebes Tagebuch!
Heute lag Mama im Bett und hat nichts gesagt. Ich bin zu Frau Schneider gelaufen und habe das erzählt, dann kam der Doktor. Jetzt ist Mama in Heinsberg im Krankenhaus. Ich habe sie mit Papa besucht. Papa ist böse auf Mama, hat er gesagt. Ich brauche morgen nicht in die Schule gehen und ich schlafe gleich in Mamas Bett. Ich habe so große Angst.

12.7.2010
Liebes Tagebuch!
Heute waren wir wieder bei Mama. Der Doktor sagt, sie muss in eine Kur, weil sie ganz viele Tabletten genommen hat. Mama hat gesagt, sie hat mich ganz doll lieb, da habe ich geweint. Übermorgen habe ich Geburtstag

und werde 9, da kommt sie nach Hause, bevor sie in die Kur fährt. Papa hat Urlaub. Er trinkt ganz viel Bier. Ich habe den lieben Gott gefragt, ob er alles wieder gutmachen kann.

13.7.2010
Liebes Tagebuch!

Mama geht es besser, hat der Doktor gesagt! Ich bin so aufgeregt wegen morgen!

14.7.2010
Liebes Tagebuch!

Ich freue mich so! Mama ist wieder da und ich hab ein Meerschweinchen gekriegt! Ich habe es Mukki genannt, es ist so niedlich! Aber meine Freundinnen konnten nicht herkommen, weil Mama noch krank ist, das war schade. Mukki ist in meinem Zimmer, ich erzähle ihm ganz viel und es hört zu. Mama hat mir einen Gutenachtkuss gegeben und gesagt, dass alles wieder gut wird.

30.8.2010
Liebes Tagebuch!

Ich habe lange nichts geschrieben, ich sage dir warum. Ich bin jetzt bei Oma und Opa Gangelt, es ist so was Schlimmes passiert. Papa hatte einen Unfall auf der Kellertreppe an dem Tag nach meinem Geburtstag und die Polizei hat Mama mitgenommen. Papa ist gestorben. Jetzt ist Mama im Gefängnis und nicht in der Kur, das hat mir wer erzählt, weil es im Fernsehen und in der Zeitung war. Ich darf bei Oma und Opa bleiben und Mama besuchen, aber ich soll nach den Ferien auf eine andere Schule gehen. Wenn es mir nicht mehr so schlecht geht. Ich glaube nicht, dass Mama das gemacht hat. Mukki ist auch hier und beschützt mich. Ich streichel es viel und weine und muss zu einer Therapeutin, die sagt, ich habe keine Schuld. Ich bin immer so traurig. Wenn ich schlafe, mache ich manchmal ins Bett.

Irene Hissel

Lichtblicke

„Mistwetter“, schimpfte Hauptkommissar Manfred Sommer und zog seinen Mantelkragen höher. „Hat denn niemand einen Schirm dabei?“ Langsam stapfte der große, massige Mann um das aufgeschüttete Erdreich herum zum Wagen zurück.

Der Regen hatte gerade in dem Moment begonnen, in dem der Beamte mit zwei seiner Kollegen den Fundort der Knochen besichtigen wollte.

„Haben wir schon ermittelt, wem das abgebrochene Haus gehört hat?“

Sein Kollege Michael Möller schüttelte den Kopf. „Die Anfrage beim Grundbuchamt läuft.“

„Vielleicht sollten wir die Nachbarn befragen, schließlich kennt hier jeder jeden.“ Der Kommissar blickte die Rodebachstraße in Stahe hinunter.

Der Regen ließ etwas nach. Die Polizisten klingelten an den angrenzenden Häusern. Beim dritten Versuch hatten sie Erfolg. Eine Frau, etwa Mitte sechzig, hatte den Beamten geöffnet und auf ihre Anfrage über Informationen zu der Baustelle und den vorherigen Besitzern direkt genickt.

„Ja, ich erinnere mich. Ein Ehepaar, etwas älter als mein Mann und ich, hat dort gewohnt. Dohmen war der Name, die Vornamen weiß ich nicht mehr. Die wohnen schon mindestens 20 Jahre nicht mehr da. Der Mann hatte plötzlich einen Herzinfarkt und die Frau ist danach irgendwie krank geworden und war auf einmal weg. Eine Tochter hatten sie auch. Sie ist ins Ausland gegangen zum Lernen oder Studieren und dort geblieben. Auf jeden Fall stand das Haus lange leer. Wir waren froh, als es abgerissen wurde. Sagen Sie mal, ist es wahr, dass man im Garten dort Knochen gefunden hat?“

Die Beamten verabschiedeten sich dankend nach diesem Redefluss.

„Auf jeden Fall setzen wir noch einen Aufruf in die Tages-

zeitung. Vielleicht gibt es noch jemanden, der uns so gut Auskunft geben kann", meinte Sommer sarkastisch, während sie in den Wagen stiegen.
Langsam ließ Katrin Esser die Zeitung sinken. In dem Artikel stand, an wen man sich mit Informationen wenden konnte. Sie hatte Spätdienst und daher den ganzen Morgen Zeit. Deshalb fuhr sie zur Polizeiwache nach Heinsberg. Der Polizist an der Pforte schaute sie neugierig an, telefonierte, und schon bald kam jemand zu ihr, der sich als Kommissar Sommer vorstellte. Er führte Katrin in ein Büro im ersten Stock, in dem ein Beamter an einem zweiten Schreibtisch arbeitete. Sommer bat Katrin, Platz zu nehmen und schaute sie erwartungsvoll an.
„Nun, Sie sind hier, um uns etwas über den seltsamen Fund in Stahe mitzuteilen. Dann erzählen Sie mal."
„Ich arbeite im Maria Hilf Krankenhaus und habe eine Patientin, die vielleicht mit Ihrem Fall zu tun hat." Katrin zögerte, doch der Polizist nickte ihr aufmunternd zu. Der Kollege hatte aufgehört zu tippen.
„Die Frau heißt Maria Dohmen. Sie ist jetzt fast 80 und schon lange bei uns. Die meiste Zeit wippt sie nur in ihrem Stuhl vor und zurück und murmelt vor sich hin. Doch manchmal hat sie bessere Momente und man kann gut verstehen, was sie sagt. Allerdings scheint es immer völlig zusammenhanglos und unrealistisch zu sein. Frau Dohmen leidet unter extremen Angstzuständen und sieht oft imaginäre Angreifer.
Stutzig gemacht hat es mich aber, als Maria einmal am Fenster stehend anfing zu schreien: ‚Nein, Karl nicht, nein', und dann furchtbar anfing zu weinen. Ich lief zu ihr, um sie aufzufangen, da sie zusammenbrach und sich kaum beruhigen ließ.
Als ich aus dem Fenster blickte, um nachzusehen, was sie so erschreckt haben könnte, sah ich lediglich unseren Gärtner. Er fällte im Park mit der Axt einen abgestorbenen Baum. Ich habe daraufhin einmal Marias Akte herausgesucht. Ihr Mann hieß Karl und sie wohnten in Stahe. Ihr Zustand ist wahrscheinlich durch ein plötzliches Trauma ausgelöst worden, stand dort.

Als ich heute den Zeitungsbericht über einen menschlichen Knochenfund bei Abbrucharbeiten in Stahe las und dort auch noch erwähnt war, dass das Haus früher einem Ehepaar Dohmen gehörte, dachte ich, dass die alte Frau ab und an die Wahrheit sagt."
„Und was sagt die Patientin sonst noch, wenn sie, wie Sie sagen, ihre besseren Momente hat?"
„Nun, sie sagt meistens: Ich bin schuld, oder: Sie kommt nicht, und das wiederholt sie andauernd."
Der Polizist nahm Katrins Personalien auf, bedankte sich und versprach, sich noch einmal bei ihr zu melden.
„Und falls die Frau noch irgendetwas sagt, von dem Sie meinen, es könnte uns weiterhelfen, lassen Sie es uns bitte sofort wissen", fügte der Kommissar hinzu und gab ihr eine direkte Durchwahl.
Inzwischen war die Information vom Grundbuchamt eingetroffen. Das Haus war ursprünglich eingetragen auf einen Karl Dohmen. Die DNA der Knochenfunde ließ erfahrungsgemäß noch auf sich warten. Der Pathologe hatte nur mitgeteilt, es würde sich um eine weibliche Leiche handeln. Die Frau wäre vor etwa 30 Jahren ums Leben gekommen, wahrscheinlich erschlagen.
„Toll, und unsere einzige Zeugin ist eine Irre", murmelte Frank Möller, vertiefte sich aber nach einem strafenden Blick von Sommer in seine Akten.
„Wir müssen herausfinden, was es in dem fraglichen Zeitraum an Besonderheiten gab. Vermisstenanzeigen, sonstige ungeklärte Fälle, einfach alles", forderte sein Chef, „und wenn wir das ganze verdammte Archiv durchkämmen müssen."
Die Ermittlungen der nächsten Tage ergaben außer einer unaufgeklärten Einbruchserie in der Gemeinde Gangelt um 1980 nichts, was ihnen weiter geholfen hätte.
Da meldete sich Katrin Esser beim Kommissar.
„Der Frau Dohmen geht es gar nicht gut. Sie liegt im Bett, zu schwach um aufzustehen. Der Arzt sagt, es geht zu Ende."
„Hat sie noch etwas gesagt?"
„Ja, deshalb rufe ich hauptsächlich an. Heute Morgen bei

der Pflege hat sie plötzlich meine Hand festgehalten und mich ganz klar angesehen. Dann sagte sie: ‚Der Karl hat keine Schuld, ich hatte Angst, der Einbrecher würde uns umbringen.'
Ich habe sie gefragt: Welcher Einbrecher? Da hat sie sich wieder abgewendet und gemurmelt: ‚Warum konntest du dich nicht früher melden?' Und das hat sie noch ein paar Mal wiederholt, das war's. Tut mir Leid, wenn ich Ihnen nicht mehr berichten kann."
Sommer beendete dankend das Gespräch und verfiel ins Grübeln.
„Haben wir schon das Sterbedatum von Karl Dohmen vom Amt bekommen?", fragte er seinen Kollegen.
„Ja, das habe ich hier, warte. Am 19. August 1980, also fast genau vor 30 Jahren. Die Todesursache lautet auf plötzliches Herzversagen."
„Hm, sollte der etwa wirklich einen Einbrecher erschlagen haben? Aber wieso weiblich und keiner hat sie vermisst? Gibt's doch gar nicht."
Möller meinte: „Wieso nicht, wenn es eine Bande oder ein Pärchen war? Aber du hast recht, irgendwas stimmt da nicht."
Das Ergebnis der DNA aus den Knochenfunden brachte keine neuen Erkenntnisse aus der Datenbank.
Trotz aller Bemühungen brachte die Kommissare nichts wirklich weiter.
Eine Woche später, als Sommer gerade das Polizeigebäude in Heinsberg verließ, holte ihn ein Kollege auf dem Parkplatz ein.
„Da hat gerade eine Katrin Esser für dich angerufen. Du sollst sofort zum Krankenhaus Maria Hilf kommen. An der Pforte sagen sie dir, wohin du musst."
Der Kommissar gönnte sich das Blaulicht ohne Sirene und flog von Heinsberg über Birgden nach Gangelt.
An der Pforte erwartete ihn seine Informantin mit trauriger Miene: „Frau Dohmen ist vor einer Viertelstunde gestorben."
Die Hoffnung des Beamten bekam einen ziemlichen Dämpfer. „Das tut mir leid. Aber hat sie vielleicht noch et-

was gesagt? Sie müssen wissen, wir stecken ziemlich fest. Wenn unsere einzige Quelle jetzt auch noch sozusagen versiegt ..." Der Kommissar ließ den Satz mit einem Schulterzucken unbeendet.
„Nein, das heißt, ich glaube nicht, dass es Ihnen hilft. Vor etwa einer Stunde hat sie noch einmal die Augen aufgemacht und als sie mich sah, ganz leise gesagt: Lesen Sie in meinem Schmuck. Ich konnte es kaum verstehen, deshalb kann es auch sein, ich habe mich verhört. Denn was soll das bedeuten? Aber danach ist sie nicht wieder aufgewacht."
„Lesen Sie in meinem Schmuck?" Sommer konnte sich auch nicht vorstellen, wohin das führen würde.
Er bedankte sich trotzdem für Katrins Mühe und ging zurück zu seinem Wagen. Als er einsteigen wollte, fiel ihm plötzlich etwas ein.
Katrin sprach mit der Mitarbeiterin am Empfang, als sie den Polizisten durch den Eingang zurückkommen sah.
„Sagen Sie mal, hat Maria Dohmen nicht persönliche Gegenstände besessen oder so etwas?"
„Ja, sicher sind da ein paar Kleinigkeiten. Die können Sie gerne sehen."
Gemeinsam gingen sie in das Zimmer der Toten, die wie friedlich schlafend in ihrem Bett lag.
Katrin öffnete den kleinen Kleiderschrank.
Sommer durchsuchte die einzelnen Fächer. Schließlich hielt er ein altmodisch aussehendes Kästchen in Händen. „Ein Schmuckkästchen", rief Katrin erstaunt.
In dem Kästchen befand sich neben ein paar wenigen einfachen Schmuckstücken ein vergilbtes, beschriebenes Blatt Papier.
„Ein Brief!" Nun war es an dem Kommissar, einen Ausruf des Erstaunens von sich zu geben.
Gemeinsam lasen sie:
„Liebe Mama, lieber Papa,
es fällt mir sehr schwer, euch diesen Brief zu schreiben. Noch schwerer würde es mir jedoch fallen, euch nach dieser langen Zeit plötzlich gegenüber zu stehen und unter euren Blicken meine Geschichte zu erzählen.

So ringe ich nun um Worte und hoffe inständig, dass dieser Brief erklärt, warum ich mich so lange nicht gemeldet habe. Wie ihr sicher noch von meinen ersten Briefen wisst, habe ich mich anfänglich ganz gut eingelebt. Ich mochte die Stadt, mein Job gelang mir und ich begann Freunde zu finden. Eines Tages waren wir auf einer Party und ich weiß heute nicht mehr wie es dazu kam, aber ich nahm zum ersten Mal in meinem Leben Drogen. Was anfangs ein Spaß war, wurde irgendwann zu einer Gewohnheit. Einer teuren und zehrenden Gewohnheit. Ich verlor meinen Job und musste auch meine Wohnung aufgeben. Erst zu diesem Zeitpunkt verstand ich, in welcher Situation ich mich befand. Auf einmal war meine Verzweiflung größer als meine Sucht. Dann packte mich das Heimweh. Ihr könnt mir glauben, ich wollte nur noch gesund werden und nach Hause. Zum Glück habe ich eine Freundin, die noch zu mir gehalten und mir geholfen hat.
Es war eine schwere Zeit, doch ich habe es geschafft.
Ich hoffe, ihr verzeiht mir, dass ich euch so enttäuscht habe. Der Flug ist schon gebucht. Ich komme wahrscheinlich nachts bei Euch an.
Ich hoffe, die Post ist nicht langsamer als ich, damit ihr vorbereitet seid.
Alles Liebe, Eure Tochter Melanie."

Der Kommissar blickte sofort auf das Datum des Briefes. 12. August 1980. Manfred Sommer blickte fassungslos auf die leblose Gestalt im Bett.
„Die Post war anscheinend langsamer als sie selbst."
„Wie meinen Sie das denn, was bedeutet dieser Brief?"
Katrin hoffte, der Kommissar würde sie einbeziehen, schließlich hatte sie auch ihr Möglichstes versucht, um ihm zu helfen.
Sommer erklärte bedrückt: „Karl Dohmen ist sieben Tage, nachdem dieser Brief abgeschickt wurde, an einem plötzlichen Herzschlag gestorben. Der Pathologe datiert den Todeszeitraum für unseren Knochenfund auch in diesen Zeitraum, und erinnern Sie sich nicht, was Ihre

Patientin wohl in einer Rückerinnerung im Garten gesehen hat?“
Katrin wurde blass und sank erschüttert auf einen Stuhl.
Eine DNA-Probe der gerade Verstorbenen brachte schließlich die schreckliche Gewissheit. Karl Dohmen hatte, aufgrund eines Missverständnisses, seine eigene Tochter erschlagen.
Was genau passiert war, würden sie wohl nie erfahren.

Eike Wuscher

Messerstecher

Er betrachtete sie, wie sie da lag, keinen Meter von ihm entfernt.
Sie war unglaublich schön!
Gleich würde er ihren Körper berühren, ihre Rundungen spüren.
Ihre nasse Haut glänzte verführerisch, er spürte, wie seine Erregung wuchs.
Er war jetzt ganz nah, sah ihren gewölbten Bauch und stemmte sein Messer mit aller Kraft hinein.
Die Haut platzte auf, und er begann, die Forelle zu sezieren.

Detlef Püttmann

Flucht vor der Vergangenheit

Feierabend. Schnell noch zum Friedhof, denkt Mona. Die Sonne ist bereits hinter den schweren, dunklen Oktoberwolken am Horizont verschwunden. An diesem grauen Nachmittag möchte Mona unbedingt noch Bens Grab für Allerheiligen in Ordnung bringen. Aus nicht erklärbarem Grund war er 2001 mit seinem Flugzeug abgestürzt und ums Leben gekommen. In ihrer beider Heimatstadt Erkelenz hatte sie ihn auf dem Friedhof am Schulring bestatten lassen.

Emsig, bevor es dunkel wird und vielleicht doch noch zu regnen anfängt, bearbeitet sie mit der kleinen Handharke die feuchte Erde. Plötzlich steht ihr ein Unbekannter gegenüber. Verängstigt weicht sie einen Schritt zurück. Mit den Gedanken bei ihrem verstorbenen Mann hat sie den Fremden zuvor nicht bemerkt.

„Ihr Mann ist zwar tot. Trotzdem muss ich es Ihnen sagen. Er war ein skrupelloses Schwein!"

Was soll ich davon halten? Was will er von mir?

„Sie brauchen vor mir keine Angst zu haben", hört sie ihn mit tiefer Stimme sagen. „Aber es gibt noch viele andere neben mir, die auch nicht gut auf Ihren Mann zu sprechen sind."

„Was wollen Sie von mir?", fragt sie. „Lassen Sie mich in Ruhe."

Mona weicht immer weiter zurück, seitlich am Kopfende des Grabes entlang bis hinter den großen Grabstein. An der oberen Kante des Grabsteines findet sie Halt und damit auch ein Gefühl der Sicherheit. So, als sei ihr Mann zur Hilfe gekommen.

„Lesen Sie den Nachruf vom Arbeitgeber Ihres Mannes noch einmal. Machen Sie sich ein paar Gedanken mehr als sonst, tiefergehende, nüchterne Gedanken. Durch Trauern kommen Sie der Wahrheit nicht näher."

Sie glaubte den Nachruf zu kennen. Aber jetzt, hinter dem Grabstein stehend, in dieser befremdlichen Situation, versagt ihr sonst sehr gut und einwandfrei funktionierendes Gedächtnis komplett.
„Ihr Neuer ist auch nicht besser. Der wird sich noch wundern. Er hat mit Ihrem Mann in Recklinghausen zusammengearbeitet. Lassen Sie besser die Finger von solchen Männern, damit Sie vor Gott und Ihren Mitmenschen ein reines Gewissen haben können." Der Unbekannte dreht sich um und geht.
Sprachlos sieht sie ihn an der Wegkreuzung in Richtung Ausgang verschwinden.
Gerade noch nimmt sie die Kleidung des unheimlichen Fremden wahr: ein alter, viel zu großer, beigefarbener Trenchcoat, die karierte Schirmmütze nach Sherlock-Holmes-Art, die verwaschenen Jeans und die abgetragenen Sportschuhe komplettieren die Erscheinung. Der hat bestimmt schon bessere Zeiten gesehen, denkt sie. Langsam weicht ihre Furcht. Eiskalte Hände hat sie bekommen. Auf der anderen Seite der Friedhofsbegrenzung hört sie laute Stimmen. Junge Leute sind auf dem Schulring unterwegs. Diese Ablenkung, der starke Wind und der beginnende Regen verhelfen Mona wieder, klare Gedanken zu fassen. Die Laternen am Straßenrand leuchten bereits. Schnell wischt sie noch den Grabstein ab.

Zu Hause erzählt sie dieses fast nicht zu glaubende Erlebnis aufgewühlt ihrem Lebensgefährten Günther.
„Stell dir vor, was mir auf dem Friedhof passiert ist." Automatisch setzt sie sich auf den nächsten Stuhl am Esszimmertisch.
Günther hört ihr aufmerksam zu, stellt gezielt Fragen und ermuntert sie, weiter zu erzählen. Besonders als es um den Nachruf geht, hakt er mit einigen Fragen nach. Was der Rüpel von Kerl denn wohl mit dem Hinweis auf den Nachruf gemeint haben könnte?
Mona nimmt das Fotoalbum mit Bens Bildern und dem Nachruf seines Arbeitgebers aus dem Regal. Mit beleg-

ter Stimme liest sie einen Teil daraus vor: „Sein Ehrgeiz kannte weder Hindernisse noch Grenzen. Zum Wohle seiner Familie, für sich selbst, aber nicht zuletzt für unsere und damit auch für seine Beraterbank setzte er alles auf eine Karte. Einen großen Dank dem erstklassigen Broker Ben Stricker.
Der Vorstand der Beraterbank in Recklinghausen."

Als Bens Arbeitskollege, Freund und damit auch Monas Freund, hielt Günther nach Bens Tod weiterhin zu Mona. Aus der anfänglich freundschaftlichen Hilfe wurde eine partnerschaftliche Freundschaft. Bald merkten sie es beide. Sie hatten sich lieben gelernt.
Als die Beraterbank in Erkelenz einen Leiter der Brokerabteilung suchte, waren sie sich einig. Der Umzug nach Erkelenz wäre ein idealer Neuanfang. Sie hätten ein ruhiges und erfülltes Leben in dieser schönen Stadt. Dass Mona in Erkelenz geboren und aufgewachsen ist, konnte nur von Vorteil sein. Immerhin hat diese Kleinstadt einen großen Anteil an gut situierten Einwohnern, die er in Sachen Geldanlagen gut beraten konnte.
Die Empfehlung der Sportfliegergemeinschaft Loemühle würde ihm wohl die sofortige Mitgliedschaft in der Ultraleichtflug-Gemeinschaft Erkelenz ermöglichen. Im Privaten würde ihm diese Gemeinschaft in Kückhoven den Einstieg in die Erkelenzer Gesellschaft erleichtern. Von den rund 170 Mitgliedern waren die meisten wahrscheinlich gut betucht.
Mittlerweile weiß er, auch beruflich bringt ihm die Mitgliedschaft nur Vorteile.

Am nächsten Morgen will Günther mit seinem Wagen zur Waschstraße fahren.
„Guten Morgen, Herr Rath. Haben Sie gut geschlafen?"
Vor Schreck steht er wie angewurzelt am Garagentor einem Fremden gegenüber. Das muss er sein. Der Mann vom Friedhof. Nach Monas Schilderung kann er das nur sein. Mit leisem Surren öffnet sich das Garagentor.
„Was wollen Sie von mir?"

„Es sieht so aus, als erkennen Sie mich nicht wieder."
„Sollte ich Sie kennen?"
„Mein Name ist Ralf Dietze. Ich war ebenfalls Mitglied in der Sportfliegergemeinschaft Marl-Loemühle."
Günther erinnert sich. Mein Gott, ist der Typ abgemagert.
„Was wollen Sie von mir? Und woher haben Sie eigentlich meine Adresse?"
„Setzen wir uns in Ihren Wagen. Während der Fahrt können wir dann weiterreden."
Irritiert fährt Günther los.
„Es war nicht leicht, Ihre Adresse herauszufinden. Vor ungefähr einem halben Jahr wurde ich zu einem Flug über die Eifel eingeladen. Bei der Zwischenlandung in Kückhoven stand ein neuer Flieger vor dem Hangar. Eine UL Sinus 1. Wir gesellten uns zu den anderen, die das Flugzeug bestaunten. Es sei die Maschine eines Bankers, der auch Mitglied im Kückhovener Verein sei. In diesem Zusammenhang wurde Ihr Name genannt."
Günther hält am Straßenrand und schaltet die Zündung aus. „Ich frage Sie noch einmal: Was wollen Sie von mir?"
„Sie und Ihr Kollege Stricker haben mir in Recklinghausen Wertpapiere verkauft. Ihr Kollege ist ja leider mit seiner Maschine abgestürzt. Also kann ich mich nur an Sie halten. Sie wissen selbst, die Papiere, die Sie mir damals verkauften, sind nichts mehr wert. Sie haben mich damals wider besseren Wissens schlecht beraten, nur um hohe Provisionen zu kassieren. Sie nannten mir Zinssätze und Gewinnversprechen, die mich veranlassten, mein gesamtes Kapital bei Ihnen zu investieren. Das Geld sollte mir später als Rente dienen. Sie haben mein Vertrauen missbraucht. Von Ihnen möchte ich nur mein Vermögen wieder zurück haben. Bei Ihrem Verdienst ist das weniger als ein Jahresgehalt."
„Moment", unterbricht Günther ihn. „Wir haben Sie derzeit eingehend über die Vor- und Nachteile sowie Risiken von Wertpapieren aufgeklärt. Das haben Sie uns sogar unterschrieben. Daher wissen Sie auch, dass sich bei schwankender Konjunkturlage der Wert der Anlage ver-

ändern kann."
„Hören Sie doch auf. Die Berater bei der Bank in Recklinghausen wollten mir sogar weismachen, das Geld sei in der Weltwirtschaft verbrannt. Die Geldmenge wird doch nicht weniger. Das Geld haben jetzt nur andere. Auch Sie. Um es kurz zu machen: Sie zahlen mir, damit ich nicht zum Sozialamt gehen muss, bis spätestens nächsten Donnerstag 850.000 Euro. Wenn Sie die Summe gerade nicht auf Ihrem Konto haben, dann nehmen Sie halt einen Kredit auf, den Sie später zurückzahlen können. Das wird Ihnen nicht schwer fallen. Als Gegenleistung erfährt niemand, wo Sie jetzt wohnen und arbeiten. Mehrere der von Ihnen gelinkten Anleger aus Recklinghausen planen sogar Ihren Mord. Denen würde es gefallen, Ihre Adresse zu erfahren."
„Steigen Sie aus. Raus. Steigen Sie sofort aus. Sonst fahre ich mit Ihnen zur Polizei."
Seine Mütze in den Händen erwidert Dietze grinsend: „Wir haben uns doch nett unterhalten. Das interessiert die Polizei doch überhaupt nicht. Besorgen Sie die Kohle bis Donnerstag." Beim Aussteigen ergänzt er noch: „Die komplette Summe. Sonst werde ich dafür sorgen, dass Ihnen alle geschädigten Anleger aus Recklinghausen auf den Leib rücken. Das geht dann nicht so glimpflich für Sie ab. Es geht bereits jetzt um Ihr Leben."
Damit knallt er die Autotür von außen zu.
Hinter dem Steuer zusammengesunken, steht Günther die Angst ins Gesicht geschrieben. Was soll er jetzt machen oder besser bleiben lassen? Gestern erst hatte er in der Rheinischen Post über einen Anlageberater gelesen, der von vier geschädigten Rentnern entführt worden war. Er ist ratlos. Himmel noch einmal, sollte er sich selbst anzeigen? So wie der US-Finanzberater Kenneth Starr es auch gemacht hatte? Nur, der hatte ja auch gut lachen. Der hatte ja bereits einige Millionen auf der Seite. Selbstmord? Nein, dafür ist das Leben zu schön. Mir fällt schon noch was ein. Dachte er sich.

Knapp zwei Wochen später steht es in der Heinsberger

Zeitung:

Erkelenzer Finanzberater inszeniert eigenen Flugzeugabsturz!

Erkelenz. Filmreif hat ein Finanzfachmann der Beraterbank in Erkelenz auf der Flucht vor Ermittlern und aufgebrachten Anlegern seinen vermeintlichen Tod inszeniert.

Der Manager wollte offenbar vor polizeilichen Ermittlungen flüchten. Anleger beschuldigen ihn, sie um Millionen ihrer Ersparnisse gebracht zu haben. Der Finanzberater galt als wohlhabend. Jetzt stellt sich heraus, dass er trotz seines enormen Einkommens hoch verschuldet war. Er sammelte teure Autos, besaß zwei Flugzeuge und lebte in einem Villenviertel. Polizisten durchsuchten sein Wohnhaus. Seine Lebensgefährtin, mit der er gemeinsam in Erkelenz lebte, bekam einen Nervenzusammenbruch, als sie von der Polizei über das Geschehen informiert wurde. Sie ahnte von alldem nichts.

Am vergangenen Sonntag flog der 40-jährige Manager mit seiner UL Sinus 1 von seinem Heimatflughafen in Erkelenz-Kückhoven in Richtung Eifel. In einer Höhe von 600 Meter über Grund setzte er einen Notruf ab: Die Windschutzscheibe sei geplatzt, er sei blutüberströmt. Dann brach der Funkverkehr ab.

Ein anderer Ultraleichtflieger befand sich gleichzeitig etwas weiter flussabwärts im Rurtal. Dieser hörte den Funkspruch und alarmierte sofort die Luftaufsicht. Daraufhin wurden zwei Militär-Düsenjets, die sich über der Eifel befanden, zu dem Flugzeug geschickt. Die Piloten erkannten eine offene Tür und ein dunkles Cockpit. Die Maschine stürzte schließlich wenige Augenblicke später in den Rursee ab.

Laut Aussage der Lebensgefährtin des Finanzberaters, so der Polizeibericht, habe dieser sein Motorrad mit gepackten Satteltaschen in der Garage seines Ferienhauses in einem kleinen Dorf in der Eifel abgestellt. Ihr hatte er erzählt, er wolle in den nächsten Tagen von dort aus einige Motorradtouren unternehmen. Weiter heißt es, der

Finanzkaufmann sei vermutlich mit dem Fallschirm von seinem Privatflugzeug über der Eifel abgesprungen und dann mit seinem Motorrad geflüchtet. Eine Verhaftung erfolgte bis dato nicht. (pad)

Luitgard Olufayo

Bis dass der Tod euch scheidet

Heiligabend. Es klingelte. Marie öffnete. Ein Mann um die 40, mit einem Vollbart und einem breitem Grinsen auf den Lippen, stand vor der Tür. Er hatte einen Blumenstrauß auf dem Arm und ein kleines, nett eingepacktes Päckchen dabei.

„Ist Ihr Mann da?", fragte er.

Er kam Marie unheimlich vor, wenn nicht sogar unsympathisch. Als sie sich umdrehte, war ihr Mann Richard schon herangeeilt.

„Oh, das ist ein alter Freund", sagte er und nahm ihn mit in sein Arbeitszimmer.

„Ja, meine Tochter ist im Moment nicht da. Aber ich werde ihr die Geschenke geben", hörte Marie ihren Mann von der Diele aus sagen.

„Ist recht, mein Lieber. Aber denken Sie daran, ich werde nachfragen, ob sie meine Geschenke bekommen hat", sagte der Fremde mit dunkler Stimme, öffnete die Zimmertür und trat in die Diele.

„Tun Sie das. Tun Sie das", murmelte Richard und schloss die Eingangstür hinter ihm.

Marie fragte ihren verwirrt wirkenden Mann: „Wer war denn das? Und warum macht er unserer Tochter Geschenke? Sie wird doch nicht eine solche Männerbekanntschaft haben? Ich dachte, unsere Tochter interessiert nur, einen guten Abiturabschluss zu machen."

„Aber nein, Marie, beruhige dich. Er kennt Sarah gar nicht. Vor Jahren habe ich einmal einen Freund von ihm umsonst behandelt. Ist seine Art, sich noch immer dafür zu bedanken. Sei so lieb und werfe die Chrysanthemen in den Mülleimer. Davon kriege ich Ausschlag", bat er, gab ihr den Strauß und ging zurück in sein Arbeitszimmer.

Dort zog er seine Schreibtischschublade auf und ließ das

Päckchen ungeöffnet darin verschwinden.
Auf dem Flur begegnete Marie Sarah.
„Oh“, sagte Sarah, „sind das hübsche Blumen.“
„Wir sollen sie wegwerfen“, meinte ihre Mutter.

Einige Tage später stellte Marie bei einem Bankbesuch fest, dass eine größere Summe abgehoben worden war. Sie fragte ihren Mann, wofür er dieses Geld gebraucht habe, doch dieser verwies nur auf eine größere Reparatur am Haus. Marie blieb skeptisch.
„Richard“, meinte Marie am nächsten Morgen besorgt, „ich habe den Eindruck, dass mir jemand seit einigen Tagen folgt.“
„Das kommt dir nur so vor, Liebling“, hatte er kurz angebunden erwidert.
‚Also ich weiß gar nicht, was in der letzten Zeit mit mir los war‘, dachte Marie. Auch Sarah wirkte verändert und war die letzten zwei Abende sogar ausgegangen, was sie sonst niemals tat. Sie hatte keinen Freund und lernte bis abends spät, damit sie einen guten Notendurchschnitt erzielen konnte. Schließlich wollte sie einmal Lehrerin werden.
„Sag mal Sarah, hast du einen Freund?“, fragte Marie.
Ihre Tochter antwortete bereitwillig: „Eigentlich nicht, Mama. Es ist bloß eine Bekanntschaft.“
„Ach so! Aber ich muss mir keine Sorgen machen, oder? Es ist doch wohl nicht ein älterer, womöglich verheirateter Mann?“
„Ein bisschen älter ist er schon. Aber verheiratet, glaube ich nicht. Dennoch Mama, es ist kein Liebesverhältnis, sondern einfach nur ein Treffen.“
„Treffen haben aber doch auch einen Grund.“
„Nun ja, einfach nur Zerstreuung oder, wenn man es so nennen will, zur Unterhaltung.“
Marie schüttelte verständnislos den Kopf. Es klingelte an der Tür. Sie öffnete, und schluckte schwer. Vor ihr stand der Mann, der vor einigen Tagen dagewesen war. Eilig streifte ihre Tochter ihren Mantel über. Der Mann grinste

Marie frech an, und diesmal war sein Grinsen noch breiter als vor ein paar Tagen.
Was sollte sie sagen? Ihre Tochter war vor vier Monaten 18 geworden. Sarah bestimmte selbst, wohin sie ging und mit wem. Etwas drückte in ihrer Magengegend. Ihr Mann war an diesem Abend spät dran, er war wohl noch zu einigen Patienten auf Hausbesuch.
„Richard", sagte Marie aufgeregt, als er heimkam, „Sarah ist mit diesem Mann weg, der neulich mit dem Blumenstrauß und dem Päckchen kam. Was ist eigentlich in dem Päckchen?"
„Was?" Richard wirkte abwesend. „Nichts Wichtiges."
Er zog sich sofort in sein Arbeitszimmer zurück. Auch zum Essen erschien er nicht. Nach einer halben Stunde verkündete er: „Ich muss noch einmal weg. Ein Notfall."

Richard verließ das Haus. Er fuhr mehrere Diskotheken in Heinsberg-Oberbruch ab, auf der Suche nach seiner Tochter. Es beunruhigte ihn, dass Sarah mit diesem Mann freiwillig mitging, hatte er ihm doch Geld gegeben, damit er sie in Ruhe ließe. Schließlich fand er Sarah. Sie stand mit dem Mann an einem Tresen der Diskothek „In Vincula" und trank ein Bier, während der Mann rauchte und sich angeregt mit ihr unterhielt.
„Sarah", sagte er streng. „Deine Mutter macht sich Sorgen. Sie möchte, dass du sofort nach Hause kommst. Mein Wagen steht vor der Tür."
„Aber Papa, wir unterhalten uns doch nur. Fred kann tolle Geschichten erzählen."
„Sarah, tu was ich dir sage!", zischte ihr Vater und hielt ihr die Autoschlüssel hin.
Sie packte ihre Handtasche und nahm die Schlüssel. „Okay", sagte sie gedehnt, „Dann vielleicht ein anderes Mal. War nett, mit Ihnen zu plaudern, Fred."

Als sie verschwunden war, packte Richard den Mann grob an den Kragen.
„Lassen Sie Ihre Finger von meiner Tochter! Sonst bringe ich Sie um." Seine Augen glühten. „Was wollen Sie

noch? Das Geld haben Sie doch bekommen."
Fred schaute ihm angewidert ins Gesicht, zog langsam Richards Hände weg und rückte seinen Kragen wieder zurecht.
„Nein, nein, Richard, was Sie auch nur denken. Ihre Tochter fühlt sich bei mir wohl. Außerdem, wie kommen Sie darauf, dass es mir nur ums Geld geht?"
„Ich sagte, Sie sollen Ihre Finger von ihr lassen. Sonst bringe ich Sie um", brüllte Richard so laut, dass die Musik ihn nicht mehr übertönen konnte.
Einige Gäste drehten sich um. Auch der Wirt horchte auf.
„Gibt es ein Problem?", fragte er, „soll ich die Polizei rufen?"
„Nein, nein, kein Problem", wiegelte Fred ab, „mein Freund wollte gerade gehen." Er wandte sich Richard zu: „Vergessen Sie unseren nächsten Termin nicht. Gleiche Uhrzeit, gleicher Ort. Sie haben eine hübsche Frau. Ich wette, sie ist gut im Bett."
Richard war nicht mehr zu halten. Sein Faustschlag traf Fred am Kinn, was Richard anscheinend mehr schmerzte als seinem Gegner. Zwei Gäste hielten den wütenden Arzt fest und brachten ihn nach draußen. Er hielt sich die schmerzende Hand und tröstete sich damit, dass er eben Doktor war und nicht Boxer. Ärgerlich und enttäuscht fuhr er heim.
Als Marie am nächsten Morgen in Sarahs Zimmer trat, sah sie, dass das Bett unbenutzt war. Aufgeregt eilte sie zu ihrem Mann, der sich im Badezimmer fertig machte.
„Sie wird doch nicht die Nacht bei diesem Mann verbracht haben?"
„Nein, Marie. Ganz sicher nicht. Sarah hat doch noch andere Freunde", sagte er beschwichtigend. Sie musste, von ihrer Mutter unbemerkt, nach Hause gekommen und wieder gegangen sein. Immerhin lag der Autoschlüssel auf der Konsole.
„Ja welche denn? Ich rufe die Polizei."
„Marie, Sarah ist volljährig. Da kann sie schon einmal eine Nacht wegbleiben. Die Polizei wird da nichts tun. Ich kümmere mich darum."

Er nahm sein Jackett und verließ das Haus. Im Auto griff er zu seinem Mobiltelefon.
„Ich habe Ihnen doch gesagt, dass ich das Geld auftreibe. Sie müssen mir nur etwas Zeit geben. Lassen Sie meine Tochter gehen."
„Wovon reden Sie, mein Guter? Ihre Tochter ist nicht bei mir. Kommen Sie her. Ich habe nichts zu verbergen. Sie wissen doch, wo ich wohne."
Richard lenkte den Wagen zu dem Sternhaus, einem Hochhaus in Oberbruch, in dem Fred wohnte. Er klingelte bei Brandt und wusste, dass dieser Name falsch war. Der Mann mit dem breiten Grinsen ließ ihn in seine saubere, aber spärlich möblierte Wohnung eintreten.
„Schauen Sie sich um, Richard. Ihre Tochter ist nicht hier."
Richard öffnete sogleich eine Tür nach der anderen, selbst die zur Besenkammer. Seine Tochter fand er nicht.
„Wenn du ihr was antust, mache ich dich kalt." Sein Ton wurde rauer und Freds Grinsen breiter.
„Halten Sie sich an unsere Abmachungen, dann wird ihr nichts passieren", meinte er, als Richard fast zur Tür hinaus war.
„Also haben Sie sie doch!", rief der Arzt und drehte sich ruckartig um.
„Das habe ich nicht gesagt."
Richard fuhr heim und begab sich in sein Arbeitszimmer. Es klopfte. Seine Frau trat ein.
„Richard, ich habe Sarah heute noch nicht gesehen. Es ist schon Nachmittag. Ist sie noch in der Schule?"
Marie hatte schon vergessen, dass Sarah die Nacht nicht Zuhause verbracht hatte.
„Ja, sie hat angerufen. Es wird spät. Vermutlich übernachtet sie bei einer Freundin."
„Ach so."
Marie verließ das Zimmer und Richard rief Doktor Magalaes, einen befreundeten Arzt, der aus Portugal stammte, an.
„Eduardo, wie lange hat sie noch?"
„Richard, es tut mir leid, dir keinen Mut machen zu kön-

nen. Aber ich schätze, etwa ein Jahr. Ihre Erinnerungslücken werden immer mehr werden."
Richard nickte und legte den Hörer auf. Dann öffnete er das Päckchen, das er in die Schreibtischschublade gelegt hatte. Es enthielt einen teuren Verlobungsring. ‚Dieser Bastard', dachte er. Für einen Scherz hielt er das schon lange nicht mehr. Er griff er zu seiner Waffe, die er dort aufbewahrte für den Fall, dass er sie einmal brauchte. Aber bis jetzt gab es noch nicht einen solchen Fall. Ein Päckchen Patronen lag daneben. Richard steckte die geladene Waffe in die Jackettasche.
„Ich gehe noch einmal weg", sagte er im Hinausgehen.
„Ja", entgegnete Marie, „sag mal, muss ich Sarah von ihrer Schulfreundin abholen oder nimmt sie den Bus? Du nimmst doch deinen Wagen, oder? Dann kann ich doch den Fiat nehmen?"
Er stöhnte in sich hinein, den Fiat gab es seit zwei Jahren nicht mehr.
„Mach dir keine Sorgen. Ich erledige alles", meinte Richard und schloss die Eingangstür hinter sich.
Es hatte leicht angefangen zu schneien. Die Lichter der Leuchtreklamen blendeten in seinen Augen, als er ziellos durch die Straßen fuhr. Wie automatisch lenkte er seinen Wagen zum „In Vincula" in Oberbruch. Seine Hand umklammerte fest die Waffe in seiner Jackettasche.
Fred stand allein am Tresen und starrte in ein Bierglas.
„Wo ist Sarah?", zischte Richard, als er sich neben ihn stellte und die Spitze der Waffe durch die Jackentasche in Freds Hüfte bohrte.
Der Mann schaute nicht auf und zuckte mit den Schultern. Der Barkeeper blickte misstrauisch herüber.
„Wenn du mir nicht glaubst, ruf doch die Polizei. Was denkst du, wird sie bei mir finden? Nichts. Nimm deine Waffe weg, Richard. Sie stört mich."
Fred leerte sein Bierglas und schob mit dem Arm die Waffe ein wenig zur Seite. Richard ließ es geschehen.
„Deine Frau soll zugeben, was sie gemacht hat", meinte Fred und orderte ein neues Bier.
„Das kann sie nicht. Geben Sie mir meine Tochter zu-

rück. Sie weiß von allem nichts. Sie ist völlig unschuldig. Tun Sie ihr nichts an. Sie hat noch ihr ganzes Leben vor sich." Richards Ton wurde plötzlich flehend.
„Weißt du, Richard. Anscheinend leidest du unter Gedächtnisverlust. Ich habe dir doch gesagt, ich weiß nicht, wo sich Sarah aufhält."
Richard verließ das Lokal. Ein Schneetreiben hatte eingesetzt. Mit der Pistole in der Hand fühlte er sich sicher. Allerdings wusste er nicht, wo er Sarah suchen sollte. Was hatte Fred damit gemeint, dass seine Frau zugeben sollte, was sie getan hatte? Er wusste es also doch. Aber sie erinnerte sich nicht mehr. Ihr war noch nicht einmal aufgefallen, dass er das Unfallfahrzeug weggeschafft hatte. Es war vor zwei Jahren gewesen, als er zum Tatort gerufen wurde und nur noch den Totenschein ausstellen konnte. Marita hieß sie und war erst 16. Heute würde sie so alt sein wie seine Tochter. Derjenige, der sie überfahren hatte, hatte Fahrerflucht begangen. Richard machte sich Vorwürfe, dass er sie hatte fahren lassen, aber zu jener Zeit wusste noch niemand etwas von ihrer Krankheit.
Müde stapfte er weiter durch den Schnee und warf einem Bettler einen Fünf-Euro-Schein in den Hut. Jetzt hatte Fred Gelegenheit, ihm zu nehmen, was er liebte, entweder seine Tochter oder seine Frau. Die Schneeflocken schnitten rau in sein Gesicht. Er würde sie nicht sterben lassen mit dem Wissen, den Tod eines anderen Menschen verursacht zu haben. Wenn Fred nicht Ruhe geben würde, war er bereit ihn umzubringen, dachte er zu allem entschlossen.
Er erinnerte sich an den Unfallzeugen. Einen Mann namens Uli Decker. Er hatte ausgesagt, einen roten Fiat erkannt zu haben, wusste aber nicht, ob eine Frau oder ein Mann am Steuer gesessen hatte. Seit der Nacht war an dem Auto seiner Frau die vordere Stoßstange beschädigt. Marie hatte ihm erklärt, sie wüsste nicht, gegen was sie gefahren sei. Ihren roten Fiat hatte er am nächsten Tag verkauft. Jemand aus Polen hatte ihn mitgenommen. Die Kälte ließ seine Hand am Revolver erstarren. Er

steuerte auf die Wohnung von Decker zu. Vielleicht gab es da noch etwas was er übersehen hatte. Schließlich hatte Decker den Unfallhergang mitbekommen. Insgeheim hoffte er, Anhaltspunkte für den Aufenthaltsort seiner Tochter zu finden. Er klingelte an der Tür. Decker öffnete.

„Ah, der Polizeiarzt“, sagte er und hatte den Gast sofort wiedererkannt. „Es ist zwei Jahre her. Sind noch Fragen offen?“

„Ja, gewissermaßen.“ Richard sah sich unauffällig um.

„Hmm, ich habe noch eine Frage wegen des Fahrers des roten Fiats. Das lässt mir einfach keine Ruhe. Manche Fälle beschäftigen einen nachts, vor allem, wenn es Fahrerflucht war und die Geschichte nach zwei Jahren immer noch nicht klar ist.“

„Ja, ja. Das verstehe ich.“ Decker war Rentner und machte sich gerade sein Abendbrot zurecht.

„Setzen Sie sich, Herr Doktor. Ihren Namen habe ich leider vergessen.“

Er stellte ihm, ohne zu fragen, eine Tasse Tee bereit.

Richard bemerkte, dass er leicht humpelte.

„Wie? ... Richard Weiß“, antwortete er, nahm den angebotenen Platz bereitwillig aber etwas mutlos an und trank einen Schluck Tee. Decker konnte wohl kaum etwas über das Verschwinden seiner Tochter wissen. Oder etwa doch? Er fragte nochmals, ob er den Fahrer des Unfallwagens erkannt habe.

„Wissen Sie“, sagte Decker nachdenklich, „ehrlich gesagt, es ging alles so schnell. Und ich kann mich nur an das Fahrzeug und an zwei Ziffern, eine 3 und eine 5, auf dem Nummernschild erinnern und HS für Heinsberg.

Aber selbst damit kann man sich auch irren.“

„Aber von den zwei Zahlen haben Sie der Polizei nichts erzählt, auch später nicht?“, fragte der Arzt.

„Nein, weil ich mir nicht sicher war. Das hatte ich nur Ihnen am Tatort erzählt.“

Das Nummernschild seiner Frau trug eine 235 und die Buchstaben HS.

„Ich suche meine Tochter“, kam Richard mit der Sprache heraus.
„Ja, und warum kommen Sie dann zu mir?“ Decker sah den Zusammenhang nicht und Weiß wollte ihm diesen auch nicht erklären. Eigentlich wollte er wissen, ob Decker die Buchstaben des Nummernschildes auch an den Vater des Unfallopfers preisgegeben hatte. Aber er fragte nicht danach.
„Ich wollte nur reden“, entschuldigte der Arzt sich und umklammerte die Waffe in seiner Jackettasche wieder.
„Ja, ja, verstehe ich“, sagte Uli Decker. „Der Tod eines jungen Mädchens kann einem schon nahegehen. Dann macht man sich schon Sorgen um die eigenen Kinder. Ich habe keine. Kann das aber trotzdem nachvollziehen. Wie alt ist Ihre Tochter eigentlich?“
„Achtzehn.“
„Hmm, ein gefährliches Alter.“
Richard nickte und verließ mit gesenktem Kopf die Wohnung. Er hatte das Gefühl, dass Sarah etwas passiert war.

Am nächsten Tag kam er zu dem verabredeten Treffen mit Fred. Dessen richtigen Namen hatte er vergessen, aber an dessen Tochter Marita und ihr Gesicht erinnerte er sich, als wäre es gestern gewesen. Richard marschierte durch die Fußgängerzone von Heinsberg und blieb an einem Brunnen stehen. Hier waren viele Leute und niemand würde auf sie achten. Seine Bank hatte die Summe kommentarlos freigegeben. Fred erschien wenig später und grinste wieder breit. Schweigend nahm er die Umhängetasche entgegen. Auch Richard sagte nichts. Seine Waffe war noch in der Jackettasche. Fred schaute Richard nach.
„Ich bringe ihn um, ich bringe ihn um“, flüsterte der Arzt zu sich.
Sein Mobiltelefon klingelte.
„Ja, was ist?“ meldete er sich genervt, ohne dass er wusste, wer am Apparat war.
„Hier ist das Städtische Krankenhaus“, meldete sich eine

freundliche Frauenstimme. „Schwester Erika."
„Ja, und?" fragte er barsch. Schließlich übergab man ja nicht jeden Tag eine beträchtliche Summe.
„Ihre Tochter liegt seit zwei Tagen bei uns auf der Station. Sie hatte eine Gehirnerschütterung. Nichts Schlimmes und eine leichte Amnesie. Deshalb haben wir nicht gewusst, wer sie ist. Aber so langsam kommt ihre Erinnerung zurück. Sie hatte kein Handy und keinen Ausweis dabei. Als sie sich an ihren Namen erinnerte, haben wir Ihre Frau angerufen. Diese hat uns Ihre Handy-Nummer gegeben. Ein Auto hat Ihre Tochter wohl angefahren."
„Wer ist der Fahrer?"
„Der Fahrer ist unbekannt. Aber ein junger Mann hat sie gefunden und ins Krankenhaus gebracht."
„Ich komme gleich", sagte Richard erleichtert.
Aufgeregt betrat er das Krankenzimmer. Ein junger Mann saß neben seiner Tochter am Bett, und Richard sah, wie sie lächelte. Bestimmt hatte er ihr die ganze Zeit lustige Geschichten erzählt. Sarah freute sich, ihn zu sehen und wollte ihn sogleich umarmen. Sie trug einen Verband um den Kopf. Der junge Mann stellte sich vor. Richard war nicht entgangen, dass er die Hand seiner Tochter gehalten hatte.
Er verabschiedete sich mit den Worten, dass er noch den Arzt sprechen müsse. Es ginge ihr gut, sie würde bald entlassen. Die Polizei suche nach dem Unfallwagen, erklärte der Arzt.
Sie war also nicht entführt worden, sondern hatte einen Unfall gehabt, mit Fahrerflucht. Aber sie lebte. Das war das Wichtigste. Richard wurde das Gefühl nicht los, dass Fred damit zu tun hatte. Hatte er oder hatte er nicht? Er fuhr zu dessen Wohnung und klingelte an der Tür. Niemand öffnete. Als er nach langem Warten wieder ins Erdgeschoss trat, sprach ihn die Hausmeisterin an.
„Sie suchen den Mann vom dritten Stockwerk? Der ist heute ausgezogen. Hat die Miete für den Rest des Monats bezahlt und ist mit zwei großen Koffern verschwunden."
„Haben Sie eine Adresse?"

„Nein.“

Richard fuhr heim. Er erhielt einen Anruf und wurde zu einem Unfallort gerufen. Das Opfer war ein etwa 45 Jahre alter Mann. Er war mit hohem Tempo auf der Autobahn gegen einen Brückenpfeiler gerast. Es war offensichtlich Selbstmord. Ein Polizist zeigte Richard einen Abschiedsbrief, den man im Handschuhfach gefunden hatte.
„Ich kann so nicht weiterleben. Aber es fehlte mir der Mut, mich zu stellen. Ich habe den Tod eines jungen Mädchens verursacht, vor zwei Jahren. Sie ist mir direkt vor mein Auto gelaufen. Es tut mir leid.“
Der rote Fiat, der sich fast um den Brückenpfeiler gewickelt hatte, wurde auf den Abschleppwagen gehievt. Währenddessen schaute Richard auf das Kennzeichen. Da standen die Nummern 235.
„Jetzt bringe ich ihn erst recht um“, flüsterte Richard zu sich selbst.
Er fuhr nochmals zu Freds Wohnung. Mit seiner Waffe im Handschuhfach wartete er auf der gegenüberliegenden Straßenseite, auch wenn er wusste, dass Fred nicht mehr zurückkam. Aber er konnte die Zeit nicht Zuhause verbringen und tatenlos zusehen, wie sie immer schwächer wurde ...
Dann, eines Abends, erhielt er den Anruf eines befreundeten Arztes.
„Es sieht gut aus, es scheint, als ob der Tumor kleiner wird“, sagte er. „Sie hat eine Chance zu leben. Pass gut auf sie auf.“
„Das werde ich“, sagte Richard und zu seiner Frau sagte er: „Ich muss noch einmal weg.“
Wieder nahm er die Waffe aus der Schreibtischschublade und fuhr zur Rur, dem Fluss, der durch Heinsberg fließt. Er warf die Waffe an einer tiefen Stelle hinein.

Astrid Zahn

Fifty-Fifty

„Mensch Georg, du bist so ein Tollpatsch, was hatte ich dir gesagt: Kein Gemetzel, aufpassen solltest du! Schau dir meine schöne, neue Jacke an, voller Blutspritzer und dein Hemd, da ist ja Hirnmasse drauf! Jetzt müssen wir nicht nur die Leiche entsorgen, sondern auch unsere Kleidung."

„Ja Uwe, hast Recht, aber der Stein war zu spitz und zu groß. Wohin bringen wir den Karl nu?"

„Boa, Georg, wie oft noch? Wir schmeißen ihn da drüben in den See. Vorher schnallen wir ihm den Bleigürtel um, der im Auto bei den Taschen liegt."

„Genau, der ist im Kofferraum. Beim letzten Tauchgang waren wir ja noch Freunde! Er hätte besser den Schatz sofort mit uns geteilt, bevor wir gemerkt haben, dass er sich abseilen wollte. Jetzt machen wir fifty-fifty!"

„Irrtum Georg. Du Blödmann, aus zwei mach einen!"

„Neiiiin, Uwe, bitte, bitte nicht ..."

Kurt Lehmkuhl

Bergsteiger

Durch Monikas Grüße auf der Ansichtskarte vom Matterhorn fühlte er sich verhöhnt. Sie unternahm in den Alpen Bergtouren, während er in dem kleinen, unbehaglichen Raum hockte. Früher, da war es anders gewesen, da waren sie als geborene Flachlandtiroler begeisterte Bergsteiger, die gemeinsam schwierige Strecken und Routen bewältigt hatten.
Früher muss die Zechenhalde, die immer noch an den Steinkohlebergbau in Übach-Palenberg erinnerte, viel höher gewesen sein. Er wusste es nur aus den Erzählungen der Eltern, wenn sie von dem Kohleberg sprachen, der sich hinter dem Übach auf dem Zechengelände auftürmte. Schwarz und steil aufragend war der Berg gewesen, vor dem sich der Wasserturm und die hölzernen Kühltürme von Carolus wie Gebäude aus einem Spielzeugkasten ausnahmen. Nachdem die Zeche 1962 schloss, lag das Gelände brach.
Wie ein schwarzer, mächtiger Klotz thronte der Zechenberg lange Zeit über der Kleinstadt, verdunkelte den Himmel und ließ die Sonne in vielen Siedlungsgärten später aufsteigen. Jahre später schrumpfte der Berg auf ein Drittel, nachdem ein niederländisches Unternehmen begonnen hatte, ihn durchzusieben. Der Kohleanteil im Abraum war sehr hoch. Dank der neuen Rütteltechnik gelang es, rentabel den Kohleanteil aus dem Gestein zu brechen. Durch die Arbeit erhielt der Zechenberg seine neue Form, nunmehr ragt der renovierte Wasserturm über dem Restgestein.
Das menschenleere Gelände war sein Spielplatz gewesen und auch der seiner Sandkastenliebe Monika. Spannend und gefährlich fanden sie es, wenn sie als Kinder auf dem Berg herumliefen und versuchten, auf dem losen Geröll aufzusteigen. Oft rutschten sie ab bei ihrem spielerischen Tun, das ihnen die Eltern verboten hatten. Aber sie hörten nicht auf die besorgten Mahnungen, nah-

men es in Kauf, ab und an von kleinen Felsbrocken getroffen zu werden, wenn sie wegrutschten und sich Steine lösten, die den Hintermann trafen. Sie fühlten sich wie Bergsteiger, die auf unerforschten Wegen einen Berg auf einer neuen Route erklommen.
Im Laufe der Jahrzehnte kam die Natur zurück. Birken pflanzten sich im Geröll an, in den vom Regen ausgewaschenen Furchen machte sich Grün breit, entlang des in einem schmalen Kanal gepressten Übachs wuchsen Büsche und Weiden. Langsam begrünte sich der Berg, vom Fuß ausgehend bahnten sich die Pflanzen den Weg nach oben, ähnlich den Kindern, die früher aufwärts zum Gipfelkreuz strebten. Die Kommune legte Spazierwege an und machte sich dabei die Transportwege der Lastwagen zunutze, die sich um die zu einem Tafelberg veränderte Zechenhalde wunden.
Der Ausblick vom Plateau hinab ins Wurmtal oder ins ehemalige Aachener Kohlerevier mit den zahlreichen Halden, die wie Pilze in der Ebene wirkten, war grandios. Monika und er hatten ihn oft genossen. Auch als Jugendliche waren sie nicht über Wege gelaufen, sie blieben die Bergsteiger, die zwischen den Bäumen über das immer noch rutschige, lose Geröll bergauf und bergab kletterten. Am Gipfelkreuz küssten sie sich zum ersten Mal, hier versprachen sie sich ewige Treue.
Aber das war einmal. Früher, als sie sich liebten. Sie hatten geheiratet, blieben zunächst gewollt kinderlos, weil sie nicht ihr gemeinsames Hobby Bergsteigen aufgeben wollten. Dann war es zu spät für ein Kind; nicht nur wegen ihres Alters. Sie hatten sich auseinanderentwickelt und lebten nebeneinander in dem kleinen Haus der Palenberger Zechensiedlung. Es war ein schleichender Prozess gewesen. Lag es daran, dass sie nach der Lehre schneller die Karriereleiter erklomm als er? Oder lag es daran, dass man ihr im Betrieb mehr Sympathie entgegenbrachte als ihm? Monika war immer einen Tick flinker gewesen und hatte Stück für Stück die Kontrolle übernommen über ihr beider Leben, nicht nur im Beruf und im Alltag, sondern auch beim Bergsteigen. Es

schmerzte, wenn sie bestimmte, welche Route sie gehen sollten, und es nervte, wenn sie Recht behielt, wenn sie seinem Plan widersprochen hatte und er zornig losmarschiert war. Sie folgte ihm, allein schon aus Sicherungsgründen, weil sie ihn im Berg nicht alleine lassen wollte. Umso ärgerlicher war es, wenn sie umkehren mussten und seine Frau stillschweigend triumphierte.
So ging es nicht mehr weiter. Er fühlte sich gekränkt, als Berufskollege, als Ehemann, als Bergsteiger. Sie sei der Herr im Hause, spöttelten die Freunde und Bekannten. Ob er wenigstens noch alleine bestimmen dürfe, welches Hemd er zu welchem Anzug anziehen wolle?
Dann kam der Zeitpunkt, als er endgültig genug von ihr hatte. Das war, als Monika über Nacht weg blieb. Sie habe nach einer Konferenz im Gästezimmer ihres Chefs übernachtet, behauptete sie. Er glaubte ihr ebenso wenig wie dem Vorgesetzten. Die Trennung war nur noch eine Frage der Zeit und wurde für ihn konkret, als er eine andere Frau kennenlernte.
Ein letztes Mal schlug er ihr eine „Bergbesteigung“ vor, eine Wanderung zum Gipfelkreuz auf der ehemaligen Halde. Wo alles begann, sollte es auch enden. Bereitwillig stimmte Monika seinem Vorschlag zu, in gerader Linie zwischen den Birken und dem rutschigen Geröll aufzusteigen. Wie gewohnt ging sie voran, bestimmte Richtung und Geschwindigkeit. Er folgte ihr in geringem Abstand und wartete auf eine passende Gelegenheit, wenn sie straucheln oder einen Fehltritt machen würde. Als sie tatsächlich ein wenig das Gleichgewicht verlor, packte er sie am Bein und riss daran, dass sie bäuchlings auf den steinigen Boden fiel. Sie rutschte auf dem Geröll talwärts. Atemlos, Hände und Beine von sich gestreckt, lag sie einige Meter unterhalb von ihm. Er packte einen schweren, kantigen Steinbrocken. Damit würde er ihr den Schädel einschlagen.
Als er vor ihr den Stein anhob, spürte er den Stoß im Rücken. Erst stolperte er Halt suchend abwärts, dann fiel er auf den Bauch und rutschte weiter. An seinen Händen war die Haut aufgerissen, eine Platzwunde auf der Stirn

blutete heftig. Er wollte sich aufrappeln, als er den schmerzenden Stich in der Wirbelsäule spürte, nachdem ihn ein heftiger Schlag im Rücken getroffen hat. Wehrlos blieb er liegen, unfähig, sich zu bewegen.
„Das war knapp", hörte er seine Frau keuchen. „Du hättest keine Sekunde später eingreifen dürfen. Der hätte mich umgebracht."
„Soll ich?", fragte eine entschlossene Männerstimme.
„Nein. Lass es. Er ist gestraft genug. Aber das war mal wieder typisch für ihn. Ich habe ihm immer wieder gesagt, dass man nicht ohne Sicherung einen Berg besteigen soll." Er hörte, wie Monika dem anderen einen Kuss gab. „Du bist meine Sicherung gewesen. Wir gehen. Im Ort rufe ich einen Notarzt an."
„Okay." Er sah den Brocken an sich vorbei rollen, den der andere weggeworfen hatte. „Ich hätte gern ein zweites Mal zugeschlagen. Dann wären wir ihn für immer los gewesen, mein Schatz."

Im Strafverfahren wegen versuchten Totschlags wurde er zu einer mehrjährigen Freiheitsstrafe verurteilt. Seine Behauptung, er sei von seiner Frau und ihrem Geliebten in einen Hinterhalt gelockt wurden, fand keinen Glauben. Er sei zufällig vorbeigekommen, berichtete der Zeuge ruhig das Geschehen, und habe gesehen, wie der Angeklagte die wehrlose Frau erschlagen wollte. Da habe er in Nothilfe den Mann geschubst, ohne ahnen zu können, welche Folgen daraus entstehen könnten.
Die Scheidung war eine Formalie. Sie ließ ihn allein. Ab und zu bekam er von ihr eine Ansichtskarte aus den Bergen.
Er hörte die schlurfenden Schritte auf dem Flur, steckte den Bildergruß vom Matterhorn auf den Bildhalter auf dem Tisch und drehte sich langsam in seinem Rollstuhl. Man brachte ihm das Mittagessen in die Zelle.

Paul-Gerhard Theymann

Sport ist Mord

Vor drei Jahren verstarb unerwartet Werner Schimpkes Vater. Die Mutter war untröstlich, konnte sich mit dem plötzlichen Tod ihres Mannes nicht abfinden und folgte ihm nach kurzer Zeit.
Damit war Werner als einziges Kind Alleinerbe eines Hauses und eines kleinen Barvermögens. Nach dem profitablen Verkauf des Elternhauses wurde ihm eine hübsche sechsstellige Summe ausgezahlt. Die sollte neben seiner kleinen Rente wichtiger Baustein seiner Altersversorgung sein. Er freute sich schon auf die gemeinsamen Reisen, die er für seinen baldigen Ruhestand mit seiner Frau Erika plante. Reiseberichte im Fernsehen waren ihre Lieblingssendungen.

Werner überlegte lange, wem er sich bei der Anlage des Geldes anvertrauen sollte. Zwar hatte er sein Gehaltskonto bei der Sparkasse, jedoch meinte er, mit einem solch großen Betrag bei einer weltweit agierenden Bank besser aufgehoben zu sein. Er erinnerte sich an seinen ehemaligen Schulkameraden Fred Moralski. Der war schon damals, als seine Klasse am Schüler-Börsenspiel der Bank teilnahm, durch seine Cleverness aufgefallen. Schließlich hatten sie durch seine Ideen den ersten Preis errungen.
Der smarte Fred hatte damals schon seine wahre Leidenschaft entdeckt und sein Hobby zum Beruf erkoren. Er war seit vielen Jahren Anlageberater bei einer Bank an der KÖ, der Kölner Straße in Erkelenz.

Fred Moralski, gekleidet in feinem Zwirn, empfing ihn in seinem eleganten Gesprächszimmer, das mit der neuesten Informationstechnik wie Real-Time-Kurs-Übermittlung und aktuelle Nachrichtenübertragung auf Flachbildschirmen und persönlichem Laptop ausgestattet war. Kaffee und Gebäck wurden angeboten. Erst einmal

tauschten sie sich über die alten Zeiten aus und erinnerten sich an so manchen Schulstreich. Aber dann kamen die beiden auf das eigentliche Thema ihres Treffens. Werner betonte, dass er bei der Geldanlage auf Sicherheit setzte, um im Alter versorgt zu sein. Fred zeigte ihm diverse Hochglanzbroschüren komplizierter Anlageprodukte, deren Gewinnkurven sicheres Vermögenswachstum versprachen.
„Überlass mir die Verwaltung deines Geldes", waren seine Worte, „ich bin ein erfahrener Anlagespezialist und verbürge mich für eine solide Vermögensmehrung. Mit meiner Bank im Rücken wird das eine Erfolgsstory. Auf deinen alten Freund kannst du dich verlassen." Und so hatte Werner alle Formulare, die er ihm unterschob, blind unterschrieben.

Schon ein Jahr später – die Finanzkrise hatte die Banken und ihre abenteuerlichen Finanzkonstruktionen kalt erwischt – schmolz das Erbe auf einen kläglichen Rest zusammen. Werner stand vor einem Scherbenhaufen und Fred wusch seine Hände in Unschuld. Plötzlich war da die Rede von möglichen Risiken, auf die er hingewiesen hätte. Risikoaufklärung wäre schon immer Standard im Hause der Bank. Das wollte Werner, der fast alles verloren hatte, nicht auf sich sitzen lassen, und die beiden Schulkameraden trafen sich vor dem Kadi wieder.
Das Gericht folgte aber den Aussagen des Bankberaters. Der Urteilsspruch lautete: „Die Klage wird abgewiesen. Die Kosten des Rechtsstreits trägt der Kläger!"
Im Gerichtssaal saß Werner Schimpke wie versteinert neben seinem Anwalt und konnte nicht fassen, was da ablief. War das Gerechtigkeit, zweifelte er. Der Mann, der sein Vermögen vernichtet hatte, ging straffrei aus! Nicht nur die Verluste, auch die Gerichtskosten hatte er alleine zu tragen. Auf das Abenteuer eines Revisionsverfahrens, das noch mehr Geld kosten könnte, konnte er sich nicht einlassen. Der Gewinner des Prozesses vermied beim Verlassen des Gerichtssaales jeden Kontakt zu seinem Gegner. Fühlte der sich im Stillen doch schuldig? Konnte

er Werner darum nicht in die Augen schauen?
Zu Hause tröstete ihn seine Frau: „Wir kommen mit deiner Rente aus", meinte Erika, „nur auf das Reisen müssen wir verzichten."
„Du hast ja Recht", erwiderte Schimpke, „aber ich habe eine Mordswut im Bauch auf Moralski. Ich will und kann nicht vergessen, was er uns angetan hat."

Und dann ist sein letzter Arbeitstag da. „Nun beginnt dein wohlverdienter Ruhestand, lieber Werner", meint sein Chef in der kleinen Abschiedsfeier im engsten Kollegenkreis, nachdem alle auf sein Wohl getrunken hatten. „Hast du Pläne für die vielen freien Stunden?"
„Ich werde mir einen Hund anschaffen. Ein solches Tier ist ein wirklicher Freund, und den habe ich mir schon lange gewünscht", antwortet Werner.
Am nächsten Morgen schlägt Schimpke den Lokalteil seiner Erkelenzer Nachrichten auf. Zu seiner Überraschung lächelt ihn sein ehemaliger Schulkamerad und Erzfeind Fred Moralski jovial aus der Zeitung an. Der geht aus gesundheitlichen Gründen ein Jahr früher in den Ruhestand. Der Text unter dem Bild lässt ihn bitter auflachen, denn die Lobeshymnen auf den soliden, weitblickenden und beliebten Banker kann er nicht bestätigen. Er hat ganz andere Erfahrungen mit diesem Menschen gemacht.
Auf einer hinteren Seite findet er einen Artikel des Tierheims Heinsberg. Es sucht für einen Schäferhundmischling einen neuen Besitzer.
Werner Schimpke zaudert nicht lange und ruft direkt an. Ja, der Charly sei noch zu haben, habe alle Impfungen, und er solle sich das Tier anschauen. Charly sieht zwar gefährlich aus, jedoch der Schein trügt.
Im trauten Heim überrascht er seine Frau mit dem neuen Mitbewohner. Erika ist froh, dass ihr Mann mit dem Tier von ihrer finanziellen Misere abgelenkt wird.
Mit der Zeit gewöhnt Werner sich an den Tagesablauf eines Ruheständlers. Hier und da hat seine Frau Aufgaben für ihn, er läuft regelmäßig mit dem Hund und sonst wird

ihm nicht langweilig. So steht auch bald die jährliche Vorsorgeuntersuchung an. Und wen trifft er im Wartezimmer?
Fred Moralski hat den gleichen Hausarzt, tut so, als wenn in der Vergangenheit nichts gewesen wäre und plaudert munter drauflos. „Na, das ist ein Zufall, haben wir den gleichen Hausarzt?“, fragt Fred.
„Sonst wäre ich nicht hier“, antwortet Schimpke widerwillig, er will vor den anderen Patienten nicht unhöflich wirken. „Regelmäßige Vorsorgeuntersuchungen halte ich für unverzichtbar.“
Die Aussage nimmt Moralski gerne auf: „Ich bin damit auch sehr pingelig, besonders nach meinem Schlaganfall vor drei Jahren.“
‚Aha‘, denkt Werner bei sich, ‚hat der Ganove seinerzeit die Sache mit dem Gerichtsprozess doch nicht so einfach weggesteckt!‘
Sein Gesprächspartner ist in seinem Redefluss kaum zu bremsen: „Ich habe auf Anraten meines Hausarztes damit begonnen, Sport zu treiben, ich jogge gerne“, schwärmt er, „mir machen dabei nur die vielen Hunde Angst, die von ihren Besitzern nicht angeleint werden.“ Er beugt sich zu Werner hinüber und flüstert vertraulich, damit es nicht das ganze Wartezimmer hört, „Alle Besitzer sagen: ‚Mein Hund hört aufs Wort.‘ Stimmt selten und hilft mir bei meiner Hundephobie nicht weiter!“
Einiges von dem, was Schimpke gehört hat, geht ihm noch länger durch den Kopf. Gedankenversunken verlässt er nach den Untersuchungen die Praxis seines Arztes.
Anderntags ruft Schimpke in der Praxis an, um sich die Untersuchungsergebnisse geben zu lassen. Alles ist in bester Ordnung. Arm und gesund, denkt er. Er pfeift Charly heran. Der wedelt schon begeistert mit dem Schwanz, denn er weiß, jetzt geht es zum Wahnenbusch, wo sich Herrchen und Hund besonders gerne aufhalten. Dies ist, zwischen Tenholt und Lövenich gelegen, das größte Waldgebiet in der Stadt Erkelenz. Für Schimpke ist die Natur ein Paradies. Charly streunt mit

Begeisterung durch das Waldstück, er bevorzugt das schlammige Wasser der Flachsröste und verwandelt sich durch den Schlamm in ein Monster. Die Flachsröste, Werner hatte sich mal kundig gemacht, ist ein Naturdenkmal und wurde in früheren Zeiten genutzt, um Flachs zu fermentieren, bevor daraus Leinen gewonnen werden konnte.
Der Stammplatz von Herrchen ist eine versteckt stehende Bank am Waldrand mit Blick über die Felder nach Lövenich. Von hier ausverfolgt er das Herumtollen seines Hundes und hängt seinen Gedanken nach. Da kommt plötzlich ein Jogger mit hochrotem Kopf in sein Blickfeld. In dem Laufanzug eines teuren Markenartikelherstellers nähert sich ihm der ehemalige Banker Fred. ‚Mit dem habe ich noch ein Hühnchen zu rupfen', denkt der Beobachter, ‚und die Gelegenheit ist da, sich zu rächen.'
Nun geht alles sehr schnell. Werner springt auf und wirft in hohem Bogen Charlys Lieblingsball in Richtung Fred. Der verdreckte Hund stürzt laut bellend aus dem Gebüsch auf den Feldweg, um sein kostbares Stück zu apportieren. Fred sieht den Hund auf sich zulaufen, bleibt wie gelähmt und zu Tode erschrocken stehen. Er schaut sich gehetzt um. Dann will er fliehen, stolpert und schlägt hin. Werner pfeift den Hund zurück. Er hält den Schreck, den er seinem Erzfeind verpasst hat, für ausreichend und entfernt sich. Um Moralski kümmert er sich nicht. Hat der sich damals um ihn gekümmert? Er wird schon wieder auf die Beine kommen.

Am folgenden Samstag – Werner hat gemütlich gefrühstückt – liest er ausführlich die Wochenendausgabe seiner Zeitung. Als er die Familiennachrichten aufschlägt, setzt kurzzeitig sein Herzschlag aus. Er traut seinen Augen nicht. Aber die Todesanzeige lässt keinen Zweifel zu. Die Bank teilt erschüttert mit, dass ihr ehemaliger Mitarbeiter Fred Moralski plötzlich, unerwartet und viel zu früh verstorben ist. Am kommenden Montag wird er auf dem Erkelenzer Friedhof beigesetzt.
Die Nachricht beunruhigt ihn. Wo sollte er genauere In-

formationen über die näheren Umstände erhalten? Auf der Beerdigung! Warum nicht? Schließlich muss er seinem alten Schulkameraden die letzte Ehre erweisen.
Es sind viele Menschen gekommen. In der Trauergemeinde entdeckt er den alten Schulkameraden Friedhelm Müris. Friedhelm ist immer bestens informiert. An einem Herzinfarkt sei Fred gestorben, draußen beim Joggen, alle Hilfe kam zu spät.

Drei Monate später erhält Werner Post vom Nachlassgericht des Erkelenzer Amtsgerichtes. Gespannt öffnet er das amtliche Schreiben. Das Gericht übersendet ihm den Auszug aus dem Testament, das vor Jahren von dem kürzlich verstorbenen Fred Moralski verfasst worden ist. Der ihn betreffende Teil lautet: „Sollte mich mein alter Schulfreund Werner Schimpke überleben, bestimme ich, dass er vorab ein Legat in Höhe von Euro 130.000 erhält. Die anfallende Erbschaftssteuer soll auch aus meinem Nachlass beglichen werden."
Werner ist wie vom Donner gerührt! Genau die Summe, die er vor Jahren von seinen Eltern geerbt hatte und die an der Börse verloren ging.

Astrid Zahn

Eichengrab

Sie starrten alle in das Loch. Der Sturm hatte eine etwa 100 Jahre alte Eiche im Pfarrgarten entwurzelt und Teile des angrenzenden Wirtschaftsgebäudes zerstört. Sie sahen einen löchrigen, menschlichen Schädel. Einer der Männer, Uwe Jansen, fing an zu würgen. Er war erst seit kurzem bei der Löschgruppe Schwanenberg aktiv, und hatte noch nie einen echten Schädel gesehen.

Pfarrer Robert Baltes hatte die Polizei benachrichtigt. Bei der Leiche wurde auch eine Erkennungsmarke aus dem Ersten Weltkrieg gefunden. Inzwischen waren noch mehr Einwohner zum Pastorat direkt hinter der Kirche geeilt. Der grausige Fund hatte sich schnell herumgesprochen. Eine Frau um die 45, Petra Feldschneider, bahnte sich einen Weg zu Pfarrer Baltes. „Hallo, Herr Baltes. Ist das wahr, unter der Eiche lag eine Leiche?"

Baltes nickte.

„Kann es mein Opa Fritz Bauer sein? Der ist 1920 nach einem Streit mit seinem Bruder spurlos verschwunden. Mein Onkel wurde verdächtigt, ihn umgebracht zu haben. Die Tat konnte aber nie bewiesen werden. Meine Mutter wird sich sehr aufregen, wenn sie von dem Fund hört."

Luise, die Tochter von Fritz, hatte vor kurzem ihren 91. Geburtstag gefeiert und kränkelte.

„Die Leiche wird untersucht, die Hundemarke ebenso. Danach wissen wir mehr", sagte der Pfarrer und dachte an Petra Feldschneiders Mutter. Er musste mit ihr sprechen. Irgendetwas verursachte ihm ein Ziehen in der Magengegend, wenn er an frühere Gespräche mit ihr dachte.

Jansen ging es schlecht. Er hatte sich übergeben müssen. Der Pfarrer und die Kollegen von der Feuerwehr überredeten ihn, nach Hause zu gehen. Er wohnte in der Neubausiedlung direkt hinter dem Friedhof. Dorthin waren er, seine Frau und sein dreijähriger Sohn vor zwei

Jahren gezogen. Sie hatten sich ihren Traum erfüllt und ein kleines Haus gebaut. Jansen arbeitete bei der Firma Wirtz in Erkelenz und verdiente recht gut. Den Dienst bei der Feuerwehr machte er, weil er schon in der Jugend daran Spaß hatte.
Niemand war zu Hause. Uwe Jansen musste sich beruhigen. Im Medikamentenschrank fand er etwas gegen Magenbeschwerden. Auf dem Sofa im Wohnzimmer liegend, wandte sich sein Blick zum Fenster in den Garten. Was er sah, verursachte ihm erneut Übelkeit. Die zwei Jahre alte Eiche in seinem Blickfeld hatten sie zum Einzug geschenkt bekommen. Wie hieß es so schön: Ein Mann musste ein Haus gebaut, einen Baum gepflanzt und ein Kind gezeugt haben! Er legte sich hin, schlafen war besser als denken.

Mehrere Tage waren vergangen. In Schwanenberg spekulierten die Menschen über die Leiche. Der Schreiner, der auch die Bestattungen durchführte, zerlegte die alte Eiche. Er wollte daraus den Sarg für das Skelett zimmern. Die Polizei hatte herausgefunden, dass die Knochen einem etwa 40-jährigen Mann gehörten, der an einer Schussverletzung starb. Mehr Informationen gab es noch nicht.

Pfarrer Robert Baltes hatte mit der aufgelösten Mutter von Petra Feldschneider gesprochen und sah seine Vermutung bestätigt, dass sie etwas verbarg.

Auf sein Drängen hin erzählte sie ihm, dass sie vor einigen Jahren ein Tagebuch ihres Vaters auf dem Dachboden gefunden hatte. Das Geheimnis wollte sie eigentlich mit ins Grab nehmen, doch nun musste es ans Licht. Sie reichte Baltes das Buch mit dem Hinweis, die letzte Seite zu lesen: „Heute ist es endlich soweit, heute muss er mir Rede und Antwort stehen. Meine Pistole habe ich geölt und bestückt. Wie oft habe ich sie beobachtet, als sie glaubten, ich wäre bei meinem Bruder. Meine geliebte Frau und er, wie zärtlich er sie angesehen und berührt hat. Das war schlimmer als alles, was ich je erlebt habe.

Er muss die Wahrheit sagen, sonst geschieht ein Unglück."
Baltes wurde klar, dass Fritz Bauer einen Rivalen hatte, der seine Frau begehrte, den er bedrohte und vielleicht sogar tötete. Schade, dass die Frau von Fritz tot war. Sie hätte es gewusst.
Die Polizei musste informiert werden, und vielleicht hatte sie schon etwas über die Erkennungsmarke herausgefunden.
Jansen konnte nicht mehr schlafen und nichts mehr essen. Seine Frau machte sich große Sorgen, wollte, dass er zum Arzt ging. Doch er sprach von einem Virus, der wieder verschwinden würde. Innerlich zerriss es ihn. Seine Gedanken kreisten um die Eiche in seinem Garten und was sich unter dem Wurzelwerk verbarg. Das Bild vom Schädel trat vor seine Augen und erneut wurde ihm übel. ‚Er hatte es nicht anders verdient. Mit dem Beton wird die Eiche, selbst bei einem Orkan, niemals umfallen', so rotierten die Gedanken im Kopf. „Wenn der Blitz hineinfährt, kann keiner die Wurzel herausziehen oder doch?' Jansen war am Ende seiner Kraft. ‚Warum wurde die blöde Eiche im Pfarrgarten ein Opfer des Sturms? Wenn das nicht passiert wäre, hätte ich alles vergessen können!'
Aber so hatte ihn seine eigene Vergangenheit eingeholt.

Robert Baltes war ein engagierter, beliebter Pfarrer. Die Jugendarbeit war sein Steckenpferd, alles andere machte er, mit Hilfe seiner Sekretärin Clara, ebenso leidenschaftlich. Jetzt kam seine kriminalistische Ader zum Vorschein. Die Polizei hatte ihm bestätigt, dass die Knochen von Fritz Bauer stammten.
Der Pfarrer hatte sich in die Kirche aus dem 16. Jahrhundert zurückgezogen, um die vielen Gedanken zu ordnen. Es war schon spät in der Nacht, der Mond schien hell durch eines der größeren Kirchenfenster, er brauchte kein Licht. Wer hatte Fritz Bauer getötet und warum?
Die Ermittlungen hatten nichts ergeben, wahrscheinlich würde das Verfahren bald eingestellt.

Die Kanzel, die Säulen und die Bänke warfen gespenstische Schatten. Was ein Glück, das die 400-jährige Eiche draußen von Beton umsäumt war. Wäre sie umgefallen, hätte sie die Kirche und das wertvolle Inventar zerstört. Wie aus dem Nichts schoss ihm ein Gedanke in den Kopf. Welcher Pfarrer war 1920 in Schwanenberg tätig? Das Naheliegende war ihm bis jetzt nicht eingefallen. Vielleicht gab es im Archiv der Gemeinde persönliche Aufzeichnungen oder sonst etwas. Das musste unbedingt geklärt werden; doch nicht in dieser Nacht, auch ein Pfarrer sollte schlafen.

Im Gemeindebüro herrschte Hochbetrieb. Ständig läutete das Telefon, und jeder Anrufer wollte persönlich mit Robert Baltes sprechen. Er hatte seine Sekretärin gebeten, in der Chronik von Schwanenberg nachzusehen, welcher Pfarrer damals zuständig war, doch sie kam nicht dazu.
Das Telefon klingelte erneut, diesmal war es Frau Jansen. Aufgeregt erzählte sie dem Pfarrer, wie schlecht es ihrem Mann ging.
Er versprach, später nach ihm zu sehen.
Uwe Jansen sah schlecht aus. Seit dem Schädelfund hatte Baltes keinen Kontakt zu ihm gehabt. Er versuchte behutsam, herauszufinden, was mit dem Mann los war. Jansen wechselte ständig das Thema. Offensichtlich verbarg er etwas.
„Ich merke Ihnen an, dass Sie großen Kummer haben. Wer wäre besser geeignet als ein Seelsorger wie ich, dem Sie Ihre Sorgen anvertrauen können?“ Baltes redete eindringlich auf ihn ein.
Doch Jansen schwieg beharrlich. Was bedrückte diesen Mann?
Man könnte glauben, er hätte eine Leiche im Keller. Mit diesem Gedanken verabschiedete sich der Pfarrer und nahm sich vor, in den nächsten Tagen nochmals mit ihm zu sprechen.

In Schwanenberg gibt es für jedes Problem den passen-

den Handwerker und eine Menge freiwilliger Helfer. Das Wirtschaftsgebäude war innerhalb einiger Tage aufgeräumt, das Dach konnte repariert werden. Der Fußboden bestand aus alten Fliesen, die zum Teil zerstört waren. Ein Fliesenleger aus dem Dorf hatte sich bereit erklärt, den Boden zu reparieren. Er war gerade dabei, einige rissige Bodenplatten zu entfernen, als er unter einer Fliese eine alte Pistole entdeckte.
Baltes war auf dem Weg zurück ins Pfarrhaus, als ihn der Fliesenleger rief und von dem unglaublichen Fund berichtete.
„Ich muss nochmal die Polizei rufen", sagte der Pfarrer und lief los.
Die Untersuchung der Waffe ergab, dass Fritz Bauer damit getötet wurde.

Uwe Jansen konnte nicht mehr. ‚Ich muss die Wahrheit sagen, sonst bin ich bald am Ende', dachte er und beschloss, endlich mit dem Dorfpfarrer zu reden. Es waren wieder ein paar Tage vergangen. ‚Er wird mir helfen, die Sache zu bereinigen. Schließlich konnte ich nichts dafür. Meine Nachbarn werden sich beruhigen, zur Not muss ich ins Gefängnis. Ich habe nichts gesagt, weil die beim Einzug schon so frech waren und uns das Leben zur Hölle gemacht haben. Der blöde Köter war auch nicht glücklich bei denen, sonst wäre er nicht ständig weggelaufen. Dass er mir beim Einparken ins Auto, lief war Schicksal. Jetzt hat er ein Eichengrab aus Beton!'
Mit diesen Gedanken machte er sich auf den Weg zum Pfarrhaus.

Wieder einmal saß Robert Baltes in der Kirche. Die letzten Tage waren sehr aufregend gewesen. Dieser Ort half ihm, seine Gedanken und Gefühle zu ordnen. Mit Hilfe von Clara hatte er das Archiv durchsucht und eine alte Bibel des Pfarrers gefunden, der 1920 in Schwanenberg tätig war. Keine privaten Aufzeichnungen, kein sonstiger Hinweis. Die Bibel war an vielen Stellen markiert. Nichts Ungewöhnliches, auch Pfarrer Baltes machte in seiner

Bibel Notizen. Doch bei genauem Hinsehen waren in einem Text nur einzelne Wörter unterstrichen, was schon sehr auffällig war. Baltes hatte über Schriften aus dem Mittelalter gelesen, die gerne verschlüsselt wurden, um geheime Botschaften zu verstecken. Der Gedanke war absurd, doch irgendwie war die Idee spannend. Jedes Wort schrieb er auf ein Blatt und versuchte, einen Sinn dahinter zu entdecken.
Schließlich las er sich selbst das Unfassbare vor: „Ich habe gesündigt. Ich habe die Frau meines Nächsten begehrt. Ich habe geliebt. Ich habe getötet, es war nicht gewollt. Herr vergebe mir, deinem Diener auf Erden."
„Hier sind Sie also." Uwe Jansen trat in die Kirche und setzte sich zu Robert Baltes.
‚Diesem Mann zu helfen, wird meine nächste Aufgabe sein', dachte der Pfarrer. Das Geheimnis um die Knochen des Eichengrabes war schließlich gelüftet.

Eike Wuscher

Amoretto

„Es tut mir leid, Lisbeth, das Essen hat länger gedauert als erwartet. Aber du weißt ja, der Kunde ist König!"
„Das geht jetzt schon seit Monaten so. Du hättest ihm sagen können, dass heute unser Hochzeitstag ist!"
„Das Business ist nun mal hart, mein Liebling. Bitte sei nicht sauer. Wie kann ich es wiedergutmachen?"
„Lass uns zusammen anstoßen und die Sache einfach runterspülen. Ich habe selbstgemachten Mandellikör, den du so gerne magst."
„Du bist wirklich toll! Ich trinke auf dich, mein Schatz, auf 22 Ehejahre und noch viele mehr."
„Prost Walter! Wie heißt es so schön: Bis dass der Tod uns scheidet."
„Das Zeug schmeckt aber ganz anders als sonst, so bitter."
„Ein ganz neues Rezept, extra für dich. Jetzt koste doch noch mal!"
„Mein Gott, ich kann kaum noch atmen … Was hast du … ?"
„Hineingetan? Nun, ein bisschen Zyankali, mein Schatz!"

Luitgard Olufayo

Weihnachten mordet es sehr

Weihnachten ist ein Zeitpunkt, an dem vieles passieren kann und manchmal ganz normale Menschen verrückt werden und morden, dachte Kommissar Wilson. Er saß mit seinem Kollegen in der Polizeistation Heinsberg. Es ist Heiligabend.

„Heute passiert es", meinte Wilson.

Sein Kollege sah vom Schreibtisch auf und fragte: „Was?"

„Ein Mord. Manche Menschen hasten und kaufen noch die letzten Weihnachtsgeschenke und andere sind so verrückt geworden, dass sie morden."

„Blödsinn", brummte sein Kollege und schrieb weiter. „Typisch englischer Humor."

„Du wirst es sehen. Wir werden es heute nicht erfahren, aber vielleicht morgen. Oder wenn Weihnachten längst vorbei ist."

Max Huber, Wilsons langjähriger Kollege, winkte ab. „Das wird eine ganz normale stinklangweilige Schicht werden. Das einzige, was wir verpassen werden, ist ein leckerer Truthahnbraten." Er schnalzte mit der Zunge.

„Bei mir gibt es keinen Truthahn", gab Wilson lapidar zurück und widmete sich wieder seiner Schreibarbeit. Wilson ist Engländer, lebt aber seit seiner Kindheit in Deutschland. Trotzdem ist sein englischer Akzent unüberhörbar und sind ihm auch einige englische Gewohnheiten geblieben, die seinen Kollegen manchmal Anlass zum Schmunzeln oder zur Verzweiflung geben.

Das Klingeln des Telefons riss Wilson aus seinen Gedanken.

Ein Notruf. Ein Mann hatte von seiner Wohnung aus Schreie im angrenzenden Tripser Wäldchen gehört. Die

Schreie einer Frau. Wilson benachrichtigte die nächste Streife.
„Hab ich doch gesagt. Das Weihnachtsessen hat noch nicht angefangen und die Läden haben noch nicht geschlossen. Die Weihnachtseinkäufe sind noch nicht beendet. Einige Leute halten die Spannung schon nicht mehr aus. Sie morden!"
„Was für eine Theorie", stöhnte Huber.

Die Polizeistreife meldete sich zurück. Sie hätte niemanden gesehen und auch nichts gehört.
„Der Anrufer war wahrscheinlich schon betrunken", bemerkte Huber.
„Trinken ist auch eine Art, dem Weihnachtsstress zu entkommen. Der klang aber nicht betrunken", entgegnete Wilson.
Da er ohnehin nicht Besseres vor hatte, fuhr er am Abend am Tripser Wäldchen vorbei. Ihm fiel der durchnässte Waldboden auf, er sah aber keine Spuren.

Am Morgen des ersten Weihnachtstages wurde auf dem Parkplatz eines großen Einkaufsmarktes in Geilenkirchen ein altes, abgestelltes Auto mit nicht verschlossenem Kofferraum gefunden. Als man den Kofferraum öffnete, wurde darin eine vollständig bekleidete Frauenleiche entdeckt.
Der Polizeiarzt wies Wilson am Tatort auf die Kopfwunde hin.
„Es sieht aus, als ob sie niedergeschlagen wurde. Oder sie ist auf den Hinterkopf gestürzt."
Wilson besah ihre Schuhe. Die Frau musste durch tiefen Matsch gelaufen sein. Matsch, wie er ihn am Abend im Tripser Wäldchen gesehen hatte.
„Hat sie Papiere dabei?", fragte er den Polizeiarzt, als dieser vorsichtig mit übergezogenen Handschuhen die Handtasche untersuchte, die er in dem Auto gefunden hatte.
„Es ist ihr Auto", meinte der Arzt, während er den Fahrzeugschein betrachtete, und zupfte an seinem Vollbart.

„Sie hieß Julia Maier. Sie kommt mir irgendwie bekannt vor."
Der Marktleiter des Einkaufmarktes war herbeigeeilt und schaute sich die Leiche an. Dann schlug er die Hände vors Gesicht und murmelte: „Das ist unsere Julia."
Wilson drehte sich zu ihm um.
„Ach, Sie kennen die Tote?", fragte er, während der Polizeiarzt die Leiche bedeckte.
„Ja, das ist Julia Maier, unsere Kassiererin. Sie arbeitet bei uns ... äh, ich meine, hat bei uns seit vier Jahren gearbeitet. Sie kam von Hamburg. Ihre Mutter wohnt noch dort. Ihr Vater ist verstorben."
„Hatte sie hier Freunde?", fragte Wilson.
„Nicht, dass ich wüsste. Außer Nina Scholz, sie ist auch Kassiererin bei mir, kennt sie wohl niemanden. Oder vielleicht fragen Sie einmal bei Nina nach."
„Das werde ich später tun", antwortete Wilson und beobachtete die Abfahrt des Leichenwagens.
Auch das Forensik-Team zog sich zurück.

„Wie hieß noch der Anrufer, der sich gestern über Notruf meldete und Schreie gehört hatte?" fragte Wilson telefonisch bei Huber nach.
„Der Betrunkene? Andreas Edwards, ein Anwohner."
„Bin auf dem Weg."

„Ich habe Schreie aus dem Wald gehört. Jemand schrie um Hilfe. Eine Frau. Ich habe Ihre Kollegen sofort informiert. Die sind auch gleich gekommen, haben aber nichts gefunden", berichtete Edwards.
„Kannten Sie die Tote?", fragte Wilson und zeigte das Bild aus dem Führerschein.
Edwards betrachtete es und schüttelte den Kopf. „Moment, ist das nicht die Kassiererin aus dem Supermarkt?"
Wilson nickte. „Weiter kennen Sie sie nicht?"
„Nein!" Edwards schüttelte heftig den Kopf. Seine Frau war hinter ihn getreten und hatte zugehört.
„Ist etwas passiert?", fragte sie.

„Ja", antwortete Wilson, „eine Kassiererin aus dem Supermarkt ist heute Morgen tot aufgefunden worden. Entweder ist sie gestürzt und jemand wollte den Unfallort verschleiern, oder jemand hat sie auf dem Kopf geschlagen und sie ist an den Folgen gestorben."
„Wo hat man sie denn gefunden?"
„Im Kofferraum ihres Autos, das auf dem Parkplatz vor dem Supermarkt stand."

„Oh, mein Gott. Und das ausgerechnet zu Weihnachten."
„Heiligabend", verbesserte Wilson. Er schaute aus dem Fenster und bemerkte, dass es leicht schneite.
„Außer den Schreien haben wir nichts gehört", beeilte sich Edwards zu sagen.
„Und Sie, Frau Edwards?"
„Ich habe nichts gehört. Ich bin früh zu Bett gegangen, da ich Migräne hatte."

„Verdächtiger Nummer eins", sagte Wilson auf dem Kommissariat zu sich selbst und schrieb in großen Lettern Edwards Namen an die Pinnwand. Den Namen des Marktleiters notierte er daneben. Sehr verdächtig, der Marktleiter Günter Heinrichs. Aber warum eigentlich? Hmm. Er könnte eine Beziehung mit seiner Angestellten gehabt haben und Angst, dass diese aufflog. Ein Motiv für einen Mord? Wahrscheinlich nicht. Aber er würde dazu Nina Scholz befragen.

Die Durchsuchung der Wohnung von Julia Maier hatte keine neuen Aufschlüsse gebracht. Man hatte dort auch keine Bilder von Freunden gefunden. Auf ihrem Handy waren keine Telefonnummern gespeichert, einen Computer besaß sie nicht. Es ist, als kannte sie niemanden. Und niemand kannte sie.

Nina Scholz hatte nicht viel zu erzählen. Sie kannte Julia Maier nur flüchtig. Sie waren ein paarmal zusammen ausgegangen, haben sich aber laut ihrer Darstellung von den „Typen" fern gehalten. Ansonsten hätten sie nicht

viel Kontakt gehabt. Allerdings habe Julia ihr einen versiegelten Umschlag gegeben.
„Wann?“, fragte Wilson.
„Einen Tag vor Heiligabend“, antwortete Nina.
Der Kommissar öffnete den Umschlag.
Ein handgeschriebener Brief kam hervor: „Ich werde allem ein Ende setzen. Alles macht keinen Sinn mehr. Ich habe große Schuld auf mich geladen. Verzeih, Mutter. Unterschrift: Julia.“
„Ist das Julias Handschrift?“
Nina nickte.
„Welche Schuld hat sie auf sich geladen?“
„Ich habe keine Ahnung.“
Wie konnte man mit einer Kopfwunde am Hinterkopf Selbstmord verübt haben?
Wilson zog sein Handy aus der Hosentasche und rief seinen Kollegen an. „Veranlass, dass der Wagen noch einmal genau auf Unfallspuren untersucht wird. Und schau dir die neuesten Todesfälle mit Unfallflucht noch einmal an. Gib mir Bescheid, wenn du etwas findest.“
„Aber Chef. Es ist Weihnachten.“
„Ach ja. Natürlich! Hatte ich fast vergessen. Dann mach es morgen!“
„Morgen habe ich Urlaub“, murrte der Kollege.

Wilson sah auf die Uhr. Er war bei seinem Kollegen, dessen Frau und Kindern zum Weihnachtsessen eingeladen. Unterwegs besorgte er einen Blumenstrauß. Er kam vor Huber an.
„Hallo“, begrüßte ihn Margret Huber freundlich. „So wie es aussieht, wird sich Max wohl verspäten. Er hat gerade angerufen.“
„So, so“, murmelte Wilson und verteilte Schokolade an die Kinder.
„Es gibt Truthahn“, erklärte Margaret den Küchenduft.
Ausgerechnet Truthahn.
„Ich liebe Truthahn“, log Wilson überzeugend.

Eine Stunde später traf auch Max ein, gerade rechtzeitig,

bevor der Truthahn anbrannte. Er habe nichts Außergewöhnliches gefunden, berichtete er.

Es wurde doch noch ein schönes Fest und das „Morden" war vergessen bis zum nächsten Morgen, als eine zweite Leiche auftauchte.
„Das ist doch nicht zu fassen", polterte Wilson an seinem Schreibtisch sitzend und wischte sich den eilig getrunkenen Kaffee vom Mund.
„Jetzt habe ich eine zweite Leiche am Hals. Haben denn die Menschen zu Weihnachten wirklich nichts anderes zu tun als zu morden? Wen haben wir denn da?"
Wieder lag die Leiche im Kofferraum eines Wagens, der vor dem Supermarkt abgestellt war. Wilson öffnete den Kofferraum und erschrak.

Sein Hauptverdächtiger Andreas Edwards lag darin mit einer Schusswunde im Kopf. Tot. Sein Verdacht auch.
„Es war seine Frau, ganz eindeutig", beharrte Huber, der trotz seines Urlaubs zum Dienst erschienen war. Er hielt sich ein Taschentuch vor das Gesicht.
„Platz da!"
Wilson drehte sich um und begrüßte den Polizeiarzt.
„Also wenn Sie mich fragen, ...", begann der Mediziner.
„Ja?"
„Dann war es der Marktleiter Günter Heinrichs."
„Und warum?"
„Ist doch klar! Die junge Frau war im vierten Monat schwanger."
„Ach?"
„Ich habe meinen Bericht noch nicht abgeschlossen", wehrte der Polizeiarzt eine mögliche Beschwerde Wilsons ab.
„Na und dann?", fragte Wilson und war gespannt, was kommen würde.
„Ganz klar. Heinrichs Frau durfte nicht von der Schwangerschaft erfahren. Dass der Supermarkt ihr gehört, ist ja bekannt."
„Interessant. Wie kommst du darauf?"

„Ich habe Heinrichs und Julia einmal zusammen in einer Ecke flüstern gesehen."
„Und?"
„Und was? Man ist ja nicht neugierig."
Wilson nickte. „Also hat Heinrichs die Kleine umgebracht, um eine Scheidung zu verhindern. Und warum der Brief? Es sollte aussehen wie Selbstmord. Wie bringt man denn das Opfer dazu, einen Tag vor seiner Ermordung einen solchen Brief zu schreiben? Naja, die Schreie sind vielleicht erklärbar, sie haben sich gestritten. Aber wenn sie miteinander gerungen haben, ist es Tötung im Affekt und dann kann es keinen Abschiedsbrief geben."
„Die Feinheiten sind deine Sache, Wilson. Wofür bist du Kommissar?"

„Jetzt fange ich von vorn an", sagte Wilson auf dem Kommissariat nachdenklich und kratzte sich am Kopf. Er wischte Edwards Namen von der Pinnwand und schrieb den von dessen Frau an.
„Sie hat ein Motiv. Ihr Mann ging fremd. Aber andererseits, bringt man dann gleich beide Liebespartner um? Einer muss doch wenigstens leiden."
„Ganz richtig, Wilson", platzte Huber in seine Gedanken, „und das bist du. Ich habe heute Urlaub. Ich gehe nach Hause zu meiner Familie. Bleib du nur bei deinen Morden. Ich gebe zu, du hast Recht gehabt, einige Menschen sind zu Weihnachten ziemlich verrückt. Ich auch. Ich habe nämlich gearbeitet. Wir sehen uns morgen."
Er knallte die Tür hinter sich ins Schloss.

Wilson rief bei Nina Scholz an.
„Wer stört?", meldete sie sich.
„Kommissar Wilson. Frau Scholz, mir ist da etwas aufgefallen."
„Und was ist so wichtig, dass Sie mich stören? Ich bin gerade auf den Weg zu meinen Freunden."
„Sie werden bald keine Freunde mehr haben, Frau Scholz."
„Wovon reden Sie?"

„Von dem Abschiedsbrief. Wir haben Ihren Daumenabdruck darauf gefunden."
„Na und! Sie hat ihn mir gezeigt."
„Sie haben Recht, na und! Aber Julia hat diesen Brief mit einem Füllfederhalter geschrieben."
„Und?"
„Wahrscheinlich schrieb dieser irgendwann nicht mehr."
„Und?"
„Dann hat sie einen Klecks gemacht."
„Und?"
„Und zwar einen Klecks auf das Datum. Und zwar auf der mutmaßlichen 2."
„Und?"
„Der Brief ist nicht, wie wir angenommen haben, am 23.12. geschrieben worden, sondern am 13.12. Und er war nicht dafür gedacht, einen Selbstmord anzukündigen, sondern eine Tat zu rechtfertigen."
„Wovon reden Sie?"
„Julia und Ihr Mann hatten eine Leihmutterschaft geplant. Sie haben davon Wind bekommen und haben Julia erpresst. Als dann Julia plötzlich nicht mehr mitmachen wollte, haben Sie sich mit ihr lauthals gestritten und sie dann gestoßen. Sie ist hinterrücks auf dem Kopf gefallen. Und zwar so unglücklich, dass sie sofort tot war."
„Das können Sie nicht beweisen."
„Da haben Sie Recht."
Er legte auf.
Sie hatte Recht.
Er hatte nur eine Vermutung, auf die er gekommen war, als er Linda Edwards gesehen hat. Sie hatte ein leichtes Bäuchchen. War sie wirklich schwanger, oder täuschte sie vielleicht eine Schwangerschaft vor? Wusste sie vielleicht von dem möglichen Komplott ihres Mannes mit Julia? Er würde sie gleich morgen fragen, dachte er, als er seinen Mantel vom Haken nahm.
„Natürlich bin ich schwanger", antwortete sie am nächsten Morgen. „Warum stellen Sie mir diese Frage?"
„Weil Julia Maier im vierten Monat schwanger war."
„Was hat das mit mir zu tun?"

„Gar nichts! Aber ich denke, Ihr Mann hat Julia das Kind abgekauft. Ein Vaterschaftstest wird beweisen, dass es seines ist. Ich glaube, dass Sie nicht schwanger sind, sondern Ihrer Umwelt einfach nur eine Schwangerschaft glaubhaft machen wollen. Und Ihr Mann hat Ihnen ein Kind versprochen. Woher es kam, haben Sie nicht nachgefragt."
„Ich muss doch sehr bitten."
„Nina Scholz hat davon Wind bekommen und wollte Kapital daraus schlagen. Sie hat Julia erpresst und wollte einen Anteil an dem Geld, für das Julia das Kind hergeben wollte. Doch als diese nicht mehr mitmachen wollte, hat Nina sie geschubst, so dass sie auf dem Kopf fiel und starb. Als Nina ihre Einnahmequelle verschwinden sah, hat sie Ihren Mann erpresst. Doch dieser hat sich nicht erpressen lassen. Also hat Nina die Fotos, welche sie von Julia und ihren Mann gemacht hat, an Sie geschickt."
„Sie sollten Romane schreiben, Kommissar Wilson. Leihmütter gibt es hier nicht."
„Nicht offiziell."
„Und wer hat dann meinen Mann umgebracht."
„Sie!"
Linda Edwards lachte schrill auf.
„Wie kommen Sie nur auf diese absurde Idee. Ich habe meinen Mann geliebt."
„Bis er Sie ‚betrogen' hat. Dass es Ihr Kind sein sollte, wussten Sie nicht. Das hat Ihnen Nina Scholz nicht erzählt, als sie versuchte, Kapital bei Ihnen herauszuschlagen. Wir haben in ihrer Wohnung einen Teil der Fotos gefunden, die sie von Julia und Ihrem Mann gemacht hat. Sie wusste auch, dass Sie scheinschwanger sind. Wir haben Ihren Kontostand abgefragt und gesehen, dass Sie in letzter Zeit mehrere größere Abhebungen gemacht haben. Ich nehme an, dass Nina Scholz Sie bei dem Mord an Ihrem Mann beobachtet hat. Vielleicht nur eine Frage der Zeit, bis sie als dritte Leiche im Kofferraum ihres Wagens aufgetaucht wäre. Aber Gott sei Dank ist Weihnachten vorbei."

„Zum Teufel mit Nina Scholz."
„Ja, dort wird sie hingehen. Sie ist gerade eben verhaftet worden. Ebenso wie Sie."
Zwei Polizisten tauchten hinter Wilson auf und legten Linda Edwards Handschellen an.

Beatrix Hötger-Schiffers

Nebulös

„Geh mir aus dem Weg, Harry.“
„Niemals!“
„Du weißt, dass ich sie brauche!“
„Und was ist mit mir?“
„Du hattest deine Chance!“
„Mich so mies auszutricksen, nennst du eine Chance?“
„Das ist nicht mein Problem, wenn du erst zu spät begreifst!“
„Aber diesmal bekommst du sie nicht.“
„Du zwingst mich dazu Gewalt anzuwenden, Harry!“
„Es ist zu spät, Heinz. Diesmal ziehe ich die letzte Schachtel aus dem Kippenkasten!“

Mechthild M. Gödecke

Schatten der Vergangenheit

Ziellos lief er durch die Straßen von Ratheim. Dunkel konnte er sich erinnern, von der alten Mühle aus Richtung Adolfosee gegangen zu sein. Doch jetzt fand er sich auf der Buscherbahn in Richtung Kleingladbach wieder. Die Straße war leer. In seinem Kopf kreisten ständig dieselben Gedanken und Bilder der letzten Stunden.
Er hatte es immer gewusst. Seit seinem 15. Lebensjahr wusste er, dass er eines Tages einen Mord begehen würde. Wann und wo das geschehen würde war ihm unbekannt gewesen, nicht aber, dass es eines Tages geschehen würde.
Heute war dieser Tag gekommen. Es war vorbei. Das Ziel, auf das er sein Leben in den vergangenen vierzehn Jahren ausgerichtet hatte, war erreicht. Er hatte erwartet, dass er erleichtert sein würde. Schuldgefühle? Vielleicht ein bisschen. Genugtuung mit Sicherheit. Aber dieses Gefühlschaos in seinem Inneren überrumpelte ihn. Er ging schneller, wollte weglaufen, aber sich selbst hinter sich zu lassen war wohl noch nie einem Menschen gelungen.

Töööööt. Ein lang gezogenes Hupen, begleitet von lauter Stimmungsmusik, riss ihn aus seiner Versunkenheit und ließ ihn erschrocken zur Seite springen. Ein Piratenschiff, gezogen von einem Traktor, glitt geräuschvoll an ihm vorbei und die Besatzung prostete ihm ausgelassen zu.
Jetzt fiel es ihm wieder ein – es war Karneval und die Ratheimer Jecken versammelten sich zum alljährlichen Tulpensonntagszug am Haus der Begegnung.
Er hatte diesen Tag bewusst gewählt, denn während der fünften Jahreszeit feierten viele Einwohner der 9000-Seelen-Gemeinde lange und ausgelassen. Falls doch ei-

nem Frühaufsteher etwas Ungewöhnliches auffallen sollte, würde dies garantiert der sechstägigen Ausnahmesituation zugeschrieben werden.
Er passierte das Ortsausgangsschild und den Dobermann Verein, bevor er links in den Wald abbog. Nach nur wenigen Metern stand er am Fuße der Ratheimer Halde und begann mit dem Aufstieg.

Die Überlegungen zur Umsetzung seiner Rachepläne hatten vor ungefähr einem Jahr langsam konkretere Züge angenommen.
Es hatte angefangen, als ihm eine interessante Angebotsanfrage ins Büro geflattert war. Die alte Mühle am Kirmesplatz in Ratheim sollte kernsaniert werden. Das Gebäude stand seit geraumer Zeit leer, und nur noch wenig an dem langsam zerfallenden Gemäuer erinnerte an die Glanzzeit vor dem 2. Weltkrieg. Anstelle des gepflasterten Platzes befand sich damals der Mühlteich, an dessen Ufer das Café ein beliebtes Ausflugsziel war. Der Teich war in den 1950er Jahren zugeschüttet worden, nachdem es Unfälle mit „Blindgängern" aus den Kriegstagen gegeben hatte. Für Robert Keller, der sich in den vergangenen Jahren durch praktisch-kreative Bauentwürfe einen Namen als ambitionierter Architekt gemacht hatte, war diese Anfrage die Gelegenheit, sich selbst ein Denkmal zu errichten. Neben der Prestigeträchtigkeit hatte dieses Gebäude aber auch eine persönliche Bedeutung für ihn: Schon seine leiblichen Eltern hatten Interesse daran und davon geträumt, es in neuem Glanz erstrahlen zu lassen.
Die von Robert ausgearbeiteten Pläne hätten ihnen mit Sicherheit gefallen. Durch ausgeklügelte Kombination von Neu und Alt sollten hier zwei Luxusmaisonette-Wohnungen entstehen. Das ursprüngliche Backsteingemäuer sollte erhalten bleiben. Im Keller würden geräumige Garagen entstehen, während im Erdgeschoss dank neuer, großzügiger Fensterfronten lichtdurchflutete Wohnlandschaften geplant waren. Drei geräumige Schlafzimmer mit je einem Verbindungsbad fanden im zweiten Ober-

geschoss Platz, während das intensiv begrünte Dach einen Garten in luftiger Höhe mit Ausblick auf die Pfarrkirche St. Johannes der Täufer bot.
Robert hatte so viel Zeit auf diese Ausschreibung verwandt, dass sein Freund und Partner, Mirko Jansen, schon Sorge hatte, er würde die Frist verpassen. Es sollte perfekt werden, und so wurde immer wieder hier ein Material verändert, dort ein Alternativvorschlag angehängt und direkte durch indirekte Lichtquellen ersetzt.
Hätte Mirko nicht irgendwann gemahnt: „Hey, Rob Roy, wenn Du nicht bald losziehst, gewinnen andere die Schlacht", hätte der Bauträger das Angebot wohl nie zu Gesicht bekommen.
Rob Roy – so wurde er nur noch von Mirko genannt. Dieser Spitzname stammte aus der Zeit, die er selbst als sein erstes Leben bezeichnete. Damals war sein Familienname noch König gewesen. Sein Vater hatte eine kleine Bauunternehmung geführt, seine Mutter war halbtags als Sekretärin angestellt. Für den kleinen Robbie waren seine ersten Lebensjahre unbeschwert und rückblickend voll schöner Erinnerungen und Geborgenheit.
Er war sich nicht sicher, wann er das erste Mal die Sorgenfalten auf den Gesichtern seiner Eltern bemerkt hatte. Nach der Schließung der Zeche Sophia-Jacoba wurden auch die Zeiten für die ortsansässigen Handwerksbetriebe schwieriger. Die Einführung der so genannten Ich-AGs machte den alteingesessenen Firmen das Leben durch Dumpingpreise zusätzlich schwer. Auch wenn viele dieser „Garagenfirmen", wie sein Vater sie nannte, nicht viel länger existierten, als sie die staatliche Unterstützung erhielten, gingen doch etliche Aufträge für die etablierten Unternehmen verloren. Seine Eltern waren damals froh, den Job der Mutter als zweites Standbein zu haben, da der Vater oft Aufträge annehmen musste, die nur noch die laufenden Kosten deckten. Aber irgendwann reichte es nicht mehr. Es war eine Abwärtsspirale in Gang gesetzt, die anscheinend nicht mehr zu stoppen war. Aber dann, eines Tages Anfang Dezember 2004, bekam sein Vater einen Anruf, der ein Licht am En-

de des Tunnels anzündete. Eine Wohnungsbaugesellschaft hatte ihren Vertrag mit dem bisherigen Bauunternehmer wegen Unzuverlässigkeit und mangelhafter Arbeitsausführung gekündigt und suchte nun händeringend einen zuverlässigen Ersatz, der die angefangenen Arbeiten zügig noch bis Jahresende abschließen könnte. Es wäre zu schön gewesen, um wahr zu sein. Mit diesem Auftrag wäre wieder so viel Geld in die Kasse gespült worden, dass nicht nur die Konten ausgeglichen, sondern auch noch die rückständigen Kreditraten beglichen werden konnten, was der Unternehmung wieder Handlungsspielraum verschafft hätte. Die erste Abschlagsrechnung wurde noch pünktlich bezahlt. Die zweite war angeblich auf dem Postweg verloren gegangen, aber da eine Provision für den termingerechten Abschluss der Arbeiten vereinbart war, trieb sein Vater die Mitarbeiter weiter an. Die Rechnungskopie sowie die Schlussrechnung kamen mit dem Vermerk „Empfänger unbekannt verzogen" zurück. Was nun begann, war eine zermürbende Reise durch das deutsche Mahnwesen. Auf halber Strecke ging dem kleinen Unternehmen die Puste aus. Anfangs war es seiner Mutter noch gelungen, die Verzweiflung ihres Mannes in Kampfeslust umzuleiten, aber als das Insolvenzverfahren des Schuldners mangels Masse nicht eröffnet wurde, hatte sie seiner Resignation nichts mehr entgegenzusetzen. In ihrem Totenschein wurde Krebs als Todesursache angegeben, aber Robert wusste, dass sie an gebrochenem Herzen gestorben war. Diesen Verlust erlebte sein Vater nur noch verschwommen, denn sein bester Freund war inzwischen Johnnie Walker. In einer kalten Winternacht 2007 war er wieder einmal „hochachtungsvoll" auf dem Weg nach Hause. Anscheinend stürzte er und schaffte es nicht mehr, wieder aufzustehen. Er erfror im Straßengraben zwischen Millich und Ratheim und hinterließ einen 15-jährigen Sohn, dessen Welt aus den Angeln gehoben war. Diese traumatischen Erfahrungen speicherte Robert sorgfältig in der hintersten Ecke seines Gehirns und verschloss diese dann sorgfältig. Was er nicht verdrängte, sondern sich vor seinem geistigen Auge immer wieder vergegenwärtigte, war das Bild des Mannes, den er für den Tod seiner Eltern verantwortlich machte. Er hatte ihn gesehen, als er nach Vertragsabschluss seinem Vater freundschaftlich die Hand geschüttelt hatte. Seinen Namen kannte Robert nicht, aber er war sicher, dass er ihn wiedererkennen würde. Am Tag der Beerdigung seines Vaters schwor er Rache. Niemand wusste etwas über diese Gefühle. Nicht Mirko, sein bester Freund, und schon gar nicht die Freunde seiner Eltern, die ihn bei sich aufnahmen und nach kurzer Zeit adoptierten.

Mirko strahlte wie ein Honigkuchenpferd, als er im Januar 2020, aufgeregt mit einem Umschlag wedelnd, in Robs Büro stürmte. „Rat' mal, wer den Zuschlag für die Mühlensanierung bekommen hat?" Ohne eine Antwort abzuwarten fuhr er fort: „Ein Vertreter des Bauherrn will sich noch diese Woche mit Dir treffen, um die weitere Planung voranzutreiben. Ich habe schon am Donnerstag einen Termin vereinbart. Ein Herr Lupus kommt um 10 Uhr vorbei. Ich habe den ganzen Tag in Deinem Terminkalender geblockt!"
Am Donnerstag, kurz vor 10 Uhr, stand Robert in Gedanken versunken am Fenster seines Büros und schaute in den Innenhof. Gespannte Vorfreude erfüllte ihn – endlich könnte er anfangen, seine Baupläne in die Tat umzusetzen. Er war bestens auf das Treffen vorbereitet. Als seine Sekretärin anklopfte, drehte er sich mit einem gewinnenden Lächeln um und erstarrte in der Bewegung. Auf Herrn Lupus war er nicht vorbereitet gewesen. Er war älter geworden, die Haare ergraut und licht, die Leibesfülle dagegen hatte erheblich zugenommen. Aber es war unverkennbar der Mann, der seinen Eltern den Todesstoß versetzt hatte.
In den folgenden Monaten hatten die beiden Männer viele Berührungspunkte, sei es telefonisch oder persönlich, mal in Robs Büro oder, mit dem Fortschritt der Baumaßnahmen, auch immer häufiger vor Ort an der alten Mühle. Da Herr Lupus ein viel beschäftigter Mann war und

der Architekt die Ruhe des Sonntagvormittags häufig zum Arbeiten nutzte, war es bald keine Seltenheit mehr, dass Besprechungen auf diese Zeit der Woche gelegt wurden. Robert spielte verschiedene mögliche Szenarien durch, wie er seine Rachepläne in die Tat umsetzen könnte. Das Einbetonieren in die Bodenplatte der Garage erschien ihm zu abgedroschen. Außerdem wäre es recht schwierig geworden, eine plausible Erklärung für die zusätzliche Dicke des Bodens zu finden, da die Garage ohnehin nur eine geringe Höhe aufwies. In den beiden Wohnetagen wollte ihm einfach kein glaubhaftes Unfallszenario einfallen. Blieb also nur noch der letzte Bauabschnitt, der Dachgarten. Hier sollte es nicht schwierig sein, die Halterungen des Gerüsts so zu manipulieren, dass sie bei Belastung nachgeben würden. Und er wusste auch schon, wie er den anderen dazu bringen würde, sich gegen das Geländer zu lehnen.

Das Karnevalswochenende kristallisierte sich immer deutlicher als optimaler Zeitpunkt heraus. Traditionell waren die närrischen Tage auf dem Bau arbeitsfrei, da das Unfallrisiko in dieser Zeit unkalkulierbar war.

Somit hatte Robert ausreichend Zeit, die notwendigen Vorbereitungen für sein finales Treffen mit Herrn Lupus zu treffen. Am Samstag inspizierte er ein letztes Mal die Baustelle und beschädigte dabei einen Teil der Attika so, dass es von unten gut sichtbar war, von oben allerdings einiger Verrenkungen bedurfte, um die Stelle in Augenschein zu nehmen. Eine scheinbar achtlos liegen gelassene Eisenstange war sein Plan B.

Es lief alles wie am Schnürchen. Kaum war Lupus aus seinem Wagen gestiegen und hatte Robert per Handschlag begrüßt, warf er einen Blick nach oben und bemerkte die Unregelmäßigkeit am Dachrand. „Was ist denn da passiert? Das möchte ich mir mal aus der Nähe ansehen“, sagte er und machte sich auf den Weg zur Treppe. Auf dem Weg nach oben verlief das Gespräch sehr einseitig. Robert machte auf die Fortschritte der verschiedenen Arbeiten aufmerksam, während sein korpulenter Begleiter meistens nur zustimmend nickte oder entsprechende Grunzlaute von sich gab. Zu mehr war er nicht in der Lage, denn mit seiner Fitness stand es nicht zum Besten. Der Aufstieg zum Dach raubte ihm den Atem und trieb ihm die Schweißperlen auf die Stirn. Oben angekommen war sein Gesicht grau, und Robert schoss durch den Kopf, dass er alt und ausgelaugt schien. Es war nur eine nüchterne Beobachtung, aber irgendetwas bewog ihn in diesem Moment, von seinem Plan abzuweichen. Robert wollte, dass der andere wusste, weshalb er hier und heute sterben sollte. Er verwickelte den noch immer nach Luft Ringenden in ein Gespräch. Wie lange er schon diesen Beruf ausübte, ob er früher schon einmal hier in der Gegend gearbeitet hätte. Ach, wirklich, mit einer Bauunternehmung hier aus Ratheim? Robert war nicht bewusst, dass seine Fragen immer mehr einem Verhör ähnelten und wie Schüsse auf Lupus abgefeuert wurden. Dieser antwortete zunächst kurz, aber bereitwillig. Je mehr sich der Auftraggeber aber von der körperlichen Anstrengung erholte, desto bewusster wurde ihm der Stimmungsumschwung. Schließlich wich er unwillkürlich einige unsichere Schritte zurück, als wolle er sich aus der imaginären Schusslinie bringen. Rob hatte sich in Rage geredet. Er war auf einmal wieder der 15-jährige Junge, dessen Welt innerhalb weniger Monate auf den Kopf gestellt und durcheinander gewirbelt wurde, bis nichts mehr so war, wie es sein sollte. Er schrie seinem Gegenüber jetzt seine ganze Wut, Trauer und Verzweiflung entgegen und dessen Gesichtsausdruck wechselte von Verstehen zu Scham, bis er schließlich erstarrte. Er schien unter der Wucht der Vorwürfe zusammenzubrechen. Sein Gesicht wurde wieder aschfahl und es verzerrte sich wie unter Schmerzen. Robert, der von seinem Gefühlsausbruch vollkommen ausgelaugt war und nun schwer atmend den Schuldigen beobachtete, konnte zunächst nicht einordnen, was er sah. Er wartete immer noch auf eine Reaktion – Abstreiten oder einen Erklärungsversuch, bis er die Zeichen verstand. Lupus griff sich ans Herz und sank langsam zu Boden. Reflexartig sprang Rob zu ihm, wählte den Notruf und

begann mit Beatmung und Herzmassage. Er wusste nicht, wie viel Zeit bis zum Eintreffen des Notarztwagens vergangen war. Er war schweißgebadet und völlig außer Atem, als die Rettungskräfte eintrafen. Aber auch deren Bemühungen waren erfolglos. Herr Lupus war einem Herzinfarkt erlegen, wie der Notarzt noch vor Ort attestierte.
Als alle Einsatzkräfte, der Leichenwagen und auch die wenigen Schaulustigen schließlich abgezogen waren, hatte Rob seinen ziellosen Zug durch Ratheim begonnen. Jetzt war er auf dem Gipfel der Halde angekommen. Die Altmyhler Dorfstraße schlängelte sich unter ihm durch die Häuserzeilen. Er ließ den Blick in die Ferne schweifen, von Gerderath zu seiner Rechten über Wildenrath und Wassenberg.
Langsam wurde ihm klar, dass er nicht zum Mörder geworden war, und diese jahrelange Last fiel nun endlich von ihm ab. Er konnte sich nicht erinnern, sich jemals in den vergangenen 14 Jahren so erleichtert und frei gefühlt zu haben.
Lange Zeit stand er einfach nur da. Er wandte das Gesicht der Sonne zu und ließ alle Schatten hinter sich.

Helmut Wichlatz

Aethusa cynapium

„Sag mal, was heißt eigentlich Aethusa cynapium?"
„Wie bitte?"
„Ich habe heute Morgen im Schuppen dein Botanikbuch gefunden. Es lag aufgeklappt ganz oben im Regal und das Wort hast du rot unterstrichen."
„Welches Wort?"
„Na, Aethusa cynapium. Und ich möchte gerne wissen, was dieses Aethusa cynapium bedeutet."
„Ich habe keine Ahnung."
„Das war mir klar, der feine Herr hat wieder einmal keine Ahnung, was er da angerichtet hat."
„Was habe ich denn angerichtet?"
„Das will ich dir sagen: Aethusa cynapium ist der lateinische Begriff für Hundspetersilie. Das ist das Zeug, das du voriges Jahr im Garten angepflanzt hast, hinten beim Komposthaufen. Und stell dir vor: Zufällig ist es sehr giftig. In einer ordentlichen Dosierung eingenommen löst dieses Aethusa cynapium eine tödliche Atemlähmung aus. Wie kannst du Gartendilettant uns so etwas aufs Grundstück schleppen?"
„Tut mir leid, Schatz. Möchtest du noch einen Tee?"

Paul-Gerhard Theymann

Todesbote

Als letzter Gast verließ er leicht schwankend die Erkelenzer Sportlerkneipe Kirchhofer an der alten B 57, in der er sich seit vielen Jahren mit seinen alten Kumpels zum monatlichen Stammtisch traf. Sein Heimweg, quer durch die nächtlich dürftig beleuchtete Stadt, schien endlos weit nach zahlreich genossenen Bieren und Schnäpsen. Er war der Meinung, Alkohol im Blut schränke die Verkehrstüchtigkeit von Autofahrern ein, darum war er mit dem Fahrrad gekommen.
Dunkelheit und Alkohol erschwerten ihm, sein Fahrrad startklar zu bekommen. Nachdem er endlich das Schloss zum Schlüssel gefunden hatte, stellte er nach ein paar Metern fest, dass ein Witzbold die Luft aus den Reifen gelassen hatte. Die Luftpumpe lag diebstahlsicher zu Hause in der Garage. Verärgert machte er sich, das Fahrrad schiebend, zu Fuß auf den Heimweg.
Er entschied sich für den kürzesten Rückweg und bog hinter der Sparkassenfiliale links ab in Richtung Ziegelweiher. Dieser Trampelpfad war zu nachtschlafender Zeit die dunkelste, ja unheimlichste Variante, da die Laternen im Ziegelweiherpark erloschen waren. Er fürchtete sich weniger vor gespenstischen Schattengestalten als vor streitbereiten Nachtgestalten.
Noch ließen einige wenige Laternen, die auf der Krefelder Straße ihr trübes Licht verbreiteten, den Weg vage erkennen. Seine Augen gewöhnten sich an die spärliche Beleuchtung, die Orientierung wurde mühsamer. Das finsterste Streckenteil lag noch vor ihm.
Der Weg führte nach rechts ab, völlige Dunkelheit verschluckte ihn. Schaudernd und leise fluchend tastete er sich vorwärts. Unvermittelt riss die dichte Wolkendecke auf und der Mond warf gespenstisch sein fahles Licht auf den Weg. Er zuckte zusammen, eine gescheckte Katze schlich spukhaft aus dem Gebüsch und kreuzte seinen Weg. Wer hatte wem einen Schrecken eingejagt?

Die Nacht erwachte. Fremde, beängstigende Geräusche ließen ihn erschauern, seine Sinne waren aufs Äußerste angespannt. Plötzlich erkannte er den Lockruf des Waldkauzes – „Kuwitt, komm mit", rief die Eule. Eine Volksweisheit schoss dem nächtlichen Heimkehrer durch den Kopf: Wenn der Waldkauz ruft, kündet er den baldigen Tod eines Menschen an. Es war blanker Unsinn, den harmlosen Vogel als Todesboten zu bezeichnen. Jedoch konnte er den Aberglauben aus Kindertagen nicht abschütteln, zu Unheil bringend schallte der Ruf durch die Dunkelheit. Er hastete vorwärts.
Plötzlich vernahm er menschliche Stimmen. Angestrengt lauschte er. Rechts zweigte ein schmaler Pfad ab und gab den Blick frei auf den mondbeschienenen Ziegelweiher. Er sah den Steg, von dem aus tagsüber Kinder Enten füttern. Jetzt konnte er die Umrisse einiger dunkler Gestalten ausmachen, die dort ihr Unwesen trieben.
Irgendetwas war auf dem See, was die Menschen in seinen Bann zog. Sie benahmen sich aufgeregt, gestikulierten mit Händen und Armen, deuteten auf die Mitte des Sees. Was fesselte ihre Aufmerksamkeit? Da drehte sich eine gesichtslose Gestalt um und bemerkte den unerwünschten Zuschauer. Kurz berieten sie sich in der Gruppe, dann spurtete einer los. Ein mächtiger Schreck durchfuhr ihn. Stress mit prügelnden Halbstarken, das musste er heute Nacht nicht haben.
Bestimmten Angst oder Feigheit sein Handeln? Nichts wie weg, das Fahrrad warf er hastig ins Unterholz, es war ihm hinderlich. Keuchend rannte er am Spielplatz vorbei in Richtung Burg. Eine sportliche Größe war er nie gewesen, aber Angst verleiht Flügel. Nach einem Blick zurück, die Nordpromenade hatte er überquert, stellte er erleichtert fest, dass sein Verfolger aufgegeben hatte. Glück gehabt! Den Rest des Heimweges legte er mit flottem Schritt zurück.

Der nächste Morgen begann schrecklich. Kopfschmerzen plagten ihn heftig, als seine Frau ihn unsanft aus dem Schlaf riss: „Steh auf, Polizei will Dich sprechen!"

Er warf sich seinen Morgenmantel über und schlurfte ins Wohnzimmer, wo ihn ein Polizist mit den Worten empfing: „Vermissen Sie Ihr Fahrrad?"
Die Frage hätte bis zum Mittag warten können, geistesgegenwärtig log er trotz Brummschädel: „Das gute Stück ist mir in der letzten Nacht vor meiner Stammkneipe Kirchhofer gestohlen worden. Wieso kommen Sie zu mir?"
„Im Ziegelweiherpark haben wir Ihr registriertes Rad gefunden", nach einer kurzen Pause fuhr der Beamte fort, „und aus dem Weiher bargen unsere Taucher eine unbekannte Wasserleiche. Ist Ihnen auf Ihrem Heimweg nichts Ungewöhnliches aufgefallen?"
„Nein", antwortete er weiter an der Wahrheit vorbei, „ich bin über die Krefelder Straße nach Hause gegangen, mir ist unterwegs nichts aufgefallen."
Der Polizist verabschiedete sich mit den Worten: „Hätte uns bei unseren Ermittlungen weitergeholfen." Er ließ einen nachdenklichen Brummschädel zurück.
Die bedrohlichen Erlebnisse der letzten acht Stunden liefen vor seinen Augen wie ein Film ab.
Wasserleiche – Kuwitt – komm mit – Ruf des Waldkauzes – Todesbote.
Von wegen Aberglaube.

Gerd Grunewald

Halleluja

Halleluja! – Danke, ich bin bedient. Eine Zahl mit ... Moment ... 17, 18, 19 Stellen. Die steht hier auf dem blassgrünen Fetzen Pappe, den ich mir da vorne am Eingang aus so ´nem Automat ziehen musste. Na klasse, das kann ja heiter werden.
Das hier glaubt mir eh keiner. Da oben ist ja schon was gewaltig schief gelaufen, aber so was von schief. Aber hier unten: ohne Worte!
Das ist auch nich witzig, überhaupt nich witzig. Ich weiß auch nich, ob ihr das verstehen tut? Dass ich hier bin und so. Wie hat dieser Fußballer mal gesagt? – Erst hatten wir kein Glück und dann kam auch noch Pech dazu. Und was für eins, Kinners. Total verkackt. Absolut.
Das ganze Jahr ist irgendwie total blöd gelaufen: erst der Umzug von Hamburg an diesen Scheiß-Niederrhein. Die Menschen hier haben schon ´nen Hau weg. Absolut. Im Sommer marschieren sie mit Holzgewehren die Straße hoch und runter und im Winter stehen sie mit ´ner Pappnase am Straßenrand grölen „Alaaf“ und werden mit Bonsches beworfen. Und den FC Sankt Pauli kennt hier auch kaum einer nich. Hier haben sie Alibaba Aachen oder so ähnlich. Geh mir ab! Ich bin ja nur wegen ´nem Job nach hier gekommen. Endlich ‘ne Festanstellung im Lager von Kuh Vau Zeh in Hügelhofen, oder wie das Kaff heißt. Endlich was Festes nach all den Scheiß-ein-Euro-Jobs. Hab ich gedacht. Und kaum maloche ich da ein paar Tage, kommen diese Typen von Ronald Becker anmarschiert. Berater. Voll im Edel-Look. Gebräunte Münzmallorca-Visagen. Und als die endlich weg waren, waren auch 100 Arbeitsplätze weg. Meiner auch. Das heißt, so richtig weg war er ja nich, den hatte nur ein anderer und zwei weitere Jobs gleich obendrauf. Für drei malochen, aber ein Gehalt. Voll geil das. Absolut.
Und was soll ich euch sagen? Jetzt wuseln die gleichen Arschlöcher auch hier unten rum. Das gleiche Spiel wie

oben. Ich könnte sie ... Aber das geht hier ja gar nich. Absolut nich. Absolut verboten. Gut oben eigentlich auch. Aber manchmal ging's eben nich anders. Klein einen auf die Zwölf und gut is.
Oh Mann, wie das nervt. Absolut. Ständig diese plärrenden Blagen um einen rum. Gehen mir so was von auf'n Sack. Ich hab' so ´nen Hals, so ´nen Hals hab' ich.
Wo war ich? `schuldigung, aber das hier ist voll die Plage. Absolut. Also, kein Job, keine Knete. Ich musste mir was einfallen lassen. Meine Ische machte Stress und Jupp wollte, dass ich endlich die 500 Tacken rüberwachsen lasse, die ich mir so nach und nach bei ihm zusammengepumpt hatte. Da ist mir die Idee mit dem Laster von Kevin gekommen. Kevin macht in Schrott, das heißt, er nennt das Riezeikeln oder so. Ich tu da manchmal so aushelfen oder bring ihm so Metallsachen vorbei, die ich so auf Friedhöfen zusammensammeln tu. Auf jeden Fall hab' ich Kevins Laster gekriegt. Und dann bin vorgestern rückwärts mit dem Teil in die Vorhalle von der Volksbank in Wassenberg rein. Oh Mann, das hat geknallt. Und geknirscht, als ich über die Millionen Splitter in den Vorraum rein bin. Ich hab' dann das Stahlseil um den Geldautomaten gelegt. Hab' ich gedacht. Dann das andere Ende hinten an die Anhängerkupplung von Kevins Laster. Ich konnte aber nich so genau gucken. Meine scheiß Brille war nämlich unter der scheiß Skimaske verrutscht. Aber ich hab gedacht, das geht auch so. Ist es ja auch. Aber eben doch nich so richtig. Verdammt, ich war aufgeregt, absolut aufgeregt. Hab' ich ja auch das erste Mal gemacht. Versteht ihr? Ich also wieder rein in Kevins Laster. Und ... abgewürgt. Beim zweiten Anlauf hat's dann aber geklappt. Hab' das Teil am Seil aus der Bank rausgezogen, rauf auf die Graf-Gerhard-Straße. Da war Schluss. Da waren schon die Bullen. Volles Programm. Blaulicht. Martinshorn. „Aussteigen!" „Hände hoch!" und so.
„Scheiße!", hab' ich noch gedacht. Und dann fingen die plötzlich das Lachen an. Die konnten sich gar nich einkriegen nich. Dem einen sind so die Tränen runter gelaufen. Ich war so was von angepisst. Das war ein total

echter Bruch. Geniale Idee. Absolut. Und die lachten sich einen. Scheiß Bullen.
„Was hatten Sie denn vor? Zuhause ein bisschen Druck machen?“, prustete einer. „Der hat doch glatt den Kontoauszugsdrucker rausgezogen!“, ein anderer und hielt sich vor Lachen seinen Weizenspoiler.
Das war zu viel. Ich hob meine Brille auf, die mir kurz zuvor aufs Pflaster gefallen war, als ich mir die Skimaske vom Kopf gezogen hatte. Ich hab‘ das einfach nich geglaubt nich. Das musste ich erst mal peilen.
„Sofort die Waffe runter! Legen Sie die Waffe hin!“, schrie eine junge Polizistin keine fünf Meter vor mir.
„Jetzt reicht's aber!“, hab‘ ich sie angebrüllt und ihr die Brille hingehalten.
Ich hab‘ noch den grell gelborangen Blitz gesehen und schon bin ich einige Meter über dem ganzen Theater gehangen. Erst hier oben hab‘ ich den lauten Knall der Knarre und dann aufgeregte Stimmen gehört.
„Der hatte doch eine Waffe. `ne Waffe hatte der auf mich gerichtet. Ich musste doch …“, stammelte die Polizistin, die mich Augenblicke zuvor aufgefordert hatte, meine Brille runterzunehmen und hinzulegen.
Ich selbst bin vor der offenen Fahrertür von Kevins Laster gelegen. Unter mir ´ne Blutlache, die immer größer wurde. Voll krass das Ganze. Absolut. Wie im Film. Aber in welchem Kino hängste schon unter der Decke? Wundert mich jetzt irgendwie selbst, aber ich hab‘ schnell das Interesse an der Nummer da unter mir verloren. Die Stimmen und Geräusche haben sich immer weiter entfernt und so komisch gehallt. Dann hat mich was gerufen. Ganz leise und ganz zart. Ich hab‘ mich also umgedreht und da war es. – Das Licht.
Und dann war ich auch schon hier. Von jetzt auf gleich. Ich hab‘ dann das Ticket gezogen. Das mit der Zahl, die kein Schwein aussprechen kann. Wisst ihr überhaupt, was das bedeuten tut? Ich warte hier noch 1.000 Jahre. Oder 10.000. Spielt eh keine Rolle. Und das nur, weil die hier umorganisieren. Der Papst hat sie einfach abgeschafft. Vor vier Jahren schon, aber hier herrscht immer

noch das reine Chaos. Absolut. Ihr glaubt ja gar nich, wie viele Kinder hier herumlaufen. Millionen. Und die sind so was von laut. Macht ihr euch kein Begriff nich von. Und dann sind hier echt viele komische Typen. Nee, nich mit Holzgewehr und Pappnase. Voll krass sehen die aus. Absolut. Mit so Klamotten wie in Ben Hur. So weiße Bettlaken und so, um den Körper rumgewickelt und irgendwie über die Schulter. Wie in der Sauna. Na, heiß genug ist es hier ja auch. Das kommt von unten drunter.
Gestern hat mich einer von denen angequatscht. So'n Alter. Blind wie ein Maulwurf sag ich euch.
„Verweile schon über 3000 Jahre an diesem Orte, junger Mann, aber bald schon darf ich sein Antlitz schauen. Gestatten Sie, dass ich mich vorstelle? Homer." So hat der mich wirklich angetextet.
„Jetzt sag nur noch, mit Nachname Simpson", dachte ich bei mir, auch wenn der Alte mit Homer Simpson nun gar keine Ähnlichkeit hatte.
„Sagt Ihnen Ilias etwas?", versuchte er mich weiter zuzuföhnen.
„Klar", hab' ich ihm geantwortet, „so'n eingeklemmter Nerv ist das. Hat mein Alter oft gehabt."
Da hat er gelacht und mich gefragt, ob ich mal was von Troja gehört habe. Und ob ich das habe. Ist einer meiner Lieblingsfilme. Voll geil. Mit Brad Pitt und der rattenscharfen Diane Kruger. Und da hat der Typ doch glatt behauptet, dass er das geschrieben hat. Da hat's mir gereicht. Da hab' ich ihn stehen lassen. Verarschen kann ich mich selber. Der Film ist von 2004 oder so. Und der hat das Drehbuch schon vor 3.000 Jahren geschrieben? Geht's noch?
Ich weiß auch nich so recht, was jetzt werden soll. Vielleicht bin ja auch ich ganz falsch hier. Vielleicht gehör ich ja ´ne Etage tiefer. Ich hab' sowieso den Eindruck, die raffen's selber nich, was nun Sache ist. Die kriegen das nie nich in den Griff. Nie. Absolut. Und mit diesen gegelten Upstylern mit der Bräune aus dem Asitoaster schon gleich gar nie nich. Ich tät' nur gern wissen wollen, ob heilige Bimbam, dieser Papst Benefiz, da oben gewusst

hat, was er anrichten tut, wenn er einfach so die Vorhölle abschafft. Aus heiterem Himmel. Denkst an nichts Böses und plopp: Schafft der die Vorhölle ab. Woll'n wir mal für ihn annehmen, dass er das gut gemeint hat. Die Kinder können ja auch nichts dafür, wenn sie noch vor der Taufe den Nuckel abgeben. Klar, wurden das immer mehr. Geht doch keiner mehr freiwillig in die Kirche. Klar, wollen die auch ins Paradies. Aber ist doch wohl logo, wenn dann auch die, die vor diesem Jesus gelebt haben, dann ankommen und sagen: „Nö, dann bleiben wir auch nich hier." Man schafft doch nich nach Jahrhunderten die Vorhölle ab, nur weil einem danach ist. Ohne mal vorher ´nen Ton zu sagen. So was muss doch vorbereitet werden. Und ich hock' jetzt hier, mein Ticket in der Hand, und muss das ausbaden. Das ist nich fair, nich fair ist das. Einmal Arschkarte, immer Arschkarte. Erst oben, jetzt hier unten.
Ja, ja. Ist ja gut. Ich weiß, ich weiß, ich wiederhol' mich. Aber ich möchte euch mal an meiner Stelle sehen.

„Wörterbuch":
Angetextet – angesprochen
Asitoaster – Sonnenbank
Ische – weibliches Wesen
Münzmallorca – Sonnenbank
Upstyler – modisch gekleidete Person
Weizenspoiler – Bauch
Zuzuföhnen – zuzuquatschen

Clemens Hardmann

Männer sind Schweine

Klaus von Beverungen hatte einen arbeitsreichen Tag hinter sich. In seiner Arztpraxis hatten sich die Patienten die Türklinke in die Hand gegeben. Und so war er froh gewesen, als er gegen 19.30 Uhr die Praxisräume endlich verlassen konnte. Gutgelaunt setzte er sich an das Steuer seines Jaguar XK Cabrios, ließ das Verdeck einfahren und brauste in einen warmen Sommerabend hinein. Auf diesen Abend hatte er sich schon sehr lange gefreut. In der Weinquelle in Klinkum sollten neu aus Italien und Frankreich eingetroffene Spezialitäten samt den dazu passenden Weinen getestet werden. Er kehrte immer wieder gerne in die liebevoll restaurierten Räume in der ehemaligen Gaststätte des früheren Bürgermeisters von Wegberg, Fritz Jakobs, ein. Er mochte die gediegene Atmosphäre, die freundliche und kompetente Art der Inhaberin und natürlich ganz besonders die dort angebotenen, erlesenen Spezialitäten aus aller Welt. Leider wollte seine Frau ihn mit einer, wie er fand, fadenscheinigen Ausrede nicht begleiten, sondern sich stattdessen mit einer Freundin treffen. Aber egal, es würde auch so ein angenehmer Abend werden. Das anzutreffende Publikum würde ihm bestimmt ausreichende Gelegenheit zu interessanten Gesprächen bieten.

Als er sich durch die enge Hauptstraße von Klinkum, deren Straßenbelag ihn seit der letzten Frostperiode stark an die Buckelpisten in der ehemaligen DDR erinnerte, in langsamer Fahrt quälte, kam ihm für einen kurzen Moment der Gedanke, noch eben in die wohl beste Frittenbude weit und breit einzukehren: Käte Brüssel, ein Hort der Kommunikation und der Gastronomie, schräg gegenüber der Weinquelle gelegen. Doch dann rief er sich rasch zur Ordnung. Pommes Frites und erlesene Spezialitäten schienen ihm zumindest für diesen Abend nicht zusammenzupassen. Dennoch wäre es nicht das erste

Mal gewesen, dass er sich für diese lukullische Kombination entschieden hätte. Im Grunde seines Herzens war er ein einfacher Mensch geblieben.

Als er die Räume der Weinquelle betrat, fühlte er sofort, wie die Last des Tages von ihm abfiel. Das gedämpfte Licht, die Möblierung aus edlem Holz, die Kerzen auf den Tischen, eine dezente Lounge-Musik im Hintergrund und nicht zuletzt die ihn umschmeichelnden Düfte von Speis und Trank schufen eine Atmosphäre der Behaglichkeit, in die er eintauchte und die ihn umfing. Die Inhaberin der Weinquelle begrüßte ihn herzlich und reichte ihm einen Aperitif, dann setzte er sich an einen der Tische und harrte der Dinge, die da kommen sollten.

Kurze Zeit später öffnete sich die mit zahlreichen Schnitzereien versehene hölzerne Eingangstür der Gaststätte und eine Frau trat ein, sah sich suchend um und näherte sich sodann zielstrebig dem Nachbartisch. Als die Fremde seinen Tisch passierte, trafen sich ihre Blicke für einen kurzen Moment und Klaus verspürte unmittelbar eine unterschwellige Schwingung, die ihn verstört wegblicken ließ. Ein angenehmer Schauer durchzuckte ihn. Die Dame, die nun am Nebentisch eine vermutliche Freundin begrüßte, war zierlich und mittelgroß. Ihr langes, blondes Haar trug sie offen. Im gedämpften Kerzenschein in der Weinquelle schimmerte es seidig. Ihr eng anliegender Rock verriet einen gediegenen Geschmack und durch ihre helle Bluse konnte man die Konturen ihres wohlgeformten Körpers erahnen, mehr aber auch nicht. Klaus von Beverungen holte tief Luft.

Während er sich mit seinen Nachbarn unterhielt, einem Rechtsanwaltsehepaar aus Wegberg zur Rechten, die auch zu seinem Patientenstamm zählten, und einem Unternehmer samt Gattin zur Linken, schweifte seine Aufmerksamkeit immer wieder zum Nebentisch ab. Er beobachtete diese Frau aus den Augenwinkeln, die ihn mit ihrem schlichten kurzen Blick so aus der Fassung gebracht hatte, und war fasziniert von ihrer Erscheinung. Ihre Bewegungen waren von einer derart natürlichen Anmut, dass er seine Augen kaum von ihr wenden konnte. Wie geschmeidig sie ihre Beine unter dem Tisch ausstreckte. Und dann dieses sanfte Zurückstreichen der Haare. Hin und wieder trafen sich ihre Blicke. Anfangs schaute sie ihn fast schüchtern an, doch mit der Zeit verlor sie ihre Befangenheit und betrachtete ihn offen und ohne Scheu. Es knisterte.

So etwas war ihm noch niemals zuvor geschehen. Seine Frau war zwar äußerst eifersüchtig, nahm neu einzustellendes weibliches Praxispersonal stets genau unter die Lupe und hatte ihm schon so manche Affäre angedichtet. Aber keine davon entsprach der Wahrheit. Er war ihr immer treu gewesen, seit mehr als zwanzig Jahren. Doch in diesem Augenblick nahm eine unbeschreibliche Leidenschaft von ihm Besitz. Ihre Blicke trafen sich immer öfter und es schien ihm, als unterhielten sie sich stumm, verständen sich auch ohne Worte und vertrauten einander blind.

„Klaus, ist Ihnen nicht gut?“ Von Beverungen blickte irritiert auf. Sein Nachbar, der Rechtsanwalt, hatte ihm die Hand auf die Schulter gelegt und schaute ihn fragend an. „Ich habe Sie bereits mehrfach gefragt, ob Sie noch ein Glas von dem Brunello di Montalcino möchten. Doch Sie reagieren ja überhaupt nicht.“ Klaus nickte schnell und schaute sofort wieder zum Nebentisch. Dort wandte sich die Blondine soeben der Inhaberin der Weinquelle zu und bat um die Rechnung. Klaus von Beverungen wurde unruhig. Wenn die unbekannte Schöne jetzt den Raum verließe, würde er sie womöglich niemals wieder sehen, geschweige denn mit ihr sprechen. Eine furchtbare Vorstellung. Er überlegte fieberhaft, was er tun könne, um diese Situation zu verhindern. Dann fasste er blitzschnell einen Entschluss, zog sein Portemonnaie aus der Hosentasche, entnahm ihm einen 50-Euro-Schein, drückte ihn dem verdutzten Rechtsanwalt mit den Worten „Bezahlen Sie bitte und behalten den Rest!" in die Hand und verließ eilig den Raum.

Er trat auf den Vorplatz der Weinquelle mitten hinein in eine lauwarme Sommernacht. Blumige Düfte wie aus einem Tropenhaus stammend lagen in der Luft, Grillen zirpten und die späten Vögel der Nacht zwitscherten ihren Abendgruß. Klaus von Beverungen atmete tief durch und sog die Abendluft ein. Kurz darauf öffnete sich die Tür zur Weinquelle erneut und die Namenlose schritt in Begleitung ihrer Freundin hinaus. Im Vorbeigehen schenkte sie Klaus einen unnachahmlichen Augenaufschlag, der ihn elektrisierte. Sein Blut begann zu pulsieren und sein Herzschlag raste. Solche Empfindungen waren ihm völlig unbekannt. Eine Sucht hatte von ihm Besitz ergriffen.

Inzwischen hatte die Namenlose ihre Freundin zu deren Wagen begleitet, sich von ihr verabschiedet und dem davonbrausenden Wagen kurz hinterher gewunken. Dann drehte sie sich um, ging einige Schritte auf Klaus zu, blieb abrupt stehen und sah ihn herausfordernd an: „Mein Name ist von Hohenforst, Anna-Katharina von Hohenforst. Hätten Sie Lust, mit mir noch ein Glas Wein zu genießen?" Klaus von Beverungen wusste nicht, wie ihm geschah. War dies ein Traum? Dann sollte er niemals enden. Verlegen stammelte er seinen Namen und willigte ein. Anna-Katharina schaute ihn mit einem betörenden Lächeln an und führte ihn mit den Worten: „Na dann, steigen Sie ein!" zu ihrem Wagen, der nicht weniger aufregend war als sie: ein Aston Martin DBS.

An alles hätte Klaus gedacht, nur nicht daran, dass er sich schon kurze Zeit später allein mit Anna-Katharina in einem luxuriösen Hotelzimmer in der Burg Wegberg befand. Nachdem sie die Türe sorgfältig verriegelt hatte, drehte sich Anna-Katharina langsam zu ihm um, blickte ihm tief in die Augen und schaute ihn an, einfach nur an. Er nahm ihr Gesicht in beide Hände und erwiderte ihren

Blick. Beide versanken in eine Welt ohne Worte. Ihre Lippen näherten sich, zuerst zögernd, doch dann immer sicherer und als sie aufeinander trafen, durchzuckten Myriaden kleiner Lichtpünktchen den Raum. Von Wein war keine Rede mehr.

Ihre Begierde ließ sie langsam, aber zielsicher auf das Doppelbett sinken. Hastig entkleideten sie einander, doch plötzlich setzte sich Anna-Katharina auf und bedeutete Klaus, sich noch einen Moment zu gedulden, sie wolle noch kurz ins Badezimmer. Sie stand auf, begab sich in Richtung Bad, öffnete die Tür und sprach: „Ihr Mann steht Ihnen jetzt zur Verfügung, Frau von Beverungen, die Rechnung über Ermittlungstätigkeiten liegt auf dem Tisch!"
Ins Zimmer ein trat eine hasserfüllte Frau mittleren Alters, die kalt lächelnd ihre Handtasche öffnete, eine automatische Pistole herausnahm und diese auf ihren Mann mit den Worten richtete: „Männer sind Schweine!"

Helmut Wichlatz

Jokers großes Spiel

Joachim Jaguschek, genannt Joker, war klar, dass er es übertrieben hatte. Um ihn herum waren Kälte und Dunkelheit. Vor ihm lag die Millicher Halde. Er schmeckte das Blut im Mund und fühlte mit der Zunge an der Stelle entlang, wo bis vor ein paar Minuten noch sein rechter Schneidezahn und dessen linker Nachbar gesessen hatten. Sein linkes Auge war nahezu ganz zugeschwollen, sodass er den Weg kaum sehen konnte, auf dem er entlang gestoßen wurde. Auch das Atmen fiel schwer durch die immer mehr zugeschwollene Nase. Bingo und Bongo hatten ganze Arbeit geleistet. Dabei hatte es am Anfang wirklich gut ausgesehen. Fünf Kilotüten mit Pulver, die oberste voll mit verschnittenem Speed. Der Rest war Babypuder gemischt mit Scheuermittel. Es hätte klappen müssen, aber Askim, der misstrauische Sack, hatte zielsicher die unterste der fünf Tüten aus dem Rucksack hervorgekramt, angeschnitten und seinen angefeuchteten Zeigefinger in das Pulver gestoßen. Bei dem Anblick und der Gewissheit, was folgen würde, hätte sich Joker am liebsten in die Hose gemacht. Dann war alles sehr schnell gegangen. Askim hatte geschnupft, große Augen gemacht und mit einem Nicken seinen beiden Gorillas zu verstehen gegeben, dass es an der Zeit war, dem Joker die Grubenlampe auszupusten. Während der noch nachdachte, was er wohl sagen könnte, traf ihn der erste Schlag mitten ins Gesicht. Es folgte eine ganze Reihe von Schlägen, doch nach dem dritten in die Magengrube hatte sich der Joker erst einmal auf den Boden vor sich übergeben, bevor seine Beine unter ihm wegklappten. Sie hatten sich auf dem Parkplatz der Millicher Halde getroffen, um den Deal durchzuziehen. Der Ort war ideal geeignet, abseits der Straße und durch Bäume vor Blicken geschützt. Spät am Abend traf man dort niemanden an, und man konnte schnell wieder verschwinden.

Die Idee, sich mit Askim und seinen Leuten einzulassen,

war nicht seine beste gewesen. Vor allem nicht, weil er von Anfang an vorgehabt hatte, sie abzuziehen. 25.000 Euro hätte ihm die Nummer eingebracht. Abzüglich der 1000, die er den Bikern in Roermond für die Tüte echten Stoffs schuldete, war es das wert gewesen. Irgendwas geht immer, hämmerte er sich ein, während er das erste Teilstück der Himmelsleiter hochgeschubst wurde. Vor ihm Askim und sein Adjutant Hassan, hinter ihm Bingo und Bongo, die sich einen Spaß daraus machten, ihn bei jedem Schritt zu treten, zu schubsen oder zu schlagen.

Vom Parkplatz aus hatten sie den Anstieg über die Himmelstreppe begonnen. Ein viel zu schöner Name für das Metallgestell, das außen an der alten Abraumhalde hoch führte zur Aussichtsplattform, von der aus man bei gutem Wetter einen guten Blick ins Land hatte. Die ersten fünfzig Stufen auf dem Weg zur Aussichtsplattform lagen hinter ihnen. Oben auf der Millicher Halde würden sie ihn töten. Wie passend, ihn, den ehemaligen Bergmann, der seine besten Jahre auf der Zeche und unter Tage verbracht hatte, würden sie auf dem Gipfel des Abraumberges töten, zu dessen Entstehen er, sein Großvater, sein Vater und seine beiden Onkel bestimmt einige Meter beigetragen hatten. Etwas wehmütig dachte er an seine Kindheit im Schatten der Fördertürme. Bergmann in dritter Generation hatte er werden wollen. Doch dann hatte die Zechenschließung 1996 den Plan vereitelt. Vorher hatte er schon ein wenig Kontakt zur heimischen Unterwelt gepflegt. Doch ab `97 war es schlagartig bergab gegangen. Ein wenig Dealen hier, ein paar Brüche dort, mal Schmuggel im Auftrag seiner Geldgeber. Er hatte eine ziemlich erbärmliche Karriere hingelegt – und sich dabei auch noch wie eine ganz große Nummer gefühlt. Klar, er war Anfang 30 gewesen, als sie ihn mit einer Abfindung auf die Straße gesetzt hatten. Und bereit zu allem. Schnell hatte er seinen Spitznamen weg: Joker. Wenn einer bekloppt genug ist, das zu machen, dann der Joker, hatten die schweren Jungs in den einschlägigen Kneipen gesagt, und er hatte es auch noch als Kompliment empfunden. Bis er zum ersten Mal eingefahren

war, nicht in den Stollen, aber in die JVA, 14 Monate wegen Einbruchs. Als er rauskam, war seine Frau mit den Kindern und dem letzten Ersparten über alle Berge. Egal, irgendwas geht immer, hatte er sich gesagt und seine Bemühungen, ein passabler Kleinkrimineller zu werden, noch intensiviert. Askim und seine halbseidene Truppe hatte er schon früher kennen gelernt. Und weil sie ihm vertrauten – so dachte er zumindest – waren sie die idealen Opfer, um ausgenommen zu werden. Das war wohl nichts. Und jetzt würden sie ihn oben fertigmachen. Hoffentlich würde es schnell gehen. Aber Askim war abartig genug, um seinen Spaß zu haben, wenn es ein wenig länger dauern würde. Und Bingo und Bongo waren brutal und bekloppt genug, um ihrem Chef sicherlich eine gute Show zu bieten.
Der Schlag riss den Joker aus seinen düsteren Betrachtungen. Er traf ihn an derselben Stelle, wo auch schon seine Vorgänger eingeschlagen waren. Der Schmerz wurde dadurch nicht weniger. Askim spazierte im feinen Zwirn vorneweg mit Hassan, als hätten sie mit denen, die ihnen da folgten, nichts zu tun. Sie unterhielten sich entspannt, als seien sie auf einem Sonntagsspaziergang, wobei sie ihn und das, was sie ihm oben anzutun gedachten, völlig ignorierten. Wie hatte Askim gesagt? „Du hast mich enttäuscht, weißtu. Du bist kein Freund mehr, weißtu? Du bist nicht einmal mehr ein Mensch. Du bist schon jetzt nur noch totes Fleisch, weißtu? Keiner bescheißt Askim, keiner!“ Zugegeben, sein Plan war von Anfang an nicht der sicherste. Aber vielleicht hatte ihn genau das gereizt. Und er hatte überreizt.
„Ey, trab voran, du Opfer. Musst ja nicht mehr viel gehen in dein´ Leben“, hörte er Bingo von hinten (oder war es Bongo?). Dann der schon erwartete Schlag gegen seinen Hinterkopf. Er stürzte nach vorne auf die Treppenstufen und konnte sich gerade noch mit den Händen abfangen.
„Ey, pass auf, Arschloch!“, knurrte Askim, der ihn nun doch bemerkte. „Wenn du meine Hose vollblutest, dauert es gleich nur noch länger, klar?“ Damit war die Hoffnung

auf ein schnelles Ableben schon gestorben. Askim war ein eitler Geselle, dessen Kleidung Geld statt Stil zeigte. Seine drei Kumpane versuchten, ihm in modischen Dingen in nichts nachzustehen. Deshalb sahen sie auch aus wie Bilderbuch-Gangster aus dem Musikvideo. Doch unter ihren geckenhaften Jacken hatten sie geladene Waffen. Er hatte nur einen von oben bis unten schmerzenden Körper und die Gewissheit, bis zum Hals in der Scheiße zu stecken. Joker rappelte sich auf und wurde sofort weitergeschubst. Hassan pfiff eine türkische Melodie und schaute sich anerkennend nickend um. „Die Hückelhovener Alpen sind das, verstehst du?", sagte er zu seinem Boss, der den Gag mit einem gegrunzten Lachen kommentierte. Am liebsten hätte der Joker auch etwas dazu gesagt. Warum nicht? Verscheißen konnte er es sich mit denen sowieso nicht mehr. Aber er verkniff es sich und wartete auf den nächsten Schlag von hinten. Sie hatten das zweite Teilstück der Treppe gerade passiert und standen kurz nach Luft schnappend auf dem schmalen Landabsatz, bevor es weiterging. Dem Ende entgegen. Aber irgendwas geht immer, hämmerte er sich ein und schaute sich vorsichtig nach allen Seiten um. Wartete er auf ein Wunder? Irgendwas geht immer. Irgendwas geht immer. Er zwang sich sein Mantra herunterzubeten, immer wieder. Glaubte er noch daran?
Schlag, Tritt, Wanken, Treppe steigen.
Sein Ende hatte er sich ganz anders vorgestellt. Im Kreise seiner Familie, die um ihn trauern würde. Da oben auf der Halde würde es Tage, wenn nicht Wochen dauern, bis ihn jemand aus Zufall fand. Einer der beiden Gorillas riss ihn erneut aus seinen Gedanken.
„Ey, Scheiße ey, guck dir die Scheiße an, ey!" Seine vier Begleiter blieben stehen, und auch er drehte sich automatisch um. Bongo stand da und schaute fassungslos an seinem rechten Bein herunter. Im Mondlicht konnte man dunkle Flecken auf der Hose erkennen. „Ist das Hundescheiße oder hat der mich vollgekotzt?" Die drei wollten es mit eigenen Augen sehen. Hassan machte einen Schritt an Joker vorbei und drückte ihn wie einen läs-

tigen Passanten im Schlussverkauf zur Seite. „Zeig mal."
„Ey, du bist mir ein Gangster", begann Askim und folgte Hassan. „Ist das nicht scheißegal, was da an deiner Hose klebt? Wir wollen den da umlegen, klar?!"
„Der da" war auf einmal hellwach. Jetzt oder nie. Er nahm alle Kraft zusammen und spurtete los, die Treppe hoch. „Ey, pass auf", „Ey, bleib stehen!", „Schieß doch, du Idiot!", hörte er sie hinter sich. Dann setzte er zum Hechtsprung über das Treppengeländer an. Hinter sich hörte er Getrappel und türkische Wortfetzen. Gleichzeitig schlug sein Becken gegen das Metallgeländer. Er landete hart auf dem steinigen Boden, rappelte sich wieder auf und hechtete ins Gebüsch. Er sah Sterne. PLOPP, PLOPP machte es hinter ihm. Sie schossen. Das war Askims Luger mit Schalldämpfer. Er stürzte durch die dornigen Büsche und stolperte vorwärts. Dann ein lautes Krachen. Bongos Magnum! Neben ihm knickten Äste ab und Blätter standen für Sekunden in der Luft. Treffer. Dann ein stechender Schmerz am linken Ohr. Keine Zeit für Schmerzen, weiterlaufen. Er fühlte nach dem Ohr, fand es aber nicht mehr. Weiterlaufen. Wieder Ploppen und Krachen, sie feuerten weiter. Irgendwas geht immer! Jetzt muss dir was einfallen, dachte er. Dann stolperte er. Ein Reifen, mitten im Gebüsch! Er nahm ihn und schleuderte ihn verzweifelt in die Büsche den Hang hinunter. Krachende und rutschende Geräusche, die nach unten flossen.
Die Aktion hatte Erfolg. „Der Sack will wieder runter, los!", schrie Askim, und seine beiden Gorillas trabten los, dem Krach des fallenden Reifens nach, während der Joker weiter nach oben lief. Irgendwas geht immer! Mit einem Blick über die Schulter erkannte er, dass sich auch Hassan in Bewegung gesetzt hatte. Seine Chance. Jetzt bloß kühlen Kopf bewahren. Gebückt kroch er den steilen Hang hinauf bis zu einer etwas flacheren Stelle. Gleich bist du oben, dann hast du es geschafft, dann …
… traf ihn ein Schlag auf die bereits schmerzende Nase. Er sah noch mehr Sterne, fühlte nichts. Fiel. „Du bist mir ja ne Marke", hörte er Askim. Er war nicht auf den Trick

reingefallen und weiter nach oben gelaufen. Scheiße!
„Mann, die Leute haben Recht mit dem, was die sagen", begann Askim und seine Stimme klang beinahe freundlich. Er schaute mit gesenktem Kopf vor sich hin und kam langsam den Hang herunter. „Weißt du, was die sagen? Die sagen: Der Joker ist total plemplem. Das sagen die. Du bist so ein Psycho, einer mit Flatterblick und vor Angst immer ganz eng am Körper klebenden Eiern, so einer bist d- .." Askims Augen weiteten sich. Ungläubig schaute er zu Joker herunter, der das Ende einer Eisenstange in der Hand hielt. Das andere steckte in Askims Bauch. „Boah, Alter, du bist ja komplett bescheuert ...", murmelte Askim ungläubig. Auch der Joker konnte nicht fassen, was er da getan hatte. Askims Waffe fiel auf den Boden. Der Boss raffte sich auf, drückte den Rücken durch.
„Bruder, hilf mir! Ich hab das Schwein!"
Dann grinste er den Joker wieder dumpf an. „Mann, bist du – eine – Pf-Pf – Oh, Scheiße", murmelte er und sackte nach vorne. Joker fing ihn notgedrungen ab. Von unten hörte er Füße die Treppe hocheilen.
„Bruder, ich komme!" Hassan war zu allem bereit und leider viel zu nah. Schon sprang er über das Geländer und tauchte in das Gebüsch ein. Er hielt direkt auf Joker und den sterbenden Askim zu und zog die Pistole. „Wo ist die Sau?"
Joker presste sich Askim mit dem Rücken vor den Bauch, sodass er für Hassan in der Dunkelheit nicht zu sehen war. Wenn schon schießen, dann nicht auf ihn.
„Alter, was ist los?", fragte Hassan, als er vor ihnen auftauchte. Askim versuchte noch etwas zu sagen, aber aus seinem Mund kam nur noch Blubbern. Hassan sah ihn ungläubig an. „Warte, ich helfe dir." Er griff nach der Stange, als der Joker schoss. Der Knall riss ihm die Waffe aus der Hand und Hassan um. Er stieß Askim von sich weg und starrte die beiden an, die nun reglos vor ihm lagen. Bingo und Bongo waren schon unten angekommen, als sie den Schuss hörten. „Ey, wasn da los?", rief einer und „Komm!", der andere. Dann eine dritte Stimme: „Ste-

henbleiben, Polizei! Waffen fallen lassen und Hände hoch!“ Bullen! Wo kamen die denn jetzt her? Der Joker kratzte sich irritiert am Kopf. Dann machte er einen Schritt nach vorne und ging in die Hocke. Mit wenigen Handgriffen hatte er Askim und Hassan um die Armbanduhren sowie drei Ringe erleichtert. Dann griff er in Askims Jacke. Tatsächlich fand er einen Umschlag. Gut gepolstert. Geld. Aber nur ein paar Scheine, der Rest war Zeitungspapier. Ein paar lausige Hunderter. Die Schweine wollten mich bescheißen. Er musste grinsen und stopfte das Geld in seine Hosentasche. Von unten klangen die Geräusche einer gewaltsamen Festnahme nach oben. Das sind nicht nur zwei Streifenbullen, dachte er. Da ist eine ganze Truppe am Start. Da hat uns einer verpfiffen – zum Glück. Nichts wie weg. Er stolperte den Hang hinauf, bis er neben der Aussichtsplattform aus dem Gebüsch kam. Erschöpft hielt er inne und rang nach Luft. Jetzt in Richtung Millich und verstecken, bis sich da unten die Hektik gelegt hatte. Irgendwas geht immer!

*

Er drückte sich in den Sitz und schaute auf die Landschaft, die an der Autobahn vorüberzog. Der Reisebus hatte vor vier Stunden Düsseldorf verlassen. Bald würden sie die Grenze passieren. Das Ohr mit seinem verkrusteten Notverband brannte höllisch. Nicht, dass mir der Lauscher abfault, dachte er und roch prüfend an den Fingern, mit denen er es eben noch unter Schmerzen betastet hatte. Um ihn herum saßen Reisende, die wie er nicht genug Geld hatten, oder andere Gründe hatten, sich nicht an einem Flughafen blicken zu lassen. In zwanzig Stunden würde er in Belgrad sein, von dort aus würde es über Athen und Ankara weitergehen. Spätestens in zwei Wochen wäre er seiner Schätzung nach in Kathmandu. Dort würde er weitersehen. Irgendwas geht immer. Er war helle im Kopf und hatte anscheinend gerade eine Glückssträhne. Klar, das mit dem halbabgeschossenen Ohr sah scheiße aus, also würde er sich die Haare länger wachsen lassen. Es würde schon weitergehen. Das Ding mit dem Babypuder konnte er auch anderswo durchziehen, am besten mit Touristen. Die sind nicht so gefährlich. Ein Zurück gab es nicht mehr. Hückelhoven und seine Vergangenheit lagen für immer hinter ihm. Er war dem Teufel noch einmal von der Schippe gesprungen. Der Joker war wieder im Spiel.

Kurt Lehmkuhl

Unter Brüdern

Die mühevolle, zugleich aber auch lehrreiche Arbeit war endlich vollendet. Frater Arnoldus hatte die vielen Tage in der dunklen, kleinen Schreibstube des Klosters Hohenbusch nicht gezählt, bis er Senecas „Questiones naturales“ in fein säuberlicher Handschrift vollständig kopiert hatte. Die Philosophie des römischen Gelehrten gefiel dem jungen Klosterbruder, der mit wachsendem Eifer das Buch gelesen und abgeschrieben hatte. Das Leben nach der Natur in Bescheidenheit und Einfachheit war für Seneca der Weg zu Weisheit und Verinnerlichung. Ein derartiges Leben war auch im Sinne der Kreuzherren, die in Demut dem Herrn dienen wollten. Die Demut der Mönche in Hohenbusch bestand darin, dass sie für alle Klöster der Kreuzherren die bedeutendsten Schriften kopierten.

Das Original von Seneca hatte der junge Mönch zurück in die umfangreiche, weithin gerühmte Klosterbibliothek mit den vielen Werken der großen Denker getragen. Demnächst würde er einen Text von Aristoteles kopieren, wie ihm Pater Laetantius, der Verwalter der Bibliothek, bereits aufgetragen hatte.

Doch zunächst würde Arnoldus seine erste eigenständige Kopierarbeit von Hohenbusch nach Brandenburg in die Eifel bringen, in das dortige Kloster der Kreuzherren. Diesen Auftrag hatte ihm Prior Tilmanus erteilt, nachdem er diesem vom bevorstehenden Abschluss der Arbeit berichtet hatte. Arnoldus war froh, der intensiven, konzentrierten Arbeit in der Abgeschiedenheit der Schreibstube zu entkommen in die noch warme, frühherbstliche Natur. Er freute sich auf diesen Weg, der ihn zu den Brüdern nach Aachen und Schwarzenbroich führen würde, ehe er das Buch in dem ihm noch unbekannten Kloster abliefern würde. Auf halber Strecke, kurz vor Aachen am Ufer der Wurm, würde er auf Frater Bernardus treffen,

einem Mitbruder aus der Eifel, der nun im Aachener Kloster lebte und ihn begleiten würde.
Noch einmal blickte Arnoldus auf seine anstrengende Fleißarbeit, die vor ihm auf dem hölzernen Schreibpult lag. Er war mit sich zufrieden: Sauber und fehlerfrei hatte er Senecas Werk übertragen. Er dachte kurz nach, dann griff er schmunzelnd ein letztes Mal zum Federkiel und tauchte ihn in das Tintenfass. In Anlehnung an seinen Freund, Frater Rabanus, schrieb er als Abschluss: „Per manus cuiusdam pauperis fratis ruciferi, cuius nomen hic reticetur, ut in die novissimo, cum libri aperientur, cum sanctis scriptum. Anno Domini MCDXCVIII."
Die Bescheidenheit der Kreuzherren verbat eine Namensnennung des Kopierers. Aber mit dieser Bemerkung, die sein Prior nicht zu lesen bekam, hatte Arnoldus sich doch verewigt. Rabanus hatte einst die Idee gehabt, die von vielen Schreibern übernommen wurde. Am Jüngsten Tag, wenn die Bücher des Lebens aufgeschlagen werden, würde der Name des armen Kreuzbruders, dessen Namen hier verschwiegen wurde, mit denen der Heiligen wiedergefunden. Davon war Arnoldus überzeugt. Aber er hatte es nicht eilig mit dem ewigen Leben, er hatte das Leben auf Erden noch vor sich, denn er war nicht einmal 25 Jahre alt.

Einen Tag später war Arnoldus tot. Mit einem Stein hatte ihm ein Mörder den Schädel eingeschlagen.
Frohgemut hatte sich der junge Mönch am frühen Morgen, als die Sonne gerade über den Horizont lugte, auf den Weg gemacht, mit den Segenswünschen des Priors und einem aufmunternden Schulterklopfen von Rabanus. Er wollte sich zu Fuß auf die weite Strecke machen und hielt sich absichtlich fern von der Hauptstrecke, die von Krefeld über Erkelenz nach Aachen führte. Die Zeitangabe für die übliche Strecke betrug rund neun Stunden, er würde vielleicht zwölf benötigen. Doch die längere Strecke nahm Arnoldus gerne in Kauf. Er wollte die Einsamkeit genießen, die ihn bei seinem Marsch durch die Wälder umfangen würde, und dem Trubel entgehen,

der in dem Marktstädtchen Erkelenz herrscht. Bis zur Mündung der Wurm in die Rur musste er sich westlich orientieren, dann brauchte er nur am Ufer des kleinen Flusses entlang südwärts laufen, bis er auf den ihm unbekannten Frater Bernardus treffen würde. Bernardus sei unübersehbar, hatte ihn der Prior lächelnd beruhigt. Sie würden sich garantiert nicht verfehlen.
Stolz hatte sich Arnoldus angekleidet und sich den schwarzen Mantel übergeworfen, auf dem das unverkennbare Zeichen der Kreuzherren prangte: das Kreuz mit dem senkrechten roten und dem weißen waagerechten Balken. Das Buch hatte Arnoldus in ein Fell gepackt und mit Stricken auf seinen Rücken gebunden. Auf Proviant verzichtete er im Vertrauen auf Beeren und Früchte, die er am Wegesrand finden würde.
Die Farben des Kreuzherrenzeichens hatten symbolische Bedeutung. Sie erinnerten an das Blut und an das Wasser, das beim Tode Christi aus der Wunde an seiner Seite floss.
Symbolisch wurden sie auch für Arnoldus. Der Frater starb an der Wurm auf dem letzten Teilstück seines Weges. Das Brechen der Zweige hinter ihm und das Rascheln der Blätter hatte er zwar vernommen, aber nicht als Bedrohung gewertet. Ehe er sich umdrehen konnte, fiel ihm schon der schwere Stein auf den Kopf und zertrümmerte ihm die Schädeldecke. Arnoldus sackte in sich zusammen und spürte nicht einmal mehr den zweiten Schlag.

Der Mörder hatte sich nicht einmal die Mühe gemacht, das Verbrechen zu verbergen. Offensichtlich hatte er Arnoldus im Buschwerk neben dem Weg entlang der Wurm aufgelauert und ihn hinterrücks mit einem Stein aus dem Flussbett erschlagen. Das blutverschmierte Mordwerkzeug lag neben dem Toten, als ein Jäger Arnoldus am späten Nachmittag entdeckte. Erschrocken starrte dieser auf den noch warmen Leichnam und erschrak ein zweites Mal, als sich ihm ein großer Mann im schwarzen Mantel näherte. Der Riese sah bedrohlich aus mit sei-

nem rabenschwarzen Bart.
Dann aber erkannte der Jäger mit einer gewissen Erleichterung, dass es sich bei dem Mann um einen Mönch der Kreuzherren handeln musste. Das Kreuz auf dem Mantel ließ ihn als solchen erkennen.
„Ich bin Frater Bernardus“, stellte sich der Riese vor, bevor er sich langsam über den Leichnam beugte und zunächst ein Gebet murmelte. Die Gelassenheit des Mönchs verblüffte den nervösen Jäger, der zunächst wie gelähmt das grässliche Geschehen beobachtete. Ob er ihm helfen könne, den Leichnam seines jungen Mitbruders nach Aachen zu bringen, fragte Bernardus, nachdem er Arnoldus untersucht und sich mit grimmigem Blick aufgerichtet hatte.
Der Jäger schüttelte bedauernd den Kopf. Er war in Eile, wollte seine Fallen überprüfen, bevor ihm die Wilderer die Beute wegschnappten. Zugleich war er froh, diesen blutbesudelten Platz endlich verlassen zu können. Flugs verschwand er zwischen den Büschen im Dickicht, ehe Bernardus protestieren konnte.
Bernardus überlegte, ob er die Leiche schultern und nach Aachen tragen sollte, doch er verwarf diesen Gedanken. Er hatte ohnehin noch einen strammen, zweistündigen Marsch vor sich, ehe er im Aachener Kloster ankäme. Und bald würde das Sonnenlicht verblassen. Das Risiko, in der Dunkelheit überfallen zu werden, war Bernardus zu groß. Also schleifte er den Toten hinter einen dichten Busch und bedeckte ihn mit Ästen, die er von einem Baum brach. Auch den schweren Stein, den er nur mit Anstrengung heben konnte, hievte er in das Versteck. Wuchtig rammte er einen Ast an den Wegesrand, damit er die Stelle am nächsten Tag wiederfinden würde.

Schnell wie selten zuvor in seinem Leben lief Bernardus zurück in das Kloster nach Aachen und störte sich nicht an den missbilligenden Blicken der Menschen, die er auf den engen Gassen der Stadt anrempelte. Keuchend hämmerte er gegen das hölzerne Portal. Viel zu lange dauerte es, bis ihm endlich ein Mönch öffnete. Wortlos schob Bernardus ihn beiseite und eilte durch die Gänge bis zum Zimmer von Pater Egidius, seinem Ziehvater und Fürsprecher, der ihn in Brandenburg als Waisenkind in die Ordensgemeinschaft der Kreuzherren aufgenommen und für das klösterliche Leben erzogen hatte. Gemeinsam waren sie vor Jahren nach Aachen gewechselt, als Egidius dort vom Konvent zum Prokurator berufen worden war.

Ungestüm trat der junge Mönch ein.

Der greise Pater, dem Bernardus mit großer Ehrfurcht begegnete, stand vor seinem Lesepult und blätterte in einem Buch. Er lächelte milde, doch sein Blick verfinsterte sich schnell, als er den atemlosen und aufgewühlten Frater erkannte. „Was ist geschehen, mein Sohn?“, fragte er besorgt.

Hastig berichtete Bernardus von dem erschlagenen Arnoldus, von dem wenig hilfsbereiten Jäger, von dem verschwundenen Buch.

Lange betrachtete Egidius den jungen Mann. Dann schüttelte er nachdenklich den Kopf und trat auf ihn zu. Er reichte Bernardus nicht einmal bis zu den Schultern und musste den Kopf weit zurückbeugen, um dem Hünen ins Gesicht blicken zu können. „Das Buch ist keineswegs verschwunden. Das Buch ist hier.“ Er deutete auf das Pult. „Ich habe es in deiner Zelle gefunden, als ich dich aufsuchen wollte.“

Entsetzt starrte Bernardus den Alten an. „Wieso?“, stammelte er. „Was soll das? Was heißt das?“

„Das heißt, dass jemand dieses Buch auf dein Zimmer gebracht haben muss. Und dieser Jemand hat es wohl Frater Arnoldus geraubt.“ Der Mönch atmete tief durch. „Aber wer ist dieser Jemand, wenn nicht du, mein Sohn?“

Bernardus stockte der Atem, für einen Moment war er benommen, schwirrten ihm die Gedanken unkontrolliert durch den Kopf. „Wie meint Ihr das?“

„Woher hast du das Buch, wenn du es nicht selbst geraubt hast?“, antwortete der Mönch mit einer Gegenfrage. Nach einer kurzen Pause fuhr er fort: „Der unvoreingenommene Beobachter würde kombinieren, du hast Arnoldus erschlagen, das Buch geraubt und versteckt. Anschließend hast du gewartet, bis jemand vorbeikam und dann behauptet, du seiest gerade auch erst angekommen."

Entgeistert starrte Bernardus seinen Mentor an. „Und wie soll das Buch in meine Kammer gekommen sein? Was soll ich wohl damit?"

„Du hattest einen Komplizen, würde ich sagen. Ihr wolltet das Buch verkaufen."

„Aber das ist nicht wahr", widersprach der junge Mönch hitzig. Langsam wuchs in ihm der Jähzorn, den er so lange unter Kontrolle gehalten hatte, und der ihn früher so oft schon zu unverständlichen Handlungen getrieben hatte, an die er sich später nicht mehr erinnern wollte.

„Wenn meine Rekonstruktion nicht stimmt, dann schlage eine andere Lösung vor", forderte Egidius ihn auf. „Das Buch in deiner Zelle deutet darauf hin, dass du etwas mit dem Mord zu tun hast. Oder etwa nicht?"

Bernardus versuchte sich zu konzentrieren, was ihm schwer genug fiel. Seine innere Wut ließ ihm keinen Raum für klare Gedanken. „Ich weiß nichts", bekannte er endlich nach langer Überlegung.

Oder sollte etwa …? Ihm kam ein erschreckender Gedanke: Hatte etwa der Alte etwas mit dem Mord zu tun und schob ihm nun das Verbrechen zu? Hatte der Alte vielleicht den Mord in Auftrag gegeben, um sich des Buches zu bemächtigen? Bernardus schüttelte den Kopf, um diese frevelhafte Vorstellung zu verscheuchen. Das konnte nicht sein. Unmöglich!

Nach einer langen Pause räusperte sich der alte Mönch. „Nun, ich glaube nicht, dass du ein Mörder und Räuber bist, mein Sohn. Aber ich will, dass du das Verbrechen aufklärst. Denn der Mörder hat einen großen Fehler begangen."

„Welchen?", fragte Bernardus aufgeregt. „Welchen Fehler hat er begangen?"

Pater Egidius winkte ab. „Dass musst du selbst herausfinden.“ Er schob den jungen Mönch zur Tür. „Ich werde Prior Carolus informieren und dafür sorgen, dass man morgen die Leiche abholt. Frater Arnoldus soll eine würdige Beerdigung erhalten.“

Was hatte der Alte gemeint? Aufgewühlt lag Bernardus auf der harten Pritsche in seiner Zelle. Er konnte in dieser Nacht nicht zur Ruhe kommen. Die Verwirrung in seinem Hirn war deutlich größer als die Ermattung seines Körpers nach diesem Tag. Bernardus hatte die Hände im Nacken verschränkt und stierte mit offenen Augen in die stille Dunkelheit. Wie war bloß das Buch in seine Zelle gelangt, fragte er sich wieder und wieder, ohne eine Antwort zu finden. Er stellte sich weitere Fragen: Warum hatte das Buch offen auf seinem Tisch gelegen? Hatte es tatsächlich dort gelegen oder behauptete Egidius dies nur?

Er spürte, dass er nicht weiterkam mit dieser Fragerei. Er musste einen anderen Weg gehen. Jemand lenkte einen Verdacht auf ihn, wenn nicht Egidius, dann ein anderer. Egidius war sein Vater, er würde so etwas niemals tun, redete er sich ein. Egidius würde ihm helfen, hatte dies sogar schon getan, als er sich anbot, mit dem Prior zu reden und die Leiche zu bergen. „Er ist mein Freund, nicht mein Feind“, sagte Bernardus laut und entschieden in die Nachtruhe hinein. Und mit diesem Bewusstsein fand er vor dem Morgengrauen doch noch ein wenig Schlaf.

Das allmorgendliche Zeremoniell mit Gebet und Einstimmung in den Tag verfolgte Bernardus sehr unkonzentriert. Die Müdigkeit, aber noch viel mehr die innere Anspannung machten ihm sehr zu schaffen.

Pater Egidius hatte ihm zwar beruhigend zugenickt, bevor er den Prior aufsuchte, doch seine Unruhe blieb bestehen. Bernardus suchte den Mönch, der am vergangenen Tag Pfortendienst gehabt hatte. Der unauffällige, schmächtige Bruder, der stets gewissenhaft seine ihm auferlegten Aufgaben erfüllte, hatte am Klostereingang

nichts Auffälliges bemerkt. Es habe das übliche Kommen und Gehen geherrscht. Die Klosterküche habe wie immer den Hungernden Speisen gereicht. Er könne sich zwar nicht an alle Gesichter erinnern, aber es sei kein ihm unbekanntes darunter gewesen. Ob jemand ein Buch ins Kloster gebracht habe, wisse er nicht. Er würde schließlich nicht die Körbe und die Kleidung der Bedürftigen kontrollieren.
Er habe ihm sehr geholfen, murmelte Bernardus dankend und dachte nach …

„Mein Sohn!“ Pater Egidius‘ milde Stimme riss ihn aus seinen Überlegungen.
„Pater!! Ich weiß nun, was Ihr meintet, als Ihr sagtet, der Mörder habe einen großen Fehler begangen“, sprudelte der junge Mönch los.
„Das ist gut!“ Energisch schnitt Egidius ihm das Wort ab. „Du kannst es mir sagen, wenn du deinen Auftrag erfüllt hast.“
„Welchen Auftrag?“ Bernardus wagte nicht, seine Erläuterungen fortzuführen. Es wäre ungehorsam gewesen.
„Prior Carolus wünscht, dass du das Buch heute noch nach Brandenburg bringst“, antwortete Egidius. Bevor Bernardus etwas erwidern konnte, fuhr er fort: „Auch der Prior will nicht glauben, dass du an dem Mord beteiligt warst. Er lächelte. „Wenn du das Buch in Brandenburg ablieferst, beweist du mir, dass du es nicht verkaufen willst.“ Er wandte sich abrupt ab. „Das Buch liegt bereits in deiner Zelle. Du wirst sofort losgehen!“, befahl er überraschend laut, indem er sich rasch entfernte.
Bernardus widersprach nicht. Er konnte seinem Vater nicht widersprechen. Und er wollte ihn auch nicht fragen, weshalb es ihn überhaupt nicht zu interessieren schien, welchen großen Fehler der oder die Mörder seiner Ansicht nach gemacht hatten.
Er hatte einen Auftrag und den würde er erfüllen.

Mit gemischten Gefühlen machte sich der Frater auf den Weg in die Eifel. Zum einen freute er sich, seine ehema-

ligen Mitbrüder wiederzusehen, zum anderen kam sofort wieder die grausame Erinnerung an den Tod seiner Eltern. Fast 15 Jahre waren seitdem vergangen. Eines Abends war er aus dem Wald zurückgekehrt und hatte die Eltern gemeuchelt in der kärglichen Hütte aufgefunden. Die Mörder, nutzlose Gestalten und Strauchdiebe, waren zwar gefasst und gehenkt worden, doch was änderte das an seinem Waisendasein? Erst Pater Egidius hatte ihn aufgelesen, als er verzweifelt herumstromerte, ihn in seine Obhut genommen und ihn das gelehrt, was er heute wusste.
Die Erinnerung ließ wieder die kalte, unselige Wut in ihm aufsteigen. Er musste sich gewaltig beherrschen, um nicht wie von Sinnen mit seinem Wanderstab auf die Büsche am Wegesrand einzudreschen. Also suchte er nach Ablenkung und richtete seine Gedanken auf das Verbrechen an Arnoldus. Er ließ das Geschehen, wie er es nach seiner Vorstellung miterlebt hatte, immer wieder vor seinem Auge ablaufen. Aber er fand keine neuen Anhaltspunkte. Trotzdem, er musste den Mord aufklären. Solange der Täter unbestraft umherlief, würde immer ein Verdacht bei ihm haften bleiben. Und damit würde er nicht leben wollen.
Er lief den Weg gleichmäßig, stundenlang, ohne Unterbrechung und ohne Beachtung für die Umgebung. Das Brot und das Obst in seinem Proviantbeutel aß er gehend, er gönnte sich keine Pause, bemerkte nicht die An- und Abstiege der Eifelhügel. Er hatte kein Auge für die wenigen Menschen, die ihm begegneten und die sich über den hünenhaften, jungen Mann in der schwarzen Kreuzherrenkutte wunderten. Bernardus wollte vor der Nachtruhe in Brandenburg ankommen, um noch mit Mönchen sprechen zu können.
Er erreichte sein Ziel rechtzeitig.
Von einem ihm nicht bekannten Mitbruder wurde Bernardus zu Subprior Andreas geführt, der in Abwesenheit des Priors die Geschicke des Klosters leitete. Andreas umarmte den Gast herzlich, und auch Bernardus fühlte sich gleich wieder heimisch. Hierhin würde er gerne zu-

rückkehren wollen, wenn Pater Bernardus einmal nicht mehr sein sollte.

Die Frage des Subpriors, warum er alleine komme, hatte Bernardus erwartet; immerhin waren er und der Schreiber in der vergangenen Woche angekündigt worden. Andreas und Bernardus begaben sich in die kleine Bibliothek des Klosters. Hier legte Bernardus das Buch auf den Tisch und schluckte heftig, bevor er die tragischen Geschehnisse schilderte und nicht darauf verzichtete, vehement seine Unschuld zu beteuern.
Von seiner Unschuld sei er überzeugt, versicherte Andreas, der inzwischen das Buch aus dem Fell gewickelt und aufgeschlagen hatte. „Schön, sehr schön“, sagte er anerkennend, als er nach dem ersten Durchblättern die letzte Seite aufschlug. Erst erstaunt, dann erschrocken las er die letzte Eintragung. „Ist das unser Arnoldus?“
„Wieso?“, fragte Bernardus verwundert. Er blickte auf die Stelle, die der Pater ihm zeigte und las: „Fr. Arnoldus, R.I.P. 1498.“ Geschrieben war der Vermerk unverkennbar in der Handschrift von Egidius.
Bernardus wusste nicht viel über Frater Arnoldus, der in Hohenbusch Bücher kopiert hatte. Ob Arnoldus jemals in Brandenburg gewesen war, war ihm nicht bekannt. „Was ist denn mit ihm?“
„Wir haben ihn vor fast einem Jahr zu seinem eigenen Schutz aus unserem Kloster weggeschickt, nachdem er die Vergehen eines Mitbruders aufgedeckt hatte.“ Andreas bekreuzigte sich, sichte in einem hölzernen Regal nach einer Kladde und blätterte sie auf. „Hier steht es. Lies!“
Im schummrigen Licht des nahen Abends hatte Bernardus Mühe, die Schriftzüge zu deuten. „Br. Thaddeus hat sin habit usgedan und ist abseque consensu superloris us dem cloister gegangen, aber er hat eine concubine et proles“, stand dort geschrieben. Bernardus blickte auf. „Frater Arnoldus hat gemeldet, dass Thaddeus ohne Ordenstracht und ohne Erlaubnis das Kloster verlassen habe?“, fragte er nachdenklich.

Andreas nickte bekümmert. „Außerdem stellten wir fest, dass Thaddeus eine Konkubine hatte, und mit ihr Kinder. Er wurde sofort des Klosters verwiesen.“ Wieder bekreuzigte sich der Pater. „Beim Verlassen des Klosters hat er Frater Arnoldus Rache geschworen.“
Bernardus überlegte. „Wo finde ich diesen Thaddeus?“
Er lebe in der Nähe von Aachen und sei leicht zu erkennen. „Er ist etwa so groß wie du, aber ihm fehlt die linke Hand.“
„Und wo ist Frater Arnoldus?“
Der Subprior zögerte, bevor er sich doch zu einer Antwort entschloss. „Wir haben ihn ins Stammhaus nach Huy geschickt. Von dort sollte er in ein anderes Kloster wechseln, wahrscheinlich nach Schwarzenbroich, so hieß es.“ Er zuckte mit den Schultern. „Aber es kann durchaus auch sein, dass er nach Hohenbusch gewechselt ist. Noch einmal betrachtete er prüfend das Buch. „Vielleicht ist dies tatsächlich die Handschrift von Frater Arnoldus.“

Pater Egidius hatte sich nach Bernardus‘ Rückkehr dessen Bericht geduldig angehört, ohne ihn freilich zu kommentieren. „Was gedenkst du jetzt zu tun?“, fragte er stattdessen.
„Den Thaddeus finden“, antwortete Bernardus schnell, „und glaubt mir, ich werde ihn finden.“
„Du brauchst ihn nicht lange zu suchen“, erwiderte Egidius fast beiläufig, „der Mann kommt fast jeden Tag ins Kloster, um sich mit Essen zu versorgen.“ Er sah den jungen Hünen an und fuhr fort: „Allerdings glaube ich kaum, dass er der Mörder ist. Wie hätte er wohl mit einer Hand den schweren Stein heben können, wenn es selbst dir Mühe bereitet hat, ihn mit zwei Händen hochzuhieven?“

Diese Überlegung hatte Bernardus natürlich auch schon angestellt. „Aber ich will wenigstens mit Thaddeus reden. Vielleicht finde ich eine Spur, die zum Mörder führt.“
Egidius nickte. „Dann wartest du am besten am Nach-

mittag in der Küche“, schlug er vor. „Dort wirst du ihn wohl am ehesten antreffen.“
„Helft Ihr mir, Pater Egidius?“, fragte Bernardus höflich und bescheiden.
„Ich helfe dir, soweit ich es vermag“, entgegnete sein Mentor schroff. Schnell verließ er den Raum und ließ den verunsicherten Frater zurück.

Der einhändige Mann komme, wenn nicht tagtäglich, so doch mindestens jeden zweiten Tag, bestätigte ihm der alte Pater, der in der Klosterküche Dienst tat. Wie selbstverständlich gehe Thaddeus in dem Kloster ein und aus. „Manchmal glaube ich, er sei selbst einer von uns.“ Der Alte sah von dem Tisch auf, an dem er mit Kohlköpfen hantierte. „Normalerweise müsste er heute wiederkommen.“
Ungefragt hockte sich Bernardus auf einen Schemel in einer dunklen Ecke und wartete zunächst geduldig, dann aber mit stetig wachsender Anspannung, auf das erwartete Erscheinen des ehemaligen Bruders. Ihm war der Mann bislang nicht aufgefallen, was aber wahrscheinlich daran lag, dass er meistens im Gefolge von Pater Egidius unterwegs war und deshalb nur wenig vom normalen Klosterleben mitbekam. Außerdem lag der Küchentrakt weitab von den Räumen, in denen er sich üblicherweise aufhielt. Lediglich auf dem Weg zum Refektorium kam er hier vorbei.
Es war schon fast Zeit für die Vesper, als sein Warten endlich belohnt wurde. Ein großer, kräftiger Mann, der nur mit gebeugtem Kopf durch die Türöffnung passte, schob sich in den Raum. Nichts an ihm erinnerte an einen Mönch. Der Hüne wirkte heruntergekommen, gekleidet mit alten, verschmutzten Lumpen. Er hielt der Küchenhilfe schweigend einen löchrigen Korb hin, den diese bereitwillig mit Brot und Speiseresten des Mittags füllte. Mit einem Kopfnicken dankte der Mann.
Erst jetzt sah Bernardus, dass dem Besucher die linke Hand fehlte. „Bist du Thaddeus?“, fragte er gespannt.
„Wenn du es weißt, warum fragst du?“, knurrte der Hüne.

„Was willst du von mir?“
Bernardus trat ihm entgegen und war erstaunt, dass der andere sogar noch größer war als er selbst. „Ich war in Brandenburg und habe dort von dir gehört. Kennst du Frater Arnoldus?“
Blitze zuckten in den Augen von Thaddeus. „Ich will diesen Namen nie wieder in meinem Leben hören“, fauchte er. „Wenn du ihn noch einmal nennst, dann ...“ Er hielt inne.
„Was dann?“, hakte Bernardus noch. Doch der andere machte abrupt kehrt und drängte ohne eine Antwort aus der Küche.
Der junge Mönch ließ sich durch das barsche Verhalten keineswegs beeindrucken, sondern folgte Thaddeus in angemessenem Abstand auf dessen Weg durch die Stadt.
Zügig Richtung Norden marschierte der ehemalige Mönch, der keinen Blick darauf verschwendete, ob ihm jemand folgte. Im Wurmtal gelangte er auf den Weg, der weiterführen würde bis zu der Stelle, an der Arnoldus erschlagen worden war.
Doch urplötzlich bog Thaddeus nach rechts in den Wald ab und stürmte einen Anhang hinauf. Bernardus hatte erhebliche Mühe, ihn nicht aus den Augen zu verlieren.
Endlich öffnete sich im Wald eine große Lichtung, in deren Mitte ein morscher Holzverschlag stand, der wohl als armselige Hütte diente. Thaddeus wurde schon empfangen. Wie Bernardus in der hereinbrechenden Dunkelheit gerade noch erkennen konnte, liefen zwei kleine Kinder dem ehemaligen Mönch entgegen, um einen Blick in den Korb zu wagen. Offenbar warteten sie hungrig auf etwas Essbares.
Nachdenklich machte sich Bernardus auf den Rückweg. Egidius hatte wohl Recht. Als Mörder von Arnoldus kam der behinderte Riese wohl kaum in Frage.

Eine weitere Überraschung erlebte Bernardus wenige Tage später, nachdem er vergeblich auf einen erneuten Besuch von Thaddeus in der Klosterküche gewartet hat-

te. Thaddeus, so vermutete er, machte wohl vorsorglich einen großen Bogen um das Haus.
Bernardus saß im Zimmer seines Ziehvaters und schaute ihm interessiert bei der verantwortungsvollen Aufgabe zu, die wirtschaftlichen Belange des Klosters zu regeln. Bernardus würde es, so hatte ihm Egidius einmal prophezeit, nach seiner Ausbildung mindestens bis zum Prokurator bringen. Er besitze höhere Qualitäten, als für den Küchendienst oder die Feldarbeit eingesetzt zu werden.
Wie er wohl den gestundeten Zehnt zu verbuchen habe, wollte Egidius von ihm wissen. Doch bevor Bernardus die knifflige Frage beantworten konnte, wurde zu seiner Erleichterung ein Besucher gemeldet.
Er erblickte einen jungen Mann im Kreuzherrengewand, der schüchtern eintrat.
„Du bist Frater Arnoldus aus dem Kloster Brandenburg?“, hörte Bernardus den Frater fragen.
„Ja, Pater“, bestätigte der Besucher errötend und blickte verlegen zu Boden.
Egidius wandte sich dem verdutzten Bernardus zu. „Du hattest mich gebeten, dir zu helfen. Deshalb habe ich nach Frater Arnoldus schicken lassen.“ Mit strengem Blick schaute er zu Bernadus hinauf. „Du weißt, was du zu tun hast, mein Sohn?“

Bernardus musste lange und eindringlich auf den Frater aus Brandenburg, der nunmehr in Schwarzenbroich lebte, einreden, ehe er ihn überzeugen konnte, dass es auch in seinem Sinne sei, wenn sie Thaddeus zur Rede stellten. „Oder willst du ein Leben lang mit der Angst leben, dass er tatsächlich an dir Rache nimmt?“
Dies war allerdings nicht der Grund, weshalb Arnoldus letztendlich zustimmte. Ihn beeindruckte das Selbstvertrauen von Bernardus, der entschlossen seinen Weg ging. Und nicht zuletzt der Umstand, dass auch Bernardus aus Brandenburg stammte, ließ ihn einwilligen. „Dann wollen wir die Angelegenheit unter Brüdern regeln“, verkündete er mit einigem Unbehagen.

So machten sie sich am frühen Nachmittag auf den Weg, nachdem sich Bernardus nach dem Mittagsgebet bei Pater Egidius verabschiedet hatte. Ohne Schwierigkeiten fand er die Stelle auf dem Uferpfad, an der Thaddeus in den Wald abgebogen war. Auch die Strecke zwischen den Bäumen und Büschen zur großen Lichtung legte er zielsicher zurück. Er hielt Arnoldus am Ärmel zurück, als dieser unaufmerksam aus dem Wald treten wollte.

„Lass uns warten und zunächst einmal sehen, wer sich hier alles aufhält", schlug Bernardus vor, wissend, dass sein Begleiter allen Vorschlägen zustimmen würde.

Nervös nickte Arnoldus und duckte sich hinter einen Busch, der ihm guten Sichtschutz bot. „Und wie lange wollen wir hier bleiben?", fragte er flüsternd.

„Wenn es sein muss, bis heute Abend", antwortete Bernardus ruhig. „Aber jetzt schweig!"

Arnoldus wagte nichts mehr zu sagen. Er starrte auf die armselige Behausung in der Mitte der Lichtung, beobachtete das Schwein hinter dem Gatter und die wenigen Hühner, die pickend umherliefen. Menschen schienen nicht anwesend zu sein.

Arnoldus erschrak, als er Kinderschreie vernahm. Aus der Hütte stolperte unbeholfen ein kleiner, vielleicht dreijähriger Junge heraus, der von einem etwas älteren verfolgt und eingefangen wurde. Derb drosch der größere auf den kleineren Knaben ein. Arnoldus wollte schon voller Mitleid einschreiten, doch Bernardus hielt ihn mit einem mahnenden Blick zurück.

Nach wenigen Minuten trollten sich die Kinder wieder in die Hütte. Niemand hatte eingegriffen.

„Die beiden sind wohl alleine hier", wisperte Arnoldus. Mit einem müden Grinsen von Bernardus musste er sich als Antwort begnügen. Also fügte er sich und wartete neben dem scheinbar in sich ruhenden Frater. Er hoffte, nachdem sie geraume Zeit tatenlos auf dem Boden gehockt hatten, sie würden sich bald auf den Rückweg machen. Ein wenig enttäuscht, aber eigentlich noch mehr erleichtert war er darüber, dass sich keine Menschenseele mehr auf der Lichtung blicken ließ.

Indes machte Bernardus keine Anstalten, das Versteck zu verlassen. Mit Gelassenheit beobachtete er die Lichtung. Er schien überzeugt, dass ihr Warten belohnt werden würde. Arnoldus bewunderte seinen Mitbruder, für den die Zeit keine Bedeutung zu haben schien. Bernardus hatte sich ein Ziel gesetzt und wollte dieses unbedingt erreichen.
Arnoldus reckte sich, weil seine Muskeln nach dem elendig langen Hocken schmerzten. Fast zu spät duckte er sich wieder, als am Ende der Lichtung drei Menschen auftauchten – eine Frau und zwei Männer. Der eine, ebenso zerlumpt wie die anderen, war unzweifelhaft sein ehemaliger Mitbruder Thaddeus. Arnoldus erkannte ihn auf Anhieb. Bei der Frau schien es sich um die Konkubine zu handeln, derentwegen Thaddeus das Kloster hatte verlassen müssen. Der andere Mann, nicht weniger groß als der riesenhafte Thaddeus, konnte der Zwillingsbruder der Frau sein, jedenfalls hatten sie eine auffallend große Ähnlichkeit, wie Arnoldus feststellen konnte.
„Du wartest hier, bis ich dich rufe", hörte er Bernardus bestimmend sagen. „Und wenn ich rufe, kommst du augenblicklich. Verstanden?"
Arnoldus schluckte und nickte. Er fühlte sich nicht wohl in seiner Haut und wäre am liebsten geflüchtet. Doch er wagte es nicht, sich Bernardus zu widersetzen, nicht zuletzt deshalb, weil Bernardus kalt hinzufügte: „Wenn du nicht gehorchst, prügel ich dich windelweich, Bruder."
Eilig steuerte Bernardus auf die Drei zu, die ihm den Rücken zugekehrt hatten und ihn nicht bemerkten. Vor der Hütte leerten sie ihre Körbe und Tücher; offenbar waren sie bei der Suche nach Obst und Gemüse erfolgreich gewesen. Sie begannen, die Äpfel, Birnen und Rüben zu sortieren und schreckten auf, als Bernardus sie anrief.
„He, ihr da! Ich möchte mit euch sprechen!"
„Was willst du?", herrschte ihn Thaddeus an, der ihn gleich wiedererkannt hatte. „Verschwinde, oder du wirst es bitter bereuen, Mönch!"
Bernardus ließ sich durch die Drohung nicht im Geringsten beeindrucken. Herablassend betrachtete er Thad-

deus und den anderen Riesen, der sich drohend neben dem ehemaligen Mönch aufbaute, während die Frau sich rasch in die Hütte zurückzog.
„Was will diese Kutte von uns?“, fragte der Riese verärgert.
„Ein Spinner“, antwortete Thaddeus verächtlich. „Braucht wohl Prügel.“
Bernardus lachte schallend. „Oh, ich bin kein Spinner, Thaddeus, ich bin ein Zauberer.“ Er grinste den anderen Mann frech an. „Aufgepasst!“ Bernardus drehte sich kurz um und rief: „Frater Arnoldus! Du kannst jetzt kommen!“
„Wie?“, entfuhr es dem Mann verblüfft, als er den Frater auf die Lichtung treten sah. „Ich denke, der ist tot?“
„Dummkopf“, fauchte ihn Thaddeus zornig an. „Halt‘ um Himmels Willen dein Maul!“
„Zu spät“, triumphierte Bernardus. „Ihr habt euch übertölpeln lassen.“
„Für euch ist es gleich zu spät“, schrie Thaddeus hasserfüllt. Er griff mit seiner Hand nach einem mächtigen Knüppel und stürzte auf Bernardus los. Sein Begleiter tat es ihm sofort gleich.
Die ersten beiden Schläge musste Bernardus noch einstecken. Doch dann spürte er im Schmerz zunächst die Wut und anschließend den Jähzorn in sich aufsteigen. Diesmal machte er sich nicht die Mühe, ihn zu unterdrücken. Er ließ sich von der in ihm hausenden, so lange schlummernden Urgewalt treiben, packte die auf ihn einprügelnden Waffen und riss sie aus den Händen seiner Angreifer. Wie von Sinnen schlug er um sich, wusste nicht, ob und wen oder was er traf, immer wieder holte er aus und schlug blindlings zu.
Bernardus kam erst wieder zu sich, als er mehrere Männer über sich spürte, die ihn gewaltsam zu Boden drückten. Es waren Mitbrüder aus dem Kloster, wie er erkannte.
„Frater Bernardus, lass uns nach Aachen gehen“, redete ein Pater beruhigend auf ihn ein.
Erst jetzt spürte der atemlose Bernardus die Erschöpfung. Bereitwillig ließ er sich leiten und von seinen Brü-

dern nach Hause bringen. „Was ist mit den beiden Kerlen?“, fragte er unsicher, als sie vor dem Kloster standen und er in das fahle Gesicht des immer noch fassungslosen Frater Arnoldus starrte.
„Du hast sie beide erschlagen“, hörte er die Antwort, die ihn maßlos entsetzte. Es war ihm kein Trost, als ein Pater rasch hinzufügte. „Aber du hast Recht getan, denn du hast in Notwehr gehandelt. Sonst hätten sie dich und Frater Arnoldus erschlagen. Niemals hätten wir euch retten können.“

Erst nach einigen Tagen war Bernardus wieder ansprechbar. Antriebslos hatte er sich in seiner Zelle aufgehalten und selbst die Gebetsgänge nicht wahrgenommen. Der Prior ließ ihn gewähren, nachdem er mit Pater Egidius gesprochen hatte. Bernardus sprach kaum ein Wort mit seinem Mentor, der ihn mit Speisen versorgte. Er wünschte nur, allein zu sein, wollte vergessen, was geschehen war.
„Du kannst nicht vergessen, mein Sohn, du kannst nur erklären“, hatte ihm Egidius gesagt. Aber Bernardus hatte zunächst kein Bedürfnis etwas zu erklären.
Endlich besann er sich, eilte ins Zimmer von Egidius und setzte sich an dessen Seite. Ein flüchtiges, nach Bernardus‘ Auffassung auch ängstliches Lächeln huschte über das Gesicht des Alten.
„Ich weiß, was geschehen ist, und ich kann es erklären“, sagte der Frater entschlossen. „Wollt ihr es wirklich wissen, Pater?“
Egidius sah ihn nachdenklich an. „Nur wer die Wahrheit kennt, lebt ohne Angst“, sagte er leise und ermunterte Bernardus mit einer Geste zu sprechen.
Bernardus sprang auf. In geduckter Haltung, den Blick auf den Boden gerichtet, ging er auf und ab, während er berichtete. „Thaddeus erfuhr durch seine Bettelbesuche, dass Frater Arnoldus in Hohenbusch eine Kopie für das Kloster Brandenburg angefertigt hatte und dorthin bringen wollte. Daraufhin hat er mit seinem Kumpan den Plan geschmiedet, Frater Arnoldus aufzulauern, weil er

irrtümlich glaubte, es handle sich um seinen ehemaligen Mitbruder aus Brandenburg. Jener Kumpan hat Arnoldus erschlagen, Thaddeus hat das Buch nach Aachen gebracht und in meine Zelle gelegt, um den Mordverdacht auf mich zu lenken. Dort habt Ihr es gefunden. So war es doch, nicht wahr?" Er wartete die Antwort nicht ab und setzte abermals an: „Was Thaddeus nicht bedachte: Es konnte nur der Täter oder Mittäter sein, der sich im Kloster bestens auskennt. So ist es doch, Pater, oder?"
Egidius betrachtete ihn lange. „Dein Bericht mag wahr sein, aber er ist es auch nicht", antwortete er orakelhaft.
„Weshalb?", fragte Bernardus verwundert. Er hatte lange nachgedacht und war zu dieser Lösung gelangt. „Was stimmt daran nicht?"
„Das Buch lag nicht in deiner Zelle, sondern in der eines Mitbruders, eines Fraters, der vor seinem Eintritt in unsere Gemeinschaft schon mehrmals verdächtigt worden war, geraubt und gestohlen zu haben. Thaddeus hatte dies erfahren und geglaubt, man würde diesen Frater sogleich als Mittäter verdächtigen."
„Wie kommt Ihr darauf?" Bernardus verstand nicht.
Die Antwort des Paters ließ ihn an seinen Hörfähigkeiten zweifeln. „Ich habe Thaddeus gesehen, als er mit dem Buch durch das Kloster ging und es in der Zelle ablegte. Als ich ihn zur Rede stellte, hat er mich um eine Beichte gebeten. So erfuhr ich also von seiner Sündentat. Er seufzte leise: „Als er schließlich gegangen war, habe ich das Buch an mich genommen und dir gegenüber behauptet, ich hätte es bei dir gefunden."
„Aber warum, mein Vater?"
„Weil nur du den Verstand und die Fähigkeit hast, das Verbrechen aufzuklären, ohne dass ich das Beichtgeheimnis brechen musste. Ich habe gewusst, dass du die Mörder überführen würdest. Und ich habe dafür gesorgt, dass dir und Frater Arnoldus zum Schutz einige Brüder gefolgt sind, als du Thaddeus zur Rede stellen wolltest. Sie kamen rechtzeitig und doch zu spät."
Der junge Mönch konnte seine Gedanken nicht ordnen. Was hatte Egidius mit ihm gemacht? War er, Bernardus,

überhaupt Herr seines Handelns gewesen? Oder war er nur als Handlanger des Paters tätig geworden? „Mein Vater, bin ich schuldig?“
Egidius schlug die Kladde auf und griff zu einem Schreibkiel als deutliches Zeichen, dass er zu arbeiten wünschte und das Gespräch beenden wollte. Er atmete tief durch und flüsterte noch einen Satz: „Du bist nicht mehr schuldig, als ich es bin, mein Sohn.“

Beatrix Hötger-Schiffers

Endstation Geilenkirchen

„Achtung an Gleis sechs. Es läuft ein die Regionalbahn 10385 von Duisburg Hauptbahnhof über Krefeld, Mönchengladbach, Geilenkirchen, Aachen. Planmäßige Abfahrt: 15:36. Vorsicht bei der Einfahrt."

Verärgert blickte Dieter Hensen auf seine Armbanduhr: mehr als 20 Minuten Verspätung. Typisch für die Deutsche Bahn. Die schwüle Hitze an diesem Spätsommertag strapazierte seine Nerven.

Die zahlreichen Wartenden drängten nach vorne, als der Zug einlief. Immer wieder wurde seine mittelgroße, schlanke Gestalt angerempelt. Immer wieder versuchte er erfolglos, den Menschen auszuweichen. Wie er das hasste.

Erleichtert steuerte Dieter Hensen im Zug auf einen freien Fensterplatz zu. Er verstaute seine schwarze Aktentasche auf der Ablage, hängte sein graues Jackett an den Kleiderhaken, zog ein blütenweißes Taschentuch aus der Hose und sank auf seinen Sitz. Die dünnen Haare klebten auf seiner hohen Stirn, und er tupfte sie vorsichtig trocken. Er erlaubte sich heute, die Krawatte zu lockern. Jetzt konnte er endlich wieder durchatmen.

Ein mieser Arbeitstag war zu Ende. In seiner Funktion als Wareneinkaufsmanager besuchte er regelmäßig deutschlandweit die Filialen einer Bekleidungskette. Die Geschäfte liefen schlecht. Zunehmend musste er sich mit sinkenden Verkaufszahlen und missgelaunten Verkäufern auseinandersetzen sowie steigende Überstunden hinnehmen. Seine Vorgesetzten zeigten sich in den Gesprächen ihm gegenüber immer reservierter.

Heute hatte man ihm die Frage gestellt, ob denn sein Alter von 52 Jahren bei ihm zu einer gewissen Überlastung geführt hätte. Stotternd hatte er verneint und stärkeres Engagement zugesichert.

Scheißkerle.

Morgen, der Termin in der Aachener Filiale, würde auch

nicht besser verlaufen. Dieter Hensen spürte, wie der alte Druck in ihm zurückkehrte. Er musste wieder aktiv werden, aber gleichzeitig einen kühlen Kopf bewahren. Das hatte er sofort beim ersten Mal vor 30 Jahren begriffen.
Mit seinem ersten eigenen Auto war er, gerade 21 Jahre alt, frustriert durch die Gegend gefahren. Sein Lehrherr motzte ständig und Renate, seine neueste Flamme, hatte ihn auch sitzen lassen. Er sei im Bett zu brutal. So ein Quatsch! Wer wollte schon Blümchensex, er auf jeden Fall nicht.
Da stand plötzlich ein junges Mädchen am Straßenrand und trampte. Er hielt an und schon saß sie in seinem Wagen. Sagte noch nicht mal, wo sie hin wollte. Oder er hatte es einfach vergessen. Egal. Was nun folgte, war für ihn ein einziger Rausch.
Zuerst sah er ihr schmales Gesicht mit den langen blonden Haaren. Er gab ordentlich Gas. Mann, hatte sie tolle kleine Brüste! Dann konnte er nur noch immer wieder auf ihren Schoß starren, der verdammt knapp von einem Minirock verdeckt war.
Sein Wagen bog von der Straße ab, schoss über einen schmalen Weg auf einen Wald zu und verschwand hinter dichtem Grün. Das Mädchen schrie, versuchte mit beiden Händen, die Tür zu öffnen. Er sagte ihr, dieses Theater interessiere ihn nicht.
Zum ersten Mal in seinem Leben fühlte er sich stark, überlegen. Er hielt an. Griff mit aller Kraft in ihre blonden Haare und zerrte sie aus dem Wagen hinter ein Gebüsch. Zwei Faustschläge brachen ihre Nase und die Schneidezähne. Die blöde Ziege war plötzlich still und nun hatte er Zeit. Konnte endlich all die Dinge mit ihr tun, die seine verflossenen Freundinnen nicht zulassen wollten.
Endlich lebte er. Als er genug von ihr hatte, zog er seine Hose wieder hoch, wischte sich die blutverschmierten Hände am Laub ab und zündete sich eine Zigarette an. Rauchend blickte er auf sie herunter. Was machte er jetzt mit ihr? Einfach liegenlassen und ab? Während er über-

legte, bewegten sich ihre verdrehten Beine. Ihre zugeschwollenen Augen öffneten sich mühsam einen Spalt. Die aufgeplatzten Lippen brachten ein paar undeutliche Laute hervor. Was sagte sie?
Er beugte sich zu ihr herunter.
„Du Schwein“, flüsterte sie mit letzter Kraft.
Da brach er ihr das Genick.

Genüsslich erwachte Dieter Hensen aus seinen Erinnerungen. Ein paar Stationen hatte er verträumt. Der Zug hielt inzwischen in Mönchengladbach. Mitreisende verließen das Abteil, machten Platz für neu Zugestiegene. Die kurz geöffneten Türen brachten keine Erleichterung in dieser brütenden Hitze.
In letzter Sekunde sprang noch eine schmale Gestalt in den Zug. Pausenlos in ihr Handy schnatternd, steuerte das rothaarige Mädchen auf ihn zu und setzte sich schräg gegenüber von ihm.
Unauffällig taxierte er sie. Was er sah, gefiel ihm ausgesprochen gut. Das Top und die enge Jeans betonten ihren zerbrechlich wirkenden Körper. An den Füßen trug sie hohe Sandalen. Genauso mochte er sie.
Das Mädchen in seinem Abteil erinnerte ihn an sein erstes Opfer. Er hatte es damals tiefer in den Wald geschleift und notdürftig mit Zweigen und Laub verdeckt. Den Wagen hatte er am nächsten Tag zur Schrottpresse gebracht. Nur teure Reparaturen habe ihm die alte Kiste eingebracht, erzählte er dem Schrottplatzbesitzer.
Ein paar Tage später wurde die Tote von Spaziergängern im Wald entdeckt. Polizei und Tagespresse machten einen Riesenwirbel um die Geschichte. Viele Verdächtige wurden festgenommen und mussten wieder freigelassen werden. Nur auf ihn kam man nicht. Niemand hatte sie zusammen gesehen.
Schnell lernte er, sich seinen Opfern unauffällig zu nähern. Nicht aufzufallen, wenn er sie auswählte. Dabei konnten ruhig andere Menschen in der Nähe sein. Am besten viele fremde Menschen, so wie jetzt hier. Er wusste, dass ihn sein durchschnittliches Äußeres für sei-

ne Umwelt praktisch unsichtbar machte. So hatte er seine persönliche Erfolgsstrategie entwickelt. Fühlte sich nach jedem Mord stärker und überlegener.

Die Rothaarige plapperte pausenlos in ihr Handy: „In einer halben Stunde bin ich in Geilenkirchen. Nein, du musst mich nicht abholen, ich habe meinen Wagen im Parkhaus stehen. Quatsch, natürlich gehe ich alleine durch die Unterführung. Ich bin doch kein Kind mehr. Bis gleich."

In Geilenkirchen stieg sie also aus. Dort hatte er vor einigen Jahren wegen eines technischen Defektes an der Lok den Zug wechseln müssen. Er wusste, dass vis à vis zu dem Kleinstadtbahnhof das Parkhaus lag. Nur ein recht abgelegener Weg führte dorthin. Er würde sehen.

So wie die Rothaarige wirkte, kam sie bestimmt immer erst in der letzten Minute. Hatte ihren Wagen vermutlich auf den unbequemen, weit entfernten Plätzen parken müssen, weil der Rest schon besetzt war. Das bot ihm eventuell auch eine gute Möglichkeit.

Ein weiterer Teil seiner Erfolgsstrategie war, er gab sein potenzielles Opfer auf, sobald er Gefahr lief, für andere sichtbar zu werden. Wie ein Jaguar, der instinktiv spürte, ob sein Heranpirschen an die Beute erfolgreich sein würde oder nicht.

Gut, dass er seine nützlichen Hilfsmittel immer mit sich führte. Das schwarze Handy in seiner Hosentasche wirkte vielleicht ein wenig klobig. Aber nur bei einer näheren Untersuchung hätte man festgestellt, dass es sich um einen Elektroschocker handelte. Das Messer in seiner Aktentasche kam nicht jedes Mal zum Einsatz, aber vielleicht brauchte er es heute.

Wie alt mochte sie sein, vielleicht 18? Und Papa hatte zusätzlich zum Führerschein auch noch den ersten eigenen Wagen spendiert. Natürlich mit dem Geburtsjahr vom glücklichen Töchterchen im Kennzeichen. Für Dieter Hensen nur praktisch.

Erkelenz. Scheinbar am Bahnsteiggeschehen interes-

siert sah er aus dem Fenster. Doch er registrierte jede ihrer Bewegungen. Jetzt schrieb sie SMS. Entspannt lehnte er sich zurück und sah nun nach vorne. Aus den Augenwinkeln sah er sie ganz in sich versunken beim Tippen lächeln. Sollte sie ruhig lächeln, er würde das gleich schon ändern.
Für immer.
Nach einem Mord hatte er ab und zu die Schlagzeilen in den Zeitungen bemerkt. Hin und wieder mit müdem Interesse auch einen Artikel gelesen. Was er las, war meistens so falsch, dass er nur noch mit dem Kopf schütteln konnte. Also weg damit.
Er wollte einfach nur in Ruhe sein Leben führen können. Störte doch niemanden. O.k., fast niemanden, korrigierte er sich.
Lindern. Ein Gefühl der angeregten Vorfreude machte sich in ihm breit. Dies könnte sein Tag sein. Die Jagd konnte beginnen. Der Zug fuhr weiter, der Zugbegleiter kündigte als nächsten Halt Geilenkirchen an.

Noch einmal tupfte er mit dem Taschentuch seine Stirn trocken. Er erhob sich, nahm seine Aktentasche von der Ablage und legte das Jackett ordentlich gefaltet über den Arm.
Die Rothaarige erhob sich und ging zur Tür. Dieter Hensen folgte langsam. Andere Reisende drängten ebenfalls zum Ausstieg.

Geilenkirchen. Der Zug hielt. Mit ihren hohen Absätzen stakste sie auf den Bahnsteig. Auch hier schien die Hitze zu stehen. Er verließ ebenfalls das Abteil.

Trotz der Schwüle gingen sie eilig zur Unterführung, liefen treppabwärts. Zwei Reisende schoben sich zwischen ihn und das Mädchen. Gut so. Schnellen Schrittes gingen sie durch den kurzen Tunnel. Er genoss die Kühle in dem unterirdischen Gang. Weitere Reisende folgten. Auf der Treppe nach oben beschleunigte er seinen Schritt solange, bis er die Rothaarige überholt hatte. Auf

dem abgelegenen Weg tastete er nach dem Elektroschocker und nahm ihn in die Hand.
Das Parkhaus lag jetzt vor ihm. Er wollte vor ihr dort sein. Würde vorgeben zu telefonieren und abwarten, bis sie ihr Auto geöffnet hatte. Sie dann blitzschnell bewegungsunfähig machen und in ihr Auto zerren. Eine kleine Fahrt mit ihr machen und der Spaß konnte wieder beginnen.
Er stieg das schmale Treppenhaus hoch. Menschen folgten ihm. Am Klacken der Absätze hörte er, dass auch sie dabei war. Er tat so, als würde er eine Nummer in sein Handy eingeben. Hielt es sich ans Ohr.
Plötzlich kam ein Mann von oben und rannte in ihn hinein. Dieter Hensen schwankte nach hinten. Er ließ die Aktentasche und die Handyattrappe fallen. Seine Hände griffen ins Leere. Mit einem Aufschrei stürzte er die Treppe herab. Schlug mit dem Kopf auf die Betonstufen und blieb regungslos vor ein paar hohen Sandalen liegen.
Entsetzt beugte sich die Rothaarige zu ihm herunter. Sie blickte in ein Paar leblose Augen. Weitere Menschen kamen neugierig näher.
„Der ist tot“, sagte einer.

Die Autoren

Rosemarie Fahlenbock: geboren 1962 in Geilenkirchen, Mutter von zwei Söhnen. Sie lebt mit ihrer Familie im Geilenkirchener Ortsteil Grotenrath. Beruflich ist sie tätig als Heilerziehungspflegerin in einer Einrichtung für Menschen mit Behinderung. 2000 ließ sie sich zur Reiki-Meisterin ausbilden. Bereits seit ihrer Kindheit liest sie Kriminalgeschichten, da die Spannung beim Aufklären von Verbrechen und deren Hintergründen ihr besonderes Interesse für das Verborgene und Geheimnisvolle im Menschen widerspiegelt. Ihren Wunsch, selbst einmal zur Krimi-Autorin zu werden, konnte sie erstmals in der Anthologie „Blutroter Selfkant" verwirklichen. Von der Begeisterung gepackt, schrieb sie auch für „Tödlicher Selfkant" eine Kurzgeschichte.

Mechthild M. Gödecke: geboren 1969 in Aachen. 1971 zog sie mit ihrer Familie nach Ratheim. Ausbildung (Groß- und Außenhandelskauffrau), Studium (Diplom-Kulturwirtin) und Praktikum führten sie von Düsseldorf nach Passau und Madrid, bis ihr bewusst wurde, dass die große Liebe die ganze Zeit in Ratheim wartete. Nachdem sie 2010 an den Fotoausstellungen zum Sammelband „Blutroter Selfkant" beteiligt war, wollte sie das Schreiben auch einmal selbst ausprobieren. Die ersten „Gehversuche" auf diesem Gebiet finden sich hier.

Gerd Grunewald: 1953 in Hamburg geboren, lebt nach 24 Jahren erst mit – dann ohne Uniform in Staatsdiensten seit 1998 mit Frau und Katze in Wegberg. Hier, im „Tal der Mühlen", versucht er durch nimmermüdes Studium von Büchern und Fachzeitschriften, durch nächtelange Recherchen im Zwischennetz sowie durch Seminare, Kurse und Workshops hinter das Mysterium zu kommen, wie man „verdammt gute" Geschichten schreibt. Einige Geheimnisse hat er wohl entdeckt: Seit Herbst 2009 wurden acht seiner Geschichten in verschiedenen Anthologien veröffentlicht, zuletzt in „Fern vom Lärm der Welt“ (neben Liane Dirks, Wladimir Kaminer, Martin Stankowski u.a.). 2009 war er für den Krefelder Kurzkrimi-Preis nominiert, die Geschichte erschien in der Anthologie „Niederrhein-Leichen“. Fünf seiner Kurzkrimis sind im Vorgänger dieser Anthologie („Blutroter Selfkant“) zu lesen. Im Herbst 2011 hat er zusammen mit der Schriftstellerin Liane Dirks das, was er über das Krimischreiben herausgefunden zu haben glaubt, im Rahmen eines Seminars der Thomas-Morus-Akademie („November-Blues“) in Kroatien an die Teilnehmer weitergegeben.

Clemens Hardmann: geboren in Westfalen, aufgewachsen im Rheinland, ist das einzige schwarze (oder – wie er meint – weiße) Schaf einer Lehrersippe. Nach dem Studium der Rechtswissenschaften in Köln widmete er sich dem öffentlichen Recht und ist unter anderem als Autor für Fachverlage tätig. Zum Ausgleich für diese eher spröde Materie hat der promovierte Jurist seit einiger Zeit damit begonnen, in seiner Freizeit Kurzkrimis zu schreiben. Zudem ist ein erster Roman in Bearbeitung, welcher am Bodensee spielt.

Heidi Hensges: Sie wurde 1962 in Göttingen geboren, legte aus arbeitsmarktbedingten Gründen in Mönchengladbach zwei Jahre lang eine Zwischenstation ein und lebt seit 2003 der Liebe wegen in Heinsberg. Nach beruflichen Umwegen über Buchhandel, Verlagswesen, Druckvorstufe, Werbeagenturen, Onlinemarketing, Telefonakquise, Haushaltswarenvertrieb sowie Verpackung von CDs, Obst und Gemüse ist sie heute hauptsächlich als freie Autorin für Online- und Printmedien tätig. Die erste eigene Buchveröffentlichung und eine Anthologie ihrer Schreibgruppe „Die Texterados“ sind für 2012 geplant. Auch sie war bereits mit drei Kurzgeschichten in „Blutroter Selfkant“ vertreten.

Irene Hissel: 1965 in Heinsberg geboren und auf einem Bauernhof aufgewachsen. Ausbildung zur Einzelhandelskauffrau. Verheiratet, lebt in Gangelt-Langbroich, Hausfrau, Mutter von zwei Kindern und Nebentätigkeit als Obst- und Gemüseverkäuferin auf dem Wochenmarkt. Hobbys: Badminton, Reiten und vor allem seit dem siebten Lebensjahr: Lesen. Das Schreiben ist hinzugekommen. Motiviert durch ihre Veröffentlichungen in „Blutroter Selfkant“ beteiligt sie sich auch an dieser Sammlung.

Beatrix Hötger-Schiffers wurde 1963 in Wegberg-Arsbeck geboren und ließ sich nach einigen Umwegen Anfang der 90er in Geilenkirchen-Kraudorf nieder. Das idyllisch gelegene 100-Seelen-Dorf bietet mit seinen 78 Metern über dem Meeresspiegel einen weiten Blick ins Wurmtal. In dermaßen viel Natur pur lässt es sich gut leben und beflügelt die Phantasie ungemein. Quasi als Kontrastprogramm dazu lässt die Autorin finstere Gestalten in ihren Kurzgeschichten durch Geilenkirchener Gefilde ihr Unwesen treiben.

Rita Hündgen: geboren und aufgewachsen in Rath-Anhoven bei Erkelenz, verheiratet, zwei Töchter. Abitur, Studium der Fächer Mathematik, Geschichte und Sport in Aachen und Köln. Nach dem zweiten Staatsexamen ohne Unterbrechung als Lehrerin an Gymnasien tätig, zunächst in Kerpen, seit 1982 auf eigenen Wunsch am Cusanus–Gymnasium Erkelenz, Europaschule. Mitarbeit an einigen Sachbüchern. Die Anthologie „Blutroter Selfkant“ weckte ihr Interesse sich an einem Krimi zu versuchen. Der gelungene Versuch ist in „Tödlicher Selfkant“ veröffentlicht.

Renate Janssen: 1958 in Düsseldorf geboren und aufgewachsen, schrieb schon als Kind gerne Geschichten. Seit 1987 lebt sie mit Mann, Hunden und Katzen in Hückelhoven, wo sie sich mit Freude und Engagement der Acrylmalerei widmet. Wie in ihren Bildern, so stehen auch in ihren Geschichten die Menschen und ihre Höhen und Tiefen im Mittelpunkt, wobei sie den Höhen ganz gern einmal einen unorthodoxen „Heimvorteil“ verschafft. Auch sie ist eine „Wiederholungstäterin“.

Kurt Lehmkuhl: Redakteur im Zeitungsverlag Aachen und Schriftsteller, hat den Kursus an der Anton-Heinen-Volkshochschule geleitet, in dem das Projekt „Tödlicher Selfkant“ entstanden ist. 1952 in Übach-Palenberg geboren, seit 1989 in Erkelenz lebend und in Heinsberg arbeitend. 1996 erste Romanveröffentlichung, seitdem sind 19 Kriminalromane und etliche Kurzgeschichten veröffentlicht worden. Mit Freude erfüllt ihn, dass das Ziel erreicht wurde, mit der vom ihm herausgegebenen Anthologie „Blutroter Selfkant“ einen Spendenbetrag von 10.000 Euro für das Hospiz der Hermann-Josef-Stiftung in Erkelenz zu erzielen.

Luitgard Olufayo: geboren 1962 in Dortmund, Mutter von vier Kindern, gelernte Fremdsprachenkorrespondentin, Übersetzerstudium in Köln, beschäftigt sich in ihrer Freizeit leidenschaftlich mit Fremdsprachen, ist Yogaanhängerin, liest viel und weiß aus einem Erfahrungsschatz viel zu berichteten. Die bereits zum zweiten Mal bei den „Selfkant-Projekten“ tätige Autorin wohnt mit ihrem Mann und ihren Kindern in einem Vorort von Gangelt.

Detlef Püttmann: Nach zehnjähriger erfolgreicher Tätigkeit im Handwerk wechselte er in den ehrbaren Kaufmannsberuf. Im Außendienst für verschiedene Firmen tätig schrieb er viele, viele Aufträge. Nach fast 50-jährigem beruflichem Schaffen, möchte der Granterather jetzt, während der passiven Phase seiner Altersteilzeit, das Geschichten Schreiben lernen.

Paul-Gerhard Theymann: geboren 1947 in Westfalen, aufgewachsen in Mönchengladbach. Der Ausbildung zum Bankkaufmann und einem Wirtschaftsstudium folgten 40 Jahre Anlageberatung für vermögende Privatkunden im Auftrag einer Großbank. Wohnt seit 1977 mit der Familie in Erkelenz. Beruflicher Ausstieg kurz vor der Finanzkrise, als die Börse noch in Sektlaune war. Froh, endlich viel Zeit haben zum Lesen, Wandern, Reisen und Schreiben eigener Geschichten.

Helmut Wichlatz: facettenreicher Berufsschreiber aus Erkelenz, glaubt, dass „das Böse" in uns allen steckt. In manchen mehr und in manchen weniger. Einige lassen es raus, andere nehmen es mit ins Grab. Ein Gutes steckt im Bösen, nämlich das Gute an sich. Wo das Böse ist, ist auch das Gute nicht weit. Und umgekehrt. Versöhnlich, finden Sie nicht? Deshalb ist es so reizvoll, mit den dunklen Facetten des Seins zu spielen und ihnen Raum zu geben. Ist ja nur Erdachtes, nicht real. Oder? In Wirklichkeit kann es jeden Tag geschehen, dass wir in ein Geschäft gehen und mit den Füßen zuerst wieder rausgetragen werden. Und das nur, weil ein unter Strom stehender Mitmensch nicht an sich halten konnte und mal richtig die Axt schwingen musste. Es ist so einfach, zur falschen Zeit am falschen Ort zu sein. Das gibt dem Leben doch erst den Kick, oder?

Eike Wuscher: ein echtes Rheydter Kind. Nach beruflichem Zwischenstopp in Düsseldorf wurde sie durch Heirat ins Bergische Land verschleppt. Seit 1993 endlich wieder in heimatlichen Gefilden. Inzwischen sehr verwurzelt im Kreis Heinsberg mit ganz viel Liebe zu Land und Leuten. Gelernte Fremdsprachenkorrespondentin, aktuell die Frau für alle Fälle in einem Handelsunternehmen in Mönchengladbach. Mit dem Erlernen des Alphabetes begann die Entwicklung zur Leseratte. Ihre Neigung zum Schreiben und ihre besonderen Wortspiele veranlassten sie immer häufiger, für Verwandte und Freunde kleine Anekdoten zu verfassen. Einmal selbst eine Geschichte oder ein Buch zu veröffentlichen, das wäre ein großer Wunsch. Lebensmotto: Mit Humor geht alles leichter! Seit 2007 im Oma-Status. Sie lebt mit Mann und Familie im Drei-Generationen-Haus in Gerderath.

Astrid Zahn: geboren 1964 im Hunsrück, verheiratet, zwei Kinder. Nach dem Examen als Kinderkrankenschwester an der RWTH Aachen, mehreren Arbeitsjahren in Duisburg und Leben mit der großen Liebe in Düsseldorf, zuerst in Erkelenz, dann in Schwanenberg gestrandet. Krimis sind ihre Leidenschaft, seitdem sie lesen kann. Das Schreiben von Gedichten und Reden für Familienfeiern betreibt sie seit ein paar Jahren. Ihr Ziel: ein eigenes Buch!

Weitere Informationen zum hkl-Verlag und zu Veröffentlichungen im hkl-Verlag unter www.hkl-verlag.de